REDRUM

AF287575

Hof Gutenberg
1. Auflage
(Deutsche Erstausgabe)
Copyright © 2019 dieser Ausgabe bei
Copyright © 2025 dieser Ausgabe bei
REDRUM ACTIVITY
Lektorat: Stefanie Maucher
Korrektorat: Simon Kossov / Silvia Vogt
Umschlaggestaltung und Konzeption: MIMO
GRAPHICS unter Verwendung einer Illustration
von Shutterstock

ISBN: 978-3-95957-877-6

E-Mail: info@redrum.de
www.redrum.de

Facebook-Gruppe:
REDRUM BOOKS - Nichts für Pussys!

ANDREAS LAUFHÜTTE
HOF GUTENBERG

Zum Buch:

Stuart Gunn ist ein sexbesessener Mann aus Nevada, der mit seinem inneren Tier kämpft. Melanie Senker ein junges Mädchen aus Deutschland, das sich auf seinen siebzehnten Geburtstag freut. Ihre Wege würden sich wohl niemals kreuzen, wäre da nicht noch Doktor Liebherr, der ein grausames Geheimnis hütet. Was geht wirklich vor sich auf seinem Vorzeigehof? Finden Sie es heraus und besuchen Sie Hof Gutenberg! Den innovativsten und ökologischsten Betrieb für artgerechte Rinderzucht in Deutschland.

Mit seinem zweiten Roman im Redrum Verlag packt Andreas Laufhütte scheinbar harmlose Dinge in einen Topf und rührt sie ordentlich durch. Heraus kommt eine grausame Welt voller Qual, Schmerz und Tod.

Zum Autor:

Der im Ruhrgebiet geborene und aufgewachsene Autor lebt inzwischen im hohen Norden Schleswig-Holsteins. Dort lässt er sich den rauen Wind um die Nase wehen, während er seiner Fantasie freien Lauf lässt und in die Tasten seines Computers hämmert. Seine Geschichten decken die Bereiche Horror, Thriller und Science-Fiction ab.

ANDREAS LAUFHÜTTE

HOF GUTENBERG

Thriller

Teil I - Stuart

Kapitel 1

Stuart Gunn war ein kranker Mann und das wusste er auch. Nicht körperlich, aber sein Kopf funktionierte nicht wie der eines normalen Menschen. Stuart war extrem sexsüchtig, seine Libido so stark, dass er beständig mehr wollte. Er selbst nannte diese Lust sein Sex-Ich – manchmal auch sein inneres Tier –, das ihm exorbitante Orgasmen bescherte und ihn mit einem unerschöpflichen Ideenreichtum überraschte. Einziges Manko: dieses Sex-Ich war nicht beherrschbar und wollte fortwährend gefüttert werden.

Bereits mit acht Jahren erregte es ihn, seinen kleinen steifen Penis jedem zu zeigen, der ihn sehen wollte. Und das waren tatsächlich einige, denn Stuart verstand es damals schon, sein Umfeld verbal derart zu manipulieren, dass er meist das bekam, was er wollte. Zu jener Zeit gab es das Sex-Ich allerdings noch nicht. Zumindest hatte Stuart es bisher nicht kennengelernt.

Damals war der Erste, den er davon überzeugte, dass sie sich gegenseitig die Schwänze zeigen sollten, sein Schulfreund Marcus McWillis. Sie hatten eines Nachmittags am Loch gelegen – das war ein See inmitten des Humboldt-Forest, der sich von Elko bis weit hinter Spring Creek erstreckte – und es galt dort ein strengstes Badeverbot.

»Willst du meinen Pimmel sehen?«

Marcus sah ihn fragend an. »Warum?«

»Wir können uns doch hierhin legen, und bei wem sich zuerst 'ne Fliege draufsetzt, der hat gewonnen. Was meinst du?«

Marcus grinste fett. »Deal!«

Kurz darauf lagen zwei achtjährige Jungen mit herabgelassenen Shorts auf den harten Kieselsteinen vor dem See, dessen Oberfläche still in der Sonne glitzerte. Natürlich hatte sich bei niemandem eine Fliege daraufgesetzt, aber Stuart war hin und wieder steif geworden, was Marcus echt

11

cool fand. Einmal damit angefangen, hatte Stuart immer öfter seine Nachmittage mit Klassenkameraden am See verbracht. Das anfängliche gegenseitige Zeigen der Geschlechtsteile entwickelte sich zu gegenseitigem Anfassen, bis es sogar darum ging, wer sich traute, den Pimmel des anderen in den Mund zu nehmen. Zu jener Zeit erblickte Stuarts Sex-Ich das Licht der Welt.

Mit zehn hatte Stuart seinen ersten Orgasmus. Er lag abends im Bett und schob seine Vorhaut vor und zurück. Dieser neu entdeckten Beschäftigung widmete er sich immer dann, wenn er allein war, weil sie ihm ein angenehmes Gefühl bereitete. Ende der Siebziger war die Aufklärung auf ein paar verschämte Blicke auf die Tittenzeitschriften, die versteckt im obersten Regal im Kiosk lagen, beschränkt gewesen. Und auf das, was man sich kichernd hinter vorgehaltener Hand auf dem Schulhof erzählt hatte.

An besagtem Abend hatte Stuart beim Vor- und Zurückschieben an die verschiedenen Schwänze seiner Klassenkameraden gedacht, die er in der Gemeinschaftsumkleidekabine beim Schulschwimmen oder am See gesehen hatte. Er hatte sich vorgestellt, wie sie alle gemeinsam nackt durch den Humboldt rannten und sich dabei untenrum berührten.

Urplötzlich war da das Gefühl, er würde ins Bett pinkeln. Panisch kniff er die Vorhaut zusammen und rannte zur Toilette. Glücklicherweise schliefen seine Eltern bereits und seine ältere Schwester war mit ihrem neuen Freund – den ihr Vater immer mit Argusaugen beobachtete, wenn er Franny abholte – ausgegangen.

»Bitte nicht! Bitte nicht! Bitte nicht!«, wimmerte Stuart die ganze Zeit über. Er stellte sich vor, was passieren würde, wenn der Griff um seine Vorhaut nicht fest genug war, und er eine nasse Spur aus Pisse im Haus hinterließ.

Als er wenig später auf dem Klo saß und erleichtert seine Finger von seinem verschrumpelten Penis gleiten ließ, passierte nichts. Verwirrt starrte er auf die winzige Spitze, wo

12

die inzwischen weintraubengroße Eichel ein wenig feucht glänzte. Doch ansonsten war da nichts. Kein Urinschwall, der hervorbrach wie ein See aus einem gebrochenen Staudamm. Nichts, nicht einmal ein kleiner Tropfen. Für einen Moment befürchtete er, dass er doch alles auf dem Weg hierher verloren hatte.

Er zog ein Stück Toilettenpapier von der Rolle und tupfte vorsichtig die feuchte Spitze ab.

Am nächsten Abend hatte er dasselbe Spielchen – vor und zurück – erneut ausprobiert. Diesmal direkt auf dem Klo. Nach einer Weile hatte er wieder dieses Gefühl des Pinkelnmüssens verspürt und seinen steifen Penis nach unten gedrückt. Und wieder war nichts herausgekommen. Das Gefühl hingegen hatte ihm durchaus gefallen, sodass die darauffolgenden Abende ähnlich abliefen.

Und so hatte Stuart im zarten Alter von zehn Jahren unbewusst die Vorzüge und den Genuss des Onanierens entdeckt. Die anfänglich nur auf den Abend beschränkten Ergüsse verteilten sich im Laufe der Zeit auf jede freie Minute, in der Stuart ungestört war. Oder in denen er sich unbeobachtet fühlte.

***

Mit sechzehn führte Stuart Gunn ein ganz normales Teenagerleben. Er sah gut aus, war immer der neuesten Mode entsprechend gekleidet und besaß sogar ein Moped. Er war der Schwarm aller Mädchen an seiner Schule und das, obwohl er keinerlei Interesse an Football oder sonstigen sportlichen Aktivitäten hegte. Dennoch flogen die Cheerleader allesamt auf ihn, was Stuart liebend gern ausnutzte. Vor seinem achtzehnten Geburtstag hatte er mit über zwanzig Mädchen geschlafen. Und mit jedem weiteren wuchs sein Sex-Ich und wurde gieriger.

Die Lust auf Sex verging ihm nie, allerdings hatte er

13

schnell feststellen müssen, dass ihn die Partnerinnen bereits nach kurzer Zeit langweilten. Manchmal hatte er an einem Tag etwas mit drei verschiedenen Mädchen. Jacky, zum Beispiel, war Jungfrau, bis er sie in der Umkleide nach dem Sport von hinten nahm. Ihr gefiel es, beteuerte sie ihm hinterher, was ihn herzlich wenig interessierte. Sein Sex-Ich hatte es einfach nur spannend gefunden, eine Jungfrau an einem öffentlichen Ort zu knallen. Nachmittags war Diana zu ihm gekommen, um sich bei Mathe helfen zu lassen. Sie hatte ihre Hefte genauso unberührt wieder mitgenommen, wie sie sie hergebracht hatte. Diana stand auf Analverkehr. Stuart bezeichnete sie als seine feste Freundin, weil er das ebenfalls scharf fand. So was ließ nicht jede mit sich machen. Diana war etwas Besonderes.

»Boah, so eine musst du festhalten, Alter«, hatte sein alter Penisfreund Marcus einmal gesagt, nachdem Stuart ihm von Dianas Vorlieben vorgeschwärmt hatte. »Weißt du, wie wenige Weiber auf Analverkehr stehen?«

Stuart hatte ihn angegrinst, denn schließlich war er Experte, was Frauen anbelangte. »Ich habe sonst keine kennengelernt. Kennst du Mandy Cross?«

»Die heiße Braut aus der Senior High?« Marcus starrte ihn an. »Sag bloß, mit der hattest du auch schon was?«

»Klar, aber sie ist 'ne dumme Zicke. Weißt du, was sie gesagt hat, als ich sie in den Arsch ficken wollte?«

»Erzähl.«

»Das würde bestimmt so stinken, dass sie davon kotzen müsste.«

»Gott, wie eklig ist die denn?«

Stuart nickte. »Hab sie danach nach Hause gefahren und nicht mehr angerufen. Aber Diana ist so geil drauf, dass sie sich immer sofort die Arschbacken auseinanderzieht und sagt, ich soll sie genau da ficken.«

Ja, Stuart würde sie festhalten.

Als er aber an besagtem Abend mit ein paar Kumpels auf

14

Achse war, hatte er Betty in einem Pub kennengelernt. Sie hatte ihm erzählt, dass sie niemals mit einem Typen sofort ins Bett steigen würde und Stuart hatte sie diesbezüglich eines Besseren belehrt. Nachdem er sie mehrfach in allen möglichen Stellungen im Haus ihrer Eltern genommen hatte, versprach er, sich bei nächstbester Gelegenheit zu melden, was er selbstverständlich nicht tat. Sie war wahrlich kein Highlight im Bett gewesen. Für solche Weiber, wie Stuart sich gern bei seinen Freunden äußerte, war das Leben einfach zu kurz.

»Es gibt genug Löcher, die für Überraschungen gut sind. Und genau die muss man finden. Alles, was Schrott ist, soll auf einen passenden Deckel warten.« Das waren seine Worte und genau das war seine Einstellung zum Leben und zu Frauen.

***

Ein paar Monate später hatte er sich von Diana getrennt, weil diese Hämorrhoiden bekommen hatte, die operativ entfernt werden mussten. Somit musste der Analverkehr auf Anraten der Ärzte für unbestimmte Zeit auf Eis gelegt werden. Stuart, der diesen herben Schicksalsschlag noch nicht ganz verdaut hatte, lag auf seinem Bett und dachte über sein Leben nach.

Er war das, was man als einen Vorzeigeschüler bezeichnen konnte. Seine Noten lagen im oberen Bereich und jedes Elite-College würde ihn mit Kusshand nehmen. Für das nötige Kleingeld würden seine Eltern sorgen. Seine Schwester hatte ihren damaligen Freund geheiratet, den sein Vater immer aufs Schärfste begutachtet hatte. Sie erwarteten ihr zweites Kind. Bob, ihr Mann, war Anwalt in einer angesehenen Kanzlei in Reno. Sein Vater hätte ihn endlich akzeptieren können, was er aber nicht tat.

Für seinen Sohn Stuart hingegen hatte er große Pläne.

»Alle Türen stehen dir offen, Junge«, sagte er gern voller Stolz, wenn sie gemeinsam zu Abend aßen, was aufgrund seiner langen Arbeitszeiten – sein Vater war Hirnchirurg und kurz davor, die Stationsleitung zu übernehmen – eher selten vorkam. »Komm in unser Team.«

Ja, Stuart Gunn steuerte auf eine rosige Zukunft zu. Dennoch machte ihn das alles nicht glücklich. Sex war alles, was für ihn zählte. Guter Sex! Ausgefallener Sex! Und was ihn daran so frustrierte, war, dass jeder Sex irgendwann langweilig wurde.

Inzwischen war er seit über zwei Monaten Single. Er fickte zwar ab und zu belanglos mit neuen Frauen, als Abwechslung zum alltäglichen Wichsen, doch befriedigte es ihn in keiner Weise. Da war das Wichsen angenehmer, denn dabei konnte er seiner Fantasie freien Lauf lassen. Aber selbst das wurde mit der Zeit eintönig.

Er zog sich tonnenweise Pornofilme rein, die ihm irgendwann nicht mal mehr ein müdes Lächeln entlocken konnten. Er hatte es sogar mit einem Mann versucht, von dem er wusste, dass dieser schon seit Jahren auf ihn stand. Es war der Hausmeister der Highschool, von dem er sich in einer stickigen Besenkammer in den Arsch ficken ließ. Das war geil, wie er fand, war es doch eine neue Erfahrung. Er hatte seit Langem mal wieder einen heftigen Orgasmus, der sein Sperma bis an die Wand und gegen die Putzutensilien, die dort standen, katapultierte. Als ihn der bärtige Typ danach allerdings zärtlich am Hals küsste und sich zu seinem Mund vorarbeitete, hatte Stuart lächelnd aber bestimmt seine Hose hochgezogen, ihm auf die Schulter geklopft und den Raum verlassen.

Wenn er dem Hausmeister in den darauffolgenden Tagen auf dem Flur begegnet war, hatte Stuart ihn nicht beachtet. Irgendwann betitelte der Typ ihn im Vorbeigehen als *Penner* und Stuart atmete erleichtert auf, weil er wusste, dass Mister-Ich-küss-mal-zärtlich-deinen-Hals endlich kapiert hatte,

16

dass es nichts weiter als schneller, unverbindlicher Sex war.

Also, was war das für eine Zukunft, auf die er nun hinsteuerte? Stuart starrte die Decke seines Zimmers an. Die Sonne war bereits untergegangen und der Raum lag in dunklen Schatten, die sich bewegten und ihn scheinbar beobachteten – wie irgendwelche Spanner hinter Sträuchern.

Was Stuart Sorgen bereitete, war die Tatsache, dass Sex als solcher ihn nicht mehr befriedigte. Auch seine Masturbationsaktivitäten wurden immer brutaler. Er rieb seinen Schwanz, als wollte er ihn vom Körper abreißen, und schrie dabei. Schreie, die unbändige Wut ausdrückten. Und wenn er endlich laut stöhnend seinen Samen durch das Zimmer gespritzt hatte, war er danach derart erschöpft, als hätte er einen Marathonlauf hinter sich gebracht. Dennoch dauerte es immer länger, bis seine Wut anschließend verebbte.

Irgendwann fing er an, diese Wut mit Schmerzen zu kompensieren, die er sich selbst zufügte. Er führte sich Gegenstände in die Harnröhrenöffnung ein. Anfangs waren es dünne Stifte, die er auf seinem Schreibtisch fand. Er stieß sie in das kleine Loch, bis es anfing zu bluten. Danach wichste er und war erstaunt über das rosafarbene Sperma, das seinen malträtierten Schwanz verließ. Das Pissen war hinterher jedoch der Horror und er musste sich ein ums andere Mal in den Handrücken beißen, um nicht laut aufzuschreien.

Einmal verletzte er sich derart stark, dass es nicht mehr aufhörte zu bluten und er die Notaufnahme aufsuchen musste. Der diensthabende Doktor klärte ihn darüber auf, welche schwerwiegenden Folgen das Einführen von Gegenständen in die Harnröhre haben kann. Stuart hatte den Wortschwall über sich ergehen lassen und sich geschworen, dass in Zukunft nur noch Pisse und Sperma seine Harnröhre passieren durften. Später zog Stuart in Erwägung, einen Arzt mit seinem Problem zu konsultieren. Aber wel-

17

chen? Auf gar keinen Fall hätte er seinen Hausarzt angesprochen, der ihn von klein auf kannte. Nein, er würde sich einfach zusammenreißen, ab und zu harmlos onanieren und sich auf seine berufliche Zukunft konzentrieren.

Dieser Vorsatz hielt so lange an, bis er auf dem Heimweg von der Schule, auf einer relativ wenig befahrenen Landstraße zwischen Spring Creek und Curnie Falls, das Mädchen auf dem Fahrrad sah. Er fuhr mit seinem Motorrad hinter ihr her und stellte sich dabei vor, wie wohl ihr Schlüpfer unter dem luftigen Sommerkleid aussah. Als er sie überholte, wusste er es, denn der Wind bauschte das Kleid etwas auf, sodass das Weiß darunter aufblitzte. Als das Mädchen kurz zu ihm herüberblickte, drehte Stuart am Gasgriff, um der Situation schnell zu entfliehen.

Zu Hause angekommen, malte er sich aus, er würde zusammen mit dem Mädchen Hand in Hand ins Feld gehen, dass sie sich dort auszogen und wie er sie in die Liebe einführte.

***

Drei Tage später hatte Stuart sein Motorrad auf der Landstraße, auf der er das Mädchen letztens überholt hatte, am Fahrbahnrand abgestellt. Er hockte auf dem lehmigen Boden neben dem Feld und rauchte. Bestimmt sah er für ein kleines Mädchen aus wie ein Filmstar. Verwaschene Jeans über Wildledersiefeln, ein hautenges T-Shirt, unter dem sich die Muskeln abzeichneten, ein Lederarmband und eine Halskette. Welches Mädel stand nicht auf so was?

Er hatte sich lange ausgemalt, wie er die Kleine ansprechen würde. Zuerst musste er herausfinden, ob sie ihn von irgendwoher kannte. Die Jeans und das weiße T-Shirt hatte er extra ausgewählt, weil das jeder Junge hätte tragen können. Das Lederarmband und die auffällige Halskette hatte er in Spring Creek aus einem Laden mitgehen lassen und

18

würde sie nach dem Treffen entsorgen. Wenn die Kleine ihn allerdings kannte, musste er sich etwas anderes einfallen lassen. Nichtsdestotrotz wollte er sie nackt sehen. Am liebsten würde er mit ihr all das machen, was er mit Diana und seinen anderen Liebschaften angestellt hatte. Stuart hatte sich mit der Kleinen viele schöne Dinge vorgestellt, zu denen er oft onaniert hatte.

Es dauerte zwei weitere Zigarettenlängen, bis er das Mädchen mit dem pinken Fahrrad von Weitem sah. Die Luft auf der Straße flimmerte, sodass er anfangs nicht erkennen konnte, ob sie es tatsächlich war. Doch als sie nur noch knapp einhundert Meter von ihm entfernt war, verrieten sie die beiden Zöpfe, die im Takt ihrer tretenden Beine auf ihren Schultern tanzten. Auch heute trug sie ein Sommerkleid. Stuart spürte, wie sein Mund trocken wurde. Sollte er es wirklich tun? Er schätzte das Mädchen auf etwa acht bis zehn Jahre. Höchstens. Sein Puls raste und er atmete keuchend durch den Mund ein.

Als sie näherkam, sah sie ihn kurz an und lächelte. Das gab den Ausschlag für Stuart, seinen Plan in die Tat umzusetzen.

»Hey«, rief er und hob die Hand.

Das Mädchen hielt an und blickte zurück. »Meinst du mich?«

»Klar mein ich dich. Hier ist doch sonst niemand.« Er lächelte, was auf die Kleine ansteckend zu wirken schien.

»Warum sitzt du dort?«, fragte sie.

»Ich mache eine Pause und wollte eine rauchen. Willste auch eine?« Er hielt ihr seine Schachtel entgegen.

Sie lachte. »Ich bin doch erst neun.«

Gut geschätzt, dachte Stuart.

»Ich hab schon mit acht angefangen.«

»Und das haben deine Eltern erlaubt?«

Jetzt lachte Stuart. »Um Gottes willen, nein. Aber Eltern müssen ja nicht alles wissen, oder? Du solltest etwas von der

Straße kommen. Hier fahren zwar nicht viele Autos, aber wenn, dann sind sie echt schnell.«

»Ja, das weiß ich. Einmal bin ich fast vom Rad gefallen, weil mich einer so schnell überholt hat.« Sie stieg ab und schob das Fahrrad zu der Stelle, an der Stuart hockte.

»Wirst du zu Hause nicht erwartet?«, fragte er beiläufig.

Die Kleine legte das Rad auf den Boden. »Meine Mama arbeitet. Aber ich habe einen Schlüssel, um reinzukommen.«

»Und was ist mit deinem Papa?«

»Der ist schon lange weg. An den kann ich mich nicht mal erinnern.«

»So was ist doof«, sagte Stuart. Ein leichter Windhauch spielte mit dem luftigen Kleid des Mädchens. »Wie heißt du?«

»Francine. Aber alle nennen mich Franny. Und du?«

Stuart lächelte. Derselbe Name, wie der seiner Schwester. Und anscheinend kannte sie ihn wirklich nicht. »Ich heiße Peter. Aber alle nennen mich Pete«, log er.

»Pete ist ein schöner Name. Gilt das mit der Zigarette noch?«

»Klar.« Er hielt ihr die Schachtel hin und ihre zierlichen Finger fischten darin herum. Stuart stellte sich vor, wie sie genauso in seiner Hose fischen würden. »Setz dich doch«, bot er ihr an.

Als sie sich ebenfalls in den Staub setzte, rutschte ihr Kleid an den Oberschenkeln hoch, sodass Stuart wieder den Schlüpfer sehen konnte. Diesmal war es ein rosafarbener. So wie ihr Fahrrad. Schnell blickte er zur Seite.

»Bist du sicher, dass du rauchen möchtest?«

Franny steckte die Zigarette in den Mund. »Warum nicht? Irgendwann muss man ja mal anfangen. Hast du auch Feuer?«

Als Stuart ihre Zigarette anzündete, was dazu führte, dass Franny einen nicht enden wollenden Hustenanfall bekam,

20

fühlte er sich seltsam. Gern hätte er ihr auf den Rücken geklopft, einfach nur, um sie zu berühren. Ja, er wollte diese zarte Haut überall anfassen, aber irgendetwas in seinem Innern hielt ihn davon ab.

»Gehts?«, fragte er, als ihr Husten verebbte.

»Puh«, keuchte Franny. »Vielleicht ist das doch nichts für mich.« Husten.

»Gib mir die Zigarette zurück«, sagte er und streckte seine Hand aus.

Franny sah ihn fragend an.

»Du hast recht. Es ist nichts für dich.« Er griff nach der Zigarette und riss sie ihr weg.

»Aber du hast doch auch so früh angefangen«, sagte sie empört.

Stuart drückte die Kippe im Staub aus.

»Du solltest dich nicht von Fremden ansprechen lassen«, sagte er ernst.

»Das sagt meine Mutter auch immer. Aber warum denn nicht?«

»Es gibt welche, die dir vielleicht nichts Gutes wollen.«

Sie lehnte sich nach hinten, sodass noch mehr von ihrem Slip zu sehen war. Ob sie das extra machte? Stuart schüttelte den Kopf. Wie gern würde er zwischen ihre Beine fassen. Einfach so, um zu sehen, wie sie darauf reagierte.

»Das versteh ich nicht«, sagte sie. »Was meinst du mit *nichts Gutes*?«

»Na, sie könnten dich da unten anfassen.« Er deutete auf ihre Beine.

Sie blickte an sich hinunter. Dann sah sie ihn wieder an. »Warum?«

Gott, wie naiv sie doch war. Vielleicht sollte er es wirklich tun, um ihr beizubringen, wie gefährlich es war, sich mit Fremden einzulassen. Lieber er, als irgendein perverser Kerl, der sie danach vielleicht sogar umbrachte.

»Du weißt doch, was Männer und Frauen miteinander

21

machen, oder etwa nicht?«, fragte er stattdessen.

»Ich weiß, wie sie Kinder machen. Das hatten wir in der Schule. Aber ich bin noch keine Frau.«

Wie recht du doch hast. Stuart empfand Mitleid für dieses kleine Mädchen, das den Namen seiner Schwester trug.

»Manche Männer finden das trotzdem toll«, sagte er. Vielleicht hatte sie ja auch Lust, es auszuprobieren? Er hätte leichtes Spiel, sie ins Feld zu locken. Doch was, wenn sie ihren Eltern davon erzählen und die zur Polizei gehen würden? Und: War das tatsächlich seine größte Sorge?

Franny beugte sich vor. »Fändest du es toll? Ich meine, ein Mädchen dort unten anzufassen?«

Stuart zuckte zusammen. Hatte sie die Frage wirklich gestellt? Warum tat sie so etwas? Er wusste genau, wie er das Gespräch in die richtige Richtung führen konnte. In die für sein Sex-Ich richtige Richtung.

Stattdessen sagte er: »Du solltest auf deine Mutter hören.« Er stand auf und klopfte sich den Staub von der Hose. Auch Franny erhob sich.

Sie standen sich gegenüber, sie zwei Köpfe kleiner als er. »Dann fahre ich mal nach Hause«, sagte sie und lächelte wieder.

Stuart legte ihr beide Hände auf die Schultern. Sie fühlte sich so unendlich zerbrechlich an. »Versprichst du es mir?«, fragte er.

»Was denn?« Franny blickte zu ihm auf.

»Dass du dich von fremden Männern fernhältst. Wenn ich dir etwas Böses hätte antun wollen, hättest du keine Chance gehabt.«

»Aber du wolltest mir doch etwas Böses antun, oder nicht?«

Stuart zuckte zusammen und nahm seine Arme von ihren Schultern.

Als sie seinen verdutzten Gesichtsausdruck bemerkte, lachte sie laut auf. »Du wolltest doch, dass ich eine Zigarette

22

rauche.«

Jetzt lächelte auch Stuart. »Ja, das stimmt. Aber zum Glück habe ich mich umentschieden.«

»Irgendwann werde ich eh rauchen. Meine Mama raucht auch.« Sie ging zu ihrem Fahrrad und hob es vom Boden auf. »Aber ich verspreche dir, dass ich bei fremden Männern aufpassen werde.«

»Mach das wirklich.«

Sie legte ihre rechte Hand auf die Brust. »Versprochen! Sehen wir uns mal wieder?«

»Ich glaube eher nicht. Aber es war nett, dich kennengelernt zu haben, Franny.«

»Ich fand es auch nett, Pete.«

Sie stieg auf ihr Fahrrad und fuhr davon.

Stuart suchte nach seiner Zigarettenschachtel und fand sie zunächst nicht, dann entdeckte er sie auf dem Boden. Er hob sie auf und zündete sich eine an. Während er langsam den Rauch ausblies, blickte er Franny nach, die allmählich im Flimmern des Asphalts verschwand. Für einen kurzen Moment ärgerte er sich.

Kapitel 2

Später, auf dem College, lernte Stuart Bernadette kennen und lieben. Diese Frau erreichte etwas in ihm, was er zuvor niemals für möglich gehalten hätte. Sie zähmte das Tier – er selbst nannte es inzwischen sein Fickmonster –, das seine Sexualität so oft gesteuert hatte. Ja, Bernadette zwang es unbewusst sogar, sich in die tiefsten Höhlen seines Unterbewusstseins zurückzuziehen und dort für lange Zeit zu verweilen.

Stuart beendete sein Medizinstudium und heiratete Bernadette. Seine Eltern waren dermaßen stolz auf ihre neue Schwiegertochter, dass sie es seiner Schwester zu jeder sich bietenden Gelegenheit unter die Nase rieben. Neben dem Geschenk in Form einer Hochzeitsreise auf die Malediven, verkündete sein Vater dem frischgetrauten Paar am Abend vor der Reise, dass er Stuart als Alleinerben des Gunn'schen Vermögens testamentarisch eingesetzt hatte.

»Das kannst du nicht machen, Papa.« Stuart wusste nicht, was er anderes dazu sagen sollte. Da war auf der einen Seite unbändiger Stolz, der in seiner Brust anschwoll, auf der anderen aber sah er Franny, seine Schwester.

»Ich kann, Junge«, sagte sein Vater sanft und hob sein Glas, um mit Stuart anzustoßen. »Und ich werde es tun. Franny wird ihren Pflichtanteil bekommen und darüber kann sie froh sein. Ich habe ihr immer wieder gesagt, sie solle jemand Vernünftigen heiraten.«

»Aber ich war der Meinung, du hättest Bob akzeptiert. Immerhin ist er ein angesehener Anwalt.«

Sein Vater lachte trocken. »Das *Ansehen* lassen wir einmal im Raum stehen. Er ist nur in der Kanzlei untergekommen, weil der Vorstand seinem Vater etwas schuldig war. Seine Quote ist unter aller Sau. Und zur *Akzeptanz*: Blieb mir was anderes übrig, als gute Miene zum bösen Spiel zu machen, nachdem er Franny geschwängert hatte? Wäre er nicht der

24

Vater meiner Enkelkinder, hätte ich längst jemanden engagiert, der uns das Problem vom Hals schafft. Aber vielleicht liegt er ja irgendwann mal auf meinem OP-Tisch.«

Stuart war entsetzt und gleichzeitig fasziniert von der Skrupellosigkeit seines alten Herrn. Ihm war bewusst, dass sein Vater jedes Wort ernst meinte.

Als Bernadette ihrem Schwiegervater neun Monate später Zwillinge bescherte, gab es für diesen nur noch ein Thema auf der Welt. Er war ab jetzt der stolzeste Opa aller Zeiten.

Stuart kaufte ein Haus im nordöstlich gelegenen Viertel von Curnie Falls. Es lag am Ende einer ruhigen Sackgasse, sodass die Zwillinge, wenn sie größer wären, ruhig auch auf der Straße spielen könnten. Viele Familien in dem Viertel hatten Kinder – außer Frank Pollak, der direkte Nachbar der Gunns. Er war ein Einsiedler und besaß lediglich eine Katze.

Und genau diese Katze war es, die Stuart regelmäßig zur Weißglut brachte. So auch an diesem Tag, als er dabei war, den Vorgarten zu verschönern und Blumenzwiebeln in das Beet zu pflanzen. Der Gestank von Katzenscheiße, der ihm entgegenschlug, sorgte dafür, dass Stuart den beschmierten Handschuh auszog und auf die hüfthohe Hecke zum Nachbargrundstück zueilte.

Frank Pollak hockte ebenfalls vor einem Beet und seine fette Arschritze, die fast zur Hälfte aus der Hose quoll, leuchtete in der Sonne.

»Hey, Frank! Deine verfickte Katze hat wieder in mein Beet geschissen.« Stuart zitterte vor Wut.

Frank drehte sich gemächlich um – er tat alles gemächlich, weil ihm sonst aufgrund seiner enormen Körperfülle sofort der Schweiß aus allen Poren schoss – und lächelte herüber. »Guten Morgen, Nachbar! Bill ist übrigens ein Kater.«

»Es ist mir scheißegal, was er ist. Er hat wieder in mein Beet geschissen.«

25

Frank stand auf und zog seine Hose zurecht. »Das tut mir leid, Stu. Dabei habe ich ihm gestern Abend, bei einem kühlen Bier, noch ausdrücklich gesagt, dass er sein Geschäft nur hier bei mir verrichten darf. Das Tier scheint einfach seinen eigenen Kopf zu haben.« Er grinste so fett, dass sein Gesicht wie ein Vollmond aus einem Kinderbuch aussah.

»Das ist nicht lustig, Frank. Sag deinem Scheißkater, dass ich ihn das nächste Mal erschießen werde, wenn ich ihn auf meinem Grundstück erwische.«

Frank kam auf Stuart zu. Die beiden Männer waren gleich groß und starrten sich in die Augen. »Ich soll dir von Bill ausrichten«, zischte Frank und sein Vollmondgrinsen war gänzlich verschwunden, »dass das schwerwiegende Konsequenzen nach sich ziehen würde, Stuart Gunn.«

Stuart lief hochrot an und seine Fäuste zuckten. »Die nehme ich gern in Kauf«, knurrte er, drehte sich um, ging strammen Schrittes zum Haus und ließ Frank, der ihm kopfschüttelnd nachsah, an der Hecke stehen.

Im Haus angekommen, stürmte Stuart in den ersten Stock. Bernadette war glücklicherweise mit den Kindern zu Walmart gefahren und bekam vom Ausraster ihres Mannes nichts mit.

Als dieser nämlich im Schlafzimmer angekommen war, riss er den Kleiderschrank auf, griff in die hintere Ecke und holte das Gewehr mit Zielfernrohr hervor. Er ging zum Fenster und schob es einen Spalt breit auf.

Frank Pollak hockte inzwischen wieder vor seinem Beet und ließ die Arschritze in Stuarts Richtung grinsen.

»Das wird dir gleich vergehen«, flüsterte Stuart. Am liebsten hätte er den Satz aus dem Fenster gebrüllt.

Er brachte das Gewehr in Anschlag und blickte durch das Zielfernrohr auf den schweißnassen Rücken seines Nachbarn. Stuart stützte den Ellenbogen auf den Fenstersims und hob den Lauf ein paar Millimeter an, bis er den fetten Stiernacken von Frank Pollak genau im Visier hatte.

26

Sanft atmete Stuart aus. Dann betätigte er den Abzug. Er sah, wie Franks Schädel in einer Fontäne aus Blut und Hirnfetzen gegen die Hauswand spritzte. Stuart grinste. Leider passierte das Ganze nur in seiner Fantasie, denn das Ziehen des Abzugs verursachte lediglich ein metallisches Klacken. Stuart hatte Bernadette das Versprechen geben müssen, dass sämtliche Waffen im Haus nicht geladen waren. Er hatte es der Kinder wegen eingesehen und das volle Magazin des Gewehrs auf der Hutablage des Kleiderschranks verstaut.

»Irgendwann ist es geladen«, flüsterte er, als Frank sich am Arsch kratzte und dort einen schmierigen Streifen aus Lehm hinterließ.

***

Drei Tage nach diesem Zwischenfall stand Stuart früh morgens im Schlafzimmer und band sich vor dem Spiegel die Krawatte. Bernadette war bereits auf dem Weg, die Kinder in die Schule zu fahren, als sein Blick aus dem Fenster wanderte und er den vorbeizischenden Schatten auf der Wiese seines Vorgartens wahrnahm. Die verdammte Katze!

Stuart ging zum Fenster und sah hinaus. Und tatsächlich, der Kater von Frank Pollak tapste schnüffelnd durch Stuarts Beet, um sich dort wenig später in die zum Scheißen typische Position zu begeben, nachdem er zuvor ein kleines Loch gebuddelt hatte.

»Ich habe es dir gesagt«, zischte Stuart und stürmte zum Kleiderschrank. Diesmal schob der das Magazin ins Gewehr, während er zurück zum Fenster eilte. Der Kater war gerade dabei, das Loch wieder zuzubuddeln. Er tat es genüsslich und mit Bedacht. »Ja, lass dir Zeit, du kleiner Scheißkerl.«

Das Fenster war noch geöffnet, als Stuart den Lauf hinausschob. Schnell war der Kater im Fadenkreuz. Stuart sah

27

ihn noch einmal an dem zugeschaufelten Loch schnüffeln, dann drückte er ab.

Der Knall zerfetzte die Stille des frühen Morgens und die eintretende Kugel den gesamten Hinterleib des Katers, der bis zur Mitte der Straße geschleudert wurde. Dort tat er in einer breiigen Pfütze aus Blut und Gedärm seinen letzten Atemzug.

Schnell zog Stuart den Lauf des Gewehrs zurück ins Zimmer, nahm das Magazin heraus und legte alles wieder an seinen Platz. Anschließend stellte er sich vor den Spiegel und beendete das Binden seiner Krawatte. Er hatte sich schon lange nicht mehr so gut gefühlt.

Als er wenig später mit dem Auto aus der Einfahrt fuhr, glänzte der tote Körper der Katze auf dem Asphalt. Keiner der Nachbarn war zu sehen. Vermutlich waren die meisten unterwegs zur Arbeit oder hatten den Schuss aus Bequemlichkeit als Fehlzündung eines vorbeifahrenden Wagens interpretiert. Man musste sich nur lange genug das Richtige einreden, um es zu glauben.

Pfeifend setzte Stuart seinen Weg fort, umrundete den Kadaver und machte sich auf den Weg zur Klinik nach Elko. Es würde ein wunderbarer Tag werden.

***

Als Stuart spätabends nach Hause kam, war er erschöpft, aber glücklich. Die zwei jeweils fünf Stunden andauernden Operationen waren erfolgreich verlaufen. Aber das war es nicht, was seine Euphorie den gesamten Tag über aufrechterhalten hatte. Ständig hatte er an den Moment zurückgedacht, in dem er den Abzug des Gewehrs betätigt hatte. Als das Vieh vor seinen Augen regelrecht zerplatzt war. Gott, wie hatte er diese Macht genossen. Auf dem kompletten Rückweg nach Curnie Falls hatte er eine Erektion gehabt, die ihm schon fast schmerzvoll gegen die Hose drückte.

28

Er parkte den Wagen vor dem Garagentor und schaltete Motor und Licht aus. Da Bernadette ihren Wagen in der Garage abgestellt hatte und er morgen früh als Erster das Haus verlassen musste, war es so am einfachsten. Stuarts Wagen war zwar wertvoller, allerdings war Curnie Falls keine Stadt, die von Vandalismus oder gar Autodiebstahl heimgesucht wurde.

Stuart nahm seine Tasche vom Beifahrersitz und stieg aus. Die blitzschnelle Bewegung des Baseballschlägers, der von der Seite auf ihn zuschoss, bemerkte er erst, als er den Schlag gegen seinen Oberschenkel spürte. Ja, er spürte sogar das Brechen des Knochens, was sich pervers und eklig anfühlte.

Stuart schlug gegen den Wagen und rutschte seitlich daran hinunter. Er umfasste seinen Oberschenkel, als könne er damit den Schmerz eindämmen. Aber es funktionierte natürlich nicht. Und als er den Knochen ertastete, der aus dem Oberschenkel und dem Stoff seiner Jeans ragte, konnte er einen Schrei nicht mehr unterdrücken.

Als er aufblickte, stand Frank Pollak breitbeinig über ihm. Den Baseballschläger hielt er vor seinem dicken Körper. »Ich habe dich gewarnt, Gunn. Schwerwiegende Konsequenzen!« Seine Stimme war mehr ein Keuchen.

Der Schmerz in seinem Bein trieb Stuart die Tränen in die Augen. »Du irre Sau hast mir das Bein gebrochen«, wimmerte er.

»Oh, ich werde dir noch sehr viel mehr brechen.« Pollak holte kaum aus, aber als der Schläger gegen Stuarts Kniescheibe krachte, konnte dieser einen weiteren Schrei nicht verhindern. Auch hier spürte er das Splittern des Knochens, als die Scheibe zur Seite geschlagen wurde und dabei so verrutschte, dass sie sich nun auf der Innenseite des Beines befand.

»Um Gottes willen, Frank, was tust du da?« Bernadettes Stimme drang wie durch einen Nebel an Stuarts Ohren.

29

»Dein Mann hat meinen Bill erschossen!«, kreischte Frank.

Jetzt tauchte seine Frau in Stuarts Blickfeld auf. Sie hatte ihren süßen Schlafanzug an, den er liebte, weil sie darin wie ein niedliches Kind aussah.

»Nimm den Schläger runter, Frank Pollak! Ich habe den Sheriff verständigt und er wird gleich hier sein. Also mach es nicht noch schlimmer.«

Im Licht der Straßenlaterne erkannte Stuart, dass Franks Augen glänzten. »Er hat ihn einfach erschossen«, heulte der. Tränen liefen über sein Vollmondgesicht.

»Das wird sich alles klären. Gib mir den Schläger.«

Und das fette Arschloch tat wirklich, was Bernadette von ihm verlangte. Wären die Schmerzen nicht so unfassbar grausam, würde Stuart seiner Frau den Schläger entreißen und damit den Schädel seines Nachbarn zu Brei verarbeiten. Und zwar, nachdem er ihm zuvor sämtliche Knochen gebrochen hätte.

Stuart spürte, wie sich sein Blickfeld verengte. Er sah einige Nachbarn, die im Licht der Straßenlaterne auftauchten, dann wurde alles schwarz.

***

Stuart wurde zu einer Schadensersatzstrafe von hundertfünfundzwanzig Dollar verurteilt. Frank Pollak musste ein Schmerzensgeld von fünfundsiebzigtausend Dollar zahlen und bekam zwei Jahre auf Bewährung.

Als Pollaks Anwalt fragte, ob er mit einer Ratenzahlung einverstanden sei, da sein Mandant ansonsten das Haus verpfänden müsse, lehnte Stuart lächelnd ab. Er wollte das Geld sofort haben, egal was der Fettsack dafür hergeben musste.

Stuarts Kniescheibe war nicht zu retten, was dazu führte, dass er eine künstliche bekam. Ein leichtes Humpeln war

30

auch nach einem halben Jahr noch zu erkennen.

Die beiden Kontrahenten würdigten sich ab diesem Zeitpunkt keines Blickes mehr, aber jedes Mal, wenn Stuart seinen Nachbarn im Garten sah, stellte er sich vor, wie er ihn mit einem Skalpell von oben bis unten aufschlitzen und ihm danach das Gedärm um den Hals hängen würde. Einmal hatte er sogar vor dem Schlafengehen zu diesem Gedanken onaniert. Allerdings war er zu keinem Orgasmus gekommen.

***

Im Jahre 2010 feierte Stuart seinen vierzigsten Geburtstag. Es war gleichzeitig der Tag, an dem er knapp vier Millionen Dollar erbte, weil seine Eltern auf dem Rückweg von der Geburtstagsfeier einen tödlichen Verkehrsunfall erlitten hatten. Sein Vater hatte noch gelebt, während ihm Mutters Hirn aufs Gesicht gelaufen war. Die Sanitäter sagten später, er sei an seinem Erbrochenen erstickt, hätte aber mit hoher Wahrscheinlichkeit ohnehin keine Überlebenschance gehabt, da sein Unterkörper nur noch aus einer breiigen Masse bestanden habe. Sofort musste Stuart bei den Worten an die erschossene Katze denken.

Als er nach der Identifizierung seiner Eltern nach Hause kam, war es halb zehn am Abend und die Sonne war längst untergegangen. Die beiden großen Partyzelte, die Stuart für die Feier im Vorgarten hatte aufbauen lassen, waren verschwunden. Ebenso die Stehtische und die mobile Cocktailbar. Bernadette hatte dafür gesorgt und Stuart war ihr mehr als dankbar.

Sein Vater hatte friedlich ausgesehen, als Stewart Hawking, der Bestatter von Curnie Falls, das Tuch von dessen Gesicht nahm. Seine Augen waren geschlossen und Stuart bildete sich ein, ein sanftes Lächeln um seine Lippen erkannt zu haben. Bei seiner Mutter hatte Hawking darauf geachtet, nur die Hälfte des Gesichtes freizulegen. Es sei besser so, hatte er gesagt, und Stuart wusste, dass er recht hatte.

Als er aus dem Wagen stieg und über die Wiese in Richtung Hauseingang schlurfte, nahm er eine Gestalt hinter der Hecke wahr.

»Mein Beileid, Nachbar«, sagte Frank Pollak.

Stuart ging wortlos ins Haus. Irgendwann würde er den Kerl umbringen. Er würde ihm den fetten Arsch wegschießen, genau wie er es bei seinem Kater gemacht hatte.

***

In den darauffolgenden Monaten meldete sich das Ficktier in ihm wieder öfter zu Wort. Stuart stellte fest, dass sein Alltag eintönig war. Er hatte das Gefühl, etwas würde ihm zu seinem Glück fehlen.

Der Sex mit Bernadette fing an, ihn zu langweilen. Er war vielseitig, das war gar keine Frage. Sie war im Bett der devote Typ, was Stuart durchaus zu schätzen wusste. Sie ließ sich in den Arsch ficken, wenn er es wollte und nach der Geburt der Zwillinge war es kein Problem für ihn, sie mit der Faust zu befriedigen. Sie schluckte sein Sperma, wenn er sie dazu *zwang* und pisste ihm in den Mund, wenn er Lust dazu hatte.

Dennoch spürte er, seinem Ficktier fehlte etwas. Die zehn Ehejahre, die er glücklich verlebt hatte, gaben Stuart plötzlich nichts mehr. Er wollte Neues entdecken. Gar nicht mal so sehr mit anderen Frauen oder Männern. Er war ja glücklich mit Bernadette und sie harmonierten in jeder erdenklichen Beziehung.

Stuart konnte nicht mehr richtig schlafen, wälzte sich nachts hin und her und dachte darüber nach, was er tun könnte. Manchmal kniete er sich nachts ins Bett und onanierte, während Bernadette friedlich in ihrem süßen Schlafanzug schlief. Er zwang sich, nicht auf sie zu spritzen, aber

32

es gelang ihm nicht immer, sodass er hoffte, das Sperma würde bis zum nächsten Morgen getrocknet sein.

Als sich Bernadette eines Morgens wunderte, warum ihr Schlafzeug krustige Flecken aufwies, hatte er gesagt, dass er manchmal nachts nicht an sich halten konnte, wenn er sie sah, und sich einfach selbst befriedigen musste.

»Warum weckst du mich nicht?«, hatte sie gefragt und ihn verführerisch angegrinst.

»Mir reicht in diesen Momenten das Wichsen«, lautete seine Antwort. Doch leider stimmte das nicht. Irgendwann reichte es eben nicht mehr. Stuart spürte sogar einen aufkeimenden Hass auf seine Frau, wenn er sie da liegen sah. Er hätte nicht sagen können, ob es ein direkter Hass auf Bernadette selbst war, denn schließlich liebte er sie. Es war vielmehr ein Hass, der der Tatsache geschuldet war, dass sie ihn nicht mehr befriedigen konnte.

Als sie eines Sonntags mit den Kindern, einer Freundin und deren Gören nach Spring Creek gefahren war, rannte Stuart ziellos durchs Haus. Er wusste nicht, was er tun sollte. Zunächst hatte er überlegt, es sich vor dem Fernseher mit ein paar Pornos gemütlich zu machen, aber das reizte ihn nicht. Er zog seine Klamotten aus und setzte seine Runden nackt fort. Zumindest bewirkte das, dass sein Schwanz eine ganze Zeit steif nach vorn ragte. Als er anfing, ihn zu wichsen, wurde er hingegen nach kurzer Zeit schlaff. Stuart verstand seinen Zustand nicht. Er spürte die Lust, die in ihm brodelte, aber er konnte sie nicht greifen. Er hatte keine Idee, wie er sie befriedigen konnte. Als er kurz innehielt, verspürte er den Drang zu kacken. Es war früher eines seiner Sextabus gewesen, so wie Strom oder Schnittverletzungen. Jetzt aber, wo er länger drüber nachdachte, hatte das Ganze durchaus seinen Reiz. Sein Schwanz schwoll an und sein Herz legte ein paar Takte zu. Er stellte sich Bernadette vor, die splitternackt über seinem Körper hockte. Stuarts Ficktier war hellwach.

»*Willst du es wirklich?*«, würde sie keuchen. Und noch bevor er antworten konnte, würde sie sich auf seinem Schwanz erleichtern. Und zwar nicht nur mit ihrem Urin. Stuart musste seinen Schwanz nur kurz berühren, schon spritzte er ab. Er schrie und rieb sich gleichzeitig mit seinem Sperma ein. Das war ein Orgasmus, wie er ihn schon seit Langem nicht mehr erlebt hatte. Sein Ficktier gratulierte ihm innerlich. Ob er Bernadette wirklich dazu überreden konnte? Die Zwillinge würden heute bei der Freundin übernachten, was Stuart ein vorfreudiges Grinsen aufs Gesicht zauberte.

***

Bernadette war ganz und gar nicht von Stuarts Vorschlag begeistert, ihren Toilettensex um eine weitere Komponente zu erweitern.

»Dass du auf Anpinkeln stehst, finde ich nicht schlimm«, sagte sie beim Abendessen. Sie hatten sich Pizza kommen lassen und Stuart hatte einen guten 97er Rotwein aus dem Keller geholt. »Aber ankacken?«

Das Schöne an ihrer Beziehung war, dass sie über alles reden konnten, besonders was den Sex anbelangte, ohne einander dafür zu verurteilen.

»Ich dachte, es ist mal eine nette Abwechslung«, sagte Stuart und schob sich ein Stück Pizza in den Mund.

»Ich kann mich daran erinnern, dass du damals sagtest, dass genau das ein absolutes Tabu für dich sei, weil du es eklig findest.«

»Die Zeiten ändern sich«, sagte er und hielt ihr das Glas zum Anstoßen hin.

»Ich glaube trotzdem, dass ich das nicht kann. Bist du sehr sauer?«

Er lachte. »Warum sollte ich sauer sein? Es war einfach nur so ein verrückter Gedanke von mir.«

Sie stieß mit ihrem Glas gegen seines und der helle Klang

34

erfüllte das Zimmer. Die Frustration in seinem Innern nagte an seinen Eingeweiden und nährte seine Wut, wie frischer Dünger ein weites Feld. Er schenkte Bernadette ein Lächeln und hoffte, ihr würde nicht auffallen, dass es nicht echt war. Zum ersten Mal dachte Stuart über Scheidung nach.

Dennoch nutzten sie den kinderfreien Abend aus. Stuart wollte Bernadette von hinten in den Arsch ficken, was diese bereitwillig zuließ. Er stieß sie hart und voller Wut, schlug ihr immer wieder mit der flachen Hand auf den Hintern und den nackten Rücken, bis die einzelnen roten Handabdrücke einen einheitlichen feuerroten Fleck bildeten. Er hörte ihr Wimmern, doch sie beschwerte sich nicht. Wie gern wollte er ihre Haare greifen und ihren Kopf derart fest nach hinten reißen, dass ihr vor Schmerz die Luft wegblieb. Als seine Finger durch ihr Haar wühlten, legte sie den Kopf von selbst in den Nacken. Er packte stärker zu. Das Tier in ihm feuerte ihn an. Seine Stöße wurden ebenfalls härter. Tiefer. Er hörte, wie sie schmerzerfüllt aufstöhnte und es geschah ihr recht. Immer schneller. Er sah, wie sich sein Schwanz braun färbte und der süße Gestank ihrer Scheiße drang zu ihm hoch. Er stieß weiter zu, zog ihren Kopf nach hinten. Sie hustete und versuchte, sich unter ihm wegzudrehen.

»Nicht so fest«, keuchte sie.

Wieder schlug er ihr auf den Rücken. Diesmal so hart, dass es klang, als würde er ein Paddel benutzen.

Bernadette schrie und drehte ihr Becken weg. Stuart hielt sie fest und stieß seinen Schwanz in die Scheiße, die inzwischen ihre komplette Rille braun färbte. Auf seinem Schwanz klebte eine dicke Schicht.

»Ich dachte, du stehst nicht auf Scheißen«, brüllte er und schlug ihr erneut auf den Rücken.

»Stu, du tust mir weh!«

Er verstärkte seine Stöße, spürte das leichte Ziehen in seinem Unterleib, das einen baldigen Orgasmus ankündigte. Doch er würde ihn hinauszögern, so lange es ging.

35

Bernadette schrie und wand sich wie ein Fisch im Netz. Stuart holte aus und schlug seine Faust auf ihren Rücken, was sie dazu brachte, keuchend die Luft entweichen zu lassen. Noch einmal schlug er zu, erwischte ihre Wirbelsäule. Ihr Oberkörper sackte in die Kissen. Stuart erkannte, dass ihr Gesicht tränenverschmiert war, rammte ihr aber trotzdem sein Teil in ihren Arsch, immer wieder. Inzwischen hatte sich der Kot mit Blut vermischt und die Brühe lief einfach aus ihr heraus, an ihren Beinen hinab und sickerte in die Matratze. Er schlug ihr in den Rücken. Drosch seine Fäuste in die weiche Nierengegend und holte aus, um sie ihr zwischen die Schulterblätter zu hämmern.

Bernadette schrie nicht mehr. Ihre Augen starrten auf die Wand neben dem Bett und bei jedem von Stuarts Stößen zuckte sie mit den Lidern. Die Lippen hatte sie fest aufeinandergepresst.

Ruckartig zog er seinen Schwanz aus ihrem Arsch und wischte ihn mit der Hand ab. Dann rammte er ihn wieder hinein. Er führte die verschmierte Hand zu ihrem Gesicht, zog mit der anderen ihre Arme auf den Rücken. Für einen winzigen Augenblick war da etwas in ihm, das riet, es nicht zu tun. Aber es war viel zu kurz, um es fassen und verinnerlichen zu können. Er schmierte das Blut-Kot-Gemisch auf ihr Gesicht und stopfte ihr die Finger in den Mund. Ganz tief, bis er das zuckende Zäpfchen spürte. Dennoch reagierte Bernadette nicht.

Ein letztes Mal riss er ihren Kopf an den Haaren nach hinten. Er überlegte, ob er ihr die Arme auskugeln sollte, verwarf den Gedanken aber, als er merkte, wie sich alles in seinem Unterleib zusammenzog. Wenige Augenblicke später kam Stuart schreiend in ihr und vermengte eine Unmenge Sperma mit dem Brei, der unaufhaltsam aus ihrem Arsch lief.

Keuchend und am ganzen Körper zitternd ließ er von ihr ab. Sofort fiel ihr Körper zur Seite und sie winkelte die

36

Beine an, presste sie fest an ihren Oberkörper. Stuart ging ins Bad, ohne sie eines weiteren Blickes zu würdigen, und versuchte, auf dem Weg nicht alles vollzutropfen. Er betrat die Dusche und wusch sich die Sauerei vom Körper. Seine Oberschenkel fühlten sich schwammig an, sodass er sich langsam an der Wand hinabgleiten ließ, bis er in der Duschwanne saß. Er umklammerte seine angewinkelten Beine und versuchte, das Zittern zu stoppen. Tränen rannen über sein Gesicht, vermischten sich mit dem Wasser der Dusche.

Bernadette betrat das Bad. Sie hockte sich auf die Toilette und wischte sich mit Papier sauber, so gut es ging. Sie spülte und ging zum Waschbecken, wo sie sich schweigend das Gesicht wusch.

»Es … es tut mir leid«, wimmerte Stuart gegen seine nassen Knie. Ein Speichelfaden zog sich von seiner Lippe bis zur Narbe auf der Haut, die von der Kniescheibenoperation stammte.

Bernadette verließ ohne ein Wort den Raum. Tief in seinem Innern spürte Stuart, dass es auch nichts mehr zu sagen gab. Die Beziehung war beendet.

***

Noch in derselben Nacht packte Bernadette wortlos ihre Koffer und verließ ihn. Stuart lag auf dem Sofa im Wohnzimmer, wo er heute die Nacht verbringen würde. Morgen würde er sich um das Entsorgen der Matratze des Ehebettes kümmern.

Zwei Tage später klingelte es an der Haustür und ein Bote des Gerichts überreichte Stuart die Scheidungspapiere.

Stuart hatte telefonisch versucht, Bernadette, die mit den Zwillingen zu ihren Eltern gezogen war, zu einem Gespräch zu bewegen, doch es hatte nicht funktioniert. Ganz im Gegenteil, Bernadette betonte ohne irgendeine Regung in der Stimme, dass, wenn Stuart der Scheidung nicht zustimmen würde, sie sein Verhalten zur Anzeige bringen und zudem die Presse einschalten müsste, was seiner Karriere als Arzt den Todesstoß versetzen könnte. Lediglich der Kinder wegen würde sie von diesem Schritt absehen.

Und so war Stuart Gunn einen Monat später offiziell ein geschiedener Mann und um die Hälfte seines Vermögens ärmer. In der nachfolgenden Zeit lernte er die Vorzüge des Alleinseins wieder zu schätzen. Sein Ficktier unterstützte ihn tatkräftig und zeigte ihm, wie man mit einer Kombination aus Alkohol und Internet seine Abende durchaus genussvoll gestalten konnte. Stuart war erstaunt, welch interessante Sexpraktiken ihm dort in visueller Gestalt dargeboten wurden.

In einem seiner Patienten, einem gewissen Charlie Perlmut, der ihm augenzwinkernd von seinen Thailandurlauben erzählte, fand er einen interessanten Freund. »Dort bekommen Sie alles, Doc. Und wenn ich sage alles, meine ich auch alles. Wenn Sie verstehen …«

Stuart hatte sich einen Stuhl geschnappt und ihn neben das Bett gestellt. »Und wie finde ich dieses *alles*?«, hatte er interessiert gefragt.

»Indem Sie einen guten Reisebegleiter haben.«

Stuart hatte verstanden und als Charlie Perlmut eine Woche später entlassen wurde, hatte Stuart seinen zweiwöchigen Urlaub beantragt und für sich und Charlie einen luxuriösen Thailandtrip gebucht, der bereits zwei Monate später stattfinden sollte.

38

Kapitel 3

Charlie hatte als Urlaubsort die fünfunddreißig Kilometer nördlich von Bangkok liegende Stadt Rangsit vorgeschlagen. Hier könne man für gutes Geld ausgefallene Sachen erleben, hatte er geschwärmt.

Stuart war es einerlei, in welcher Stadt in Thailand sie eincheckten. Hauptsache, er bekam seinen Spaß. In Gedanken malte er sich bis dahin jede Nacht die heißesten Sexpraktiken mit den schärfsten jungen Damen aus.

Nachdem Charlie und Stuart in ihrem Fünf-Sterne-Luxushotel eingecheckt hatten, machten sie sich frisch für ihr erstes Abenteuer in der nächtlich schillernden Atmosphäre der thailändischen Stadt. Es dauerte ganze fünf Minuten, bis sich zwei attraktive Mädchen zu ihnen an die Bar gesellten.

Stuarts Mädchen stellte sich als Aranja vor, was laut ihrer Aussage so viel wie *schönes Mädchen* bedeutete.

»Ich bin zwanzig, meine Freundin ist achtzehn«, betonte sie in durchaus verständlichem Englisch. Stuart fand zwar, dass beide jünger aussahen, aber er würde nicht nach ihrem Ausweis fragen.

»Bist du in Thailand, um etwas Außergewöhnliches zu erleben?«, fragte Aranja.

Stuart lächelte.

Charlie hatte sich bereits mit seiner Eroberung zurückgezogen.

»Ich kann dir etwas zeigen, was du noch nie gesehen hast.« Aranjas Mund war dicht an Stuarts Ohr und ihre Schenkel umschlangen sein Bein. »Willst du das?«

»Ja«, brachte Stuart keuchend hervor. Sein Ständer drückte mit brachialer Gewalt gegen den Schritt seiner Jeans.

Aranja bemerkte es und strich sanft mit ihren Fingern darüber. »Führe deine Hand unter meinen Rock«, hauchte sie.

Stuart war ein wenig verdutzt. Sie waren schließlich nicht

die einzigen Gäste in dieser Bar, doch was sollte es? Ihn kannte hier niemand. Als er Aranjas Wunsch nachkam und seine Hand an ihren heißen Schenkeln unter den knappen Minirock gleiten ließ, zuckte er zurück. War das tatsächlich ein Schwanz, den er da gerade berührt hatte?

Aranja lachte und gab ihm einen Kuss auf den Mund. »Habe ich dir zu viel versprochen, Stuart? Hattest du schon einmal Sex mit einem Ladyboy?«

Stuart war verwirrt. Er blickte in Aranjas Gesicht, das eindeutig das einer jungen, hübschen Frau war. Ihre Titten waren handlich und präsentierten sich durch das eng anliegende Shirt. Selbst die Brustwarzen stachen hart hervor.

Als Stuart seinen Blick weiter nach unten gleiten ließ, sah er die leichte Erhebung zwischen Aranjas Beinen.

»Du kannst mich so hart in den Arsch ficken, wie du willst«, sage sie. Er?

Stuarts Schwanz schwoll nicht ab. Ganz im Gegenteil, hier vor ihm saß jemand, der sein Ficktier neugierig machte. Sehr sogar.

»Wo gehen wir hin?«, fragte er deshalb.

»Ich kenne den Besitzer der Bar. Für fünfzig Dollar gibt er uns ein Zimmer für die ganze Nacht.«

»Das ist teurer als mein Hotelzimmer«, lachte Stuart. »Na ja, Hauptsache es ist sauber.«

Aranja winkte einem Mann hinter dem Tresen zu und sprach mit ihm. Kurz blickte er hinüber zu Stuart, dann nickte er.

***

Als Stuart am nächsten Morgen zurück auf sein Zimmer kam, trat Charlie gerade aus der Dusche. »Na, das muss ja eine heiße Nacht gewesen sein«, rief er freudestrahlend.

»Wusstest du es?«, fragte Stuart, während er seine Schuhe auszog. Sein Schwanz kribbelte angenehm und fühlte sich

40

befriedigt an wie schon lange nicht mehr.

»Du meinst, dass es Kerle waren? Klar wusste ich es. Irgendwann siehst du es ihnen an. Aber erzähl, wie fandest du es?«

Stuart ließ sich auf das Bett fallen. »Ich habe lange nicht mehr so oft hintereinander abgespritzt.«

»Ja, diese Ladyboys sind unersättlich. Wenn du mich fragst, können sich da einige Weiber was von abschneiden.«

»Aranja will den restlichen Urlaub mit mir verbringen.«

Charlie lachte. »Klar will sie das. Du siehst gut aus und hast Kohle. Guck dir doch mal die alten, fetten Säcke an, die hier sonst rumrennen. Ich hoffe, du hast nicht zugesagt?« Sein Lachen verflüchtigte sich.

»Natürlich nicht«, sagte Stuart. »Ich bin nicht wegen irgendwelcher geilen Kerle hierhergekommen.«

»Na, dann bin ich beruhigt. Heute Abend zeige ich dir eine Bar, da kannst du drei gleichzeitig mit aufs Zimmer nehmen.«

»Aber bitte Frauen«, Stuart versuchte, verzweifelt zu gucken, musste aber lachen.

»Hier stört es niemanden, wenn du den Ladys zuerst in den Schritt fasst, um ihre Geschlechtszugehörigkeit zu kontrollieren.« Auch Charlie lachte.

»Nachher zeige ich dir die Stadt abseits der ausgetretenen Touristenpfade.«

Stuart war wahrlich froh darüber, Charlie kennengelernt zu haben, zumal dieser nicht minder schräg tickte wie er selbst.

***

Die Gassen, durch die sie am frühen Nachmittag gingen, waren von Marktständen gesäumt, die von Kleidung, über Schmuck, bis hin zu lebenden Tieren einfach alles zum Kauf anboten. Stuart stellte fest, dass die meisten Personen, denen sie über den Weg liefen, Einheimische waren. Charlie bestimmte den Weg und bog in verschiedene Gassen ein. Würde Stuart seinen Begleiter verlieren, wäre er hoffnungslos aufgeschmissen. Aber Charlies Schritte wirkten zielstrebig, so, als wäre er hier aufgewachsen und würde jede noch so verwinkelte Ecke kennen. Nach einer Weile nahm die Anzahl der Stände ab. Einige Frauen hockten vor ihren Häusern und wuschen Wäsche in Metallwannen mit trübem Wasser. Ihm fiel ein kleiner, vielleicht zehnjähriger Junge auf, der ihnen folgte, sich aber jedes Mal wegdrehte, sobald Stuart den Kopf wandte.

Stuart schloss zu Charlie auf. »Ich glaube, wir haben Gesellschaft.«

»Ja, ich weiß. Wir sind gleich da«, sagte Charlie, als wäre es das Selbstverständlichste der Welt, von kleinen Jungs verfolgt zu werden.

Kurz darauf blieb Charlie stehen und tat so, als würde er sich den Schnürsenkel seiner Schuhe zubinden.

Der Junge kam näher. Als er Stuart und Charlie erreicht hatte, blieb er stehen und blickte sich suchend um. »Haben Sie sich verlaufen, Sir?«, fragte er. Sein Englisch war nahezu perfekt.

Charlie sah auf. »Vielleicht«, sagte er. »Kannst du uns einen ausgefallenen Weg zeigen?«

Der Junge grinste breit. »Das kann ich, Sir. Folgen Sie mir bitte.« Und schon ging er mit strammen Schritten die Gasse hinunter.

»Na, dann mal los«, sagte Charlie und folgte ihm.

Ein seltsames Gefühl beschlich Stuart. Was, wenn der Junge sie in eine Falle lockte? Hinter der nächsten Ecke könnten ein paar Leute mit Knüppeln oder gar Macheten lauern und niemand würde jemals ihre zerstückelten Körper finden.

Scheiße, Charlie, ich hoffe, du weißt, was du tust!

42

Nach weiteren fünf Minuten endete die Gasse an einem bis zum Horizont reichenden Feld, auf dem kleine Steinhäuser mit flachen Wellblechdächern eng aneinandergedrängt standen. Überall kläfften Hunde und Kinder spielten im Staub. Wäscheleinen waren zwischen den Häusern gespannt und bogen sich unter dem Gewicht der nassen Kleidung. Hier war die Armut greifbar und Stuart fühlte sich sehr unwohl. Was sollte es hier Ausgefallenes geben? Er vermisste die Anonymität der Clubs und überfüllten Straßen. Er würde heute Abend mit Charlie reden und ihn bitten, den Rest ihres Urlaubes in den belebteren Teilen der Stadt zu verbringen. Zuhältermafia hin oder her, zumindest wurde dort scheinbare Sicherheit vermittelt.

An einem Strommast, der aussah, als würde er beim nächsten Sturm in sich zusammenfallen, blieb der Junge stehen. »Ich habe drei Schwestern«, sagte er. »Sie zahlen dreißig Dollar pro Stunde für eine oder hundert, wenn Sie alle drei auf einmal wollen.«

Charlie blickte herüber. »Willst du alle drei? Ich kann es nur empfehlen. Ich lasse dir auch den Vortritt.« Dann, an den Jungen gewandt: »Mein Freund nimmt alle drei. Habt ihr ein sauberes Zimmer?« Er kramte aus seiner Hosentasche ein paar Zwanzig-Dollar-Scheine heraus und zählte fünf ab. »Wenn deine Schwestern gut sind, nehme ich danach ebenfalls alle drei.«

Der Junge grinste und nahm das Geld entgegen. »Kommen Sie mit zum Haus. Wenn Sie dort kurz warten, bekommen Sie ein sehr sauberes Zimmer.«

Er führte die beiden zwischen den Häusern hindurch. Niemand schien sie zu beachten, dennoch fühlte Stuart sich von allen Seiten beobachtet.

Die schwüle Luft nahm stellenweise eine mit Exkrementen behaftete Nuance an, die je nach dem Abstand zwischen den Häusern mal mehr, mal weniger stark auf sie zukroch. Stuart rümpfte die Nase. »Scheiße, Charlie, was ist das hier?«

43

»Manche der Häuser sind nicht an das Abwassersystem angeschlossen«, sagte der und klang wie ein Reiseführer bei einer Museumsbesichtigung. »Die scheißen und pissen in irgendwelche Löcher hinter den Häusern. Nicht schön, aber was sollen sie machen?«

»Bei dem Gestank krieg ich keinen hoch«, sagte Stuart. Er dachte an den letzten Abend mit Bernadette und musste selbst ein wenig wegen seiner gerade getroffenen Aussage grinsen.

Dann hatten sie ihr Ziel erreicht. Der Junge blieb vor einem Haus stehen, das in etwa doppelt so groß wie die umstehenden Häuser war. Es stand etwas abseits der anderen und Stuart entdeckte eine Satellitenantenne auf dem Dach, das nicht aus Wellblech, sondern Beton bestand.

Der Junge brüllte etwas und eine Frau in einer Tunika öffnete die Tür. Sie unterhielten sich und der Junge gab ihr das Geld. An Stuart und Charlie gewandt, sagte er, dass sie bitte einen Augenblick warten sollten. Die Mutter würde alles vorbereiten.

Die beiden Männer sahen sich an. Unter einem der verglasten Fenster stand eine Bank, auf der sie sich niederließen. »Scheiße, ist das heiß«, kommentierte Stuart die überhitzte Umgebung und wischte sich den Schweiß von der Stirn.

»Dafür stinkt es hier nicht«, bemerkte Charlie.

»Und die Frauen hier sind es wert?« Stuart blickte seinen Freund ungläubig an. »Ich meine, ein Dreier hat schon was, aber hier?«

Plötzlich ertönte ein gleichbleibendes Brummen von der Seite des Hauses. Charlie grinste.

»Was ist das?«, wollte Stuart wissen.

»Na, was denkst du, mein Freund? Sie haben gerade ihre Klimaanlage angeworfen.«

Stuart hob erfreut die Brauen. »Es gibt hier Klimaanlagen? Das gefällt mir.«

44

»Sie investieren ihr Geld sinnvoll«, sagte Charlie. »Zum Wohle der Kundschaft.«

Die Tür wurde geöffnet, und die Frau von vorhin winkte sie freundlich lächelnd herein.

»Genieße es, mein Freund«, sagte Charlie und stupste Stuart gegen den Arm. Dieser erhob sich und folgte der Frau in das Haus. Die Luft hier drin war stickig, doch sorgte die Klimaanlage dafür, dass sie sich rasch merklich abkühlte.

Die Frau sagte etwas zu Stuart, was er nicht verstand. Der kleine Junge tauchte wieder auf und übersetzte. »Meine Mutter sagt, sie hat das Zimmer sauber gemacht. Meine Schwestern warten bereits.« Er deutete auf eine Tür im hinteren Bereich des Raumes. Stuart nickte, ging darauf zu und betrat einen kleinen Raum, in dem ein Doppelbett stand. Neben dem Bett standen eine Flasche Wasser, ein Glas und ein Flatscreen-Fernseher hing an der Wand. Ansonsten war der Raum unmöbliert und leer – bis auf die drei Mädchen, die in weißer sauberer Unterwäsche vor ihm standen. Die beiden jüngeren blickten zu Boden, während das älteste Mädchen ihn anlächelte. Keine der drei schien älter als zehn zu sein. Die Jüngste war vielleicht sogar erst vier oder fünf. Stuart erstarrte. War er wirklich so naiv gewesen?

»Bitte kommen Sie herein«, sagte die Älteste mit weicher Stimme. Ihr Englisch war nicht so gut wie das ihres Bruders, aber Stuart konnte sie verstehen. Er stand im Türrahmen und sah sich um. Der Junge und die Mutter waren verschwunden. Auf dem Herd am Ende des Raumes dampfte es aus einem großen Kochtopf.

»Ich möchte, dass ihr herauskommt«, sagte Stuart zu dem älteren Mädchen, das ihn entsetzt ansah. Das Lächeln verschwand abrupt. »Wollen Sie Geld zurück?« Stuart hörte das Entsetzen in ihrer Stimme.

»Nein«, sagte er. »Ich möchte kein Geld zurück.«

Das Mädchen sagte etwas zu ihren Schwestern, die sie daraufhin entgeistert ansahen. Dann blickten sie zu Stuart hinüber, der einfach nickte.

Die ganz Kleine grinste.

»Wie heißt du?«, wollte Stuart wissen.

Das Mädchen sah Stuart fragend an.

»Wie ist dein Name?« Diese Frage schien sie zu verstehen.

»Mein Name ist Ploy. Das ist Lawan«, sie zeigte auf die Kleinste. »Und das ist Thida.«

»Okay«, sagte Stuart. »Ich möchte, dass du und deine Schwestern rauskommen, Ploy.«

»Gefalle ich nicht?« Wieder die panische Stimme.

»Kommt einfach raus.«

»Wenn wir hier raus, wird Mutter böse«, sagte Ploy.

»Ich werde mit ihr sprechen.«

»Und Sie wollen kein Geld zurück? Warum haben Sie bezahlt so viel Geld?«

Lawan fragte etwas, woraufhin Ploy schnell antwortete. »Meine Schwester fragt, was jetzt passiert?«

»Sag ihr, sie können irgendwas machen. Habt ihr kein Spielzeug?«

Ploy lachte erfrischend. »Wir haben nicht viel Zeit zum Spielen. Wir helfen viel im Haus. Papa arbeitet in der Stadt. Er hat gute Arbeit und bekommt viel Geld.«

Scheinbar waren die Kinder doch nicht die einzige Einnahmequelle, die die Familie hatte.

»Und warum macht ihr das hier?«, fragte Stuart.

»Das ist leider nicht oft. Viele Touristen sind in der Stadt. Hier kommen wenige. Mein Bruder muss vorsichtig sein, denn verboten. Und das Geld ist gut für Schule. Wenn genug, meine Schwestern können in Schule.«

Zum ersten Mal seit langer Zeit dachte Stuart an seine eigenen Kinder. Wie einfach doch alles in der westlichen Welt funktionierte. Dennoch hatte er viel mit seiner Geilheit zerstört.

»Gleich dein Freund noch hier?«, fragte Ploy.

46

Stuart schüttelte den Kopf. »Aber er wird bezahlen.«

»Auch ohne ficken?« Tränen entstanden in Ploys Augen.

Stuart nickte. Er holte aus seiner Hosentasche das Geld und gab Ploy die einhundert Dollar für Charlie. Nun weinte sie wirklich. Sie ging auf Stuart zu und nahm ihn in den Arm. »Vielen Dank.«

»Schon okay«, sagte er. »Und jetzt sag deinen Schwestern, dass sie raus dürfen. Ich werde mit deinem Bruder und deiner Mutter reden.«

Schnell übersetzte Ploy das Gesagte. Die beiden Mädchen lächelten, dann liefen sie aus dem Zimmer.

Gerade, als die Kinder das Zimmer verließen, kam Ploys Mutter durch die Tür herein. Mit einem Wortschwall kam sie auf Stuart und ihre Tochter zu. Die beiden Kleinen waren bereits durch die Hintertür aus dem Haus verschwunden.

Ploy gab der Mutter das Geld und redete genauso schnell auf sie ein.

Die Frau sah skeptisch zu Stuart und wieder zu ihrer Tochter. Ihre Stimme war laut.

»Meine Mutter fragt, ob Sie von Polizei oder Mafia?«

»Sag ihr, sie kann ganz beruhigt sein. Wir sind nur einfache Touristen.«

Ploy übersetzte. Die Mutter schien es erst nicht recht zu glauben, dann verbeugte sie sich, küsste Stuarts Hand und sagte etwas.

»Meine Mutter sagt, dass Sie guter Mensch.«

Stuart nickte sanft. »Alles Gute«, sagte er und verließ das Haus. Er erblickte Charlie, der ein gutes Stück vom Haus entfernt herumstand und auf sein Handy starrte.

Stuart ging zu ihm. Als Charlie ihn bemerkte, schimpfte er über den nicht vorhandenen Empfang.

»Lass uns gehen«, sagte Stuart und machte sich auf den Weg.

»Hey, halt! Was heißt, lass uns gehen? Ich will auch!«

47

Charlie packte Stuart am Arm, um ihn aufzuhalten.

»Nicht hier«, sagte Stuart nur und zog ihn mit sich. »Führ uns hier raus.«

***

Am nächsten Tag war Stuart allein unterwegs, da Charlie immer noch stinkig war und den Tag am Pool verbringen wollte. Stuart hatte sich von einem Tuk-Tuk – so nennt man die einheimischen Taxis – in die Innenstadt von Bangkok bringen lassen. Er hatte schnell das gesuchte Geschäft gefunden und sich mit drei Barbiepuppen samt passender Kleidung, sowie einem ferngesteuerten Geländewagen nebst Batterien für ein paar Monate eingedeckt.

Er fühlte sich glücklich wie lange nicht mehr und überlegte sogar, ob er je zuvor so ein Glücksgefühl empfunden hatte.

Mit jeweils einer großen Plastiktüte in jeder Hand ging er zwischen den Häusern hindurch. Diesmal wurde er tatsächlich beobachtet. Er hörte Stimmen, die ihm etwas entgegenriefen, aber es konnte auch sein, dass gar nicht er gemeint war. Trotzdem lächelte er immer freundlich, was häufig dazu führte, dass der oder die Angelächelte sich sofort wegdrehte.

Stuart befürchtete schon, dass er das Haus, in dem er gestern gewesen war, nicht mehr wiederfinden würde, als er es durch einen Spalt zwischen zwei Häusern etwas abseits entdeckte.

Als er darauf zuging, sah er das jüngste der Mädchen vor dem Haus hocken und mit einem Stock im Staub spielen.

»Hallo, Lawan«, sagte er sanft, als er sie erreichte.

Die Kleine blickte auf und als sie ihn erkannte, begann ihr schmutziges Gesicht zu strahlen. Dann lief sie davon und war um die Ecke des Hauses verschwunden.

Stuart wollte ihr gerade folgen, als sie gemeinsam mit ihrem Bruder wiederauftauchte.

»Oh, hallo, Sir«, sagte dieser. »Wollen Sie mit Schwester ficken?«

»Nein«, sagte Stuart sofort. »Sind deine Schwestern denn da?«

Der Junge entdeckte die Tüten in Stuarts Händen. »Was wollen Sie dann hier?«

»Ich habe euch etwas mitgebracht. Dir übrigens auch.« Stuart hob die Tüten kurz an.

»Mir? Warum bringen Sie mir etwas mit? Mutter hat gesagt, dass Sie ein guter Mann sind.«

»Vielleicht ist das so. Wo sind deine Schwestern?«

»Ich hole sie«, sagte er und rannte zum Hauseingang. Lawan hingegen blieb vor Stuart stehen und lächelte ihn an.

Stuart ging in die Hocke und griff in die Tüte. Als er eine der Barbies herausholte, erhellte sich das Gesicht des Mädchens. Stuart hätte es nie für möglich gehalten, dass jemand eine derartige Freude ausstrahlen konnte.

Er hielt ihr die noch in ihrer Verpackung steckende Puppe entgegen. Als Lawan zögerte, nickte Stuart und sagte: »Lawan.«

Ehrfürchtig nahm sie das Geschenk entgegen und sah es an, als käme es von einem fremden Planeten.

In diesem Moment öffnete sich die Haustür und Thida, Ploy und ihr Bruder kamen heraus.

Sofort hielt Lawan die Barbiepuppe hoch und brabbelte laut und schnell auf ihre Geschwister ein.

»Sie sind zurückgekommen?«, fragte Ploy, als sie ihn erreichte.

»Er hat uns etwas mitgebracht«, sagte ihr Bruder.

Ploy schaute Stuart an, der neben den Plastiktüten hockte.

»Warum?«, fragte sie ungläubig.

»Einfach so«, sagte Stuart und öffnete die Tüten. »Die

Puppen gehören euch.« Er nahm den Geländewagen heraus, den er in der Autorikscha mit den Batterien ausgestattet hatte. »Der ist für dich!«

Der Junge nahm das Spielzeug genauso ehrfürchtig entgegen, wie seine Schwester zuvor die Barbie.

Die beiden Mädchen quiekten aufgeregt, als sie die übrigen Sachen aus den Tüten beförderten.

Niemals zuvor war Stuart glücklicher. Das konnte er jetzt definitiv bestätigen.

Eine plötzliche Bewegung ließ ihn aufblicken. In der Tür stand die Mutter der Kinder und hatte die Hände vor der Brust aufeinandergelegt.

Ploy rief etwas zu ihr hinüber und langsam schritt sie heran. Stuart erkannte den leuchtenden Glanz in ihren Augen. Er stand auf und wortlos umarmte ihn die Frau. Sie winkte ihren Sohn heran, der gerade die ersten Versuche mit der Fernbedienung unternahm. Schnell kam er angerannt.

Die Frau zog ihn und Stuart von den Mädchen weg. Dann sprach sie schnell auf ihren Jungen ein, der ihr erbost etwas entgegnete. Die Stimme der Mutter klang bestimmt.

Der Junge blickte betrübt zu Stuart hinüber. »Es tut mir leid für die Frage meiner Mutter.«

»Ist schon okay«, entgegnete Stuart. »Was möchte sie wissen?«

Der Junge zögerte, schien die korrekten Worte zu suchen. »Sie lässt fragen, ob Sie Lawan oder Thida mit nach Amerika nehmen möchten. Für fünftausend Dollar unterschreibt sie sofort die Adoptionspapiere.« Er blickte zu Boden. »Es tut mir leid.«

Stuart blickte zu der Frau, die ihn hoffnungsvoll ansah.

»Bitte sag deiner Mutter, dass ich das nicht kann.«

Erleichtert übersetzte der Junge, und Stuart erkannte die Enttäuschung in ihren Augen.

»Aber sag ihr, dass ich ihr und deinem Vater das hier mit-

50

gebracht habe. Sie sollen es für die Schulausbildung von Lawan und Thida nutzen.« Stuart beförderte einen Umschlag aus der Tasche seines Hemdes. In ihm befanden sich zweitausend Dollar. Als die Mutter den Umschlag öffnete, verneigte sie sich tief vor Stuart.

»Sag ihr bitte, dass sie deine Schwestern nicht mehr an fremde Männer verkaufen soll.«

Der Junge tat es und die Frau nickte weinend.

Ein enormer Hitzeball war in Stuart entstanden, der sich gut anfühlte. Mehr als gut.

Als die drei Mädchen angerannt kamen, ging er in die Hocke und ließ sich lange von ihnen umarmen.

Kapitel 4

Bis zum Ende des Urlaubs hatte Stuart mit vielen jungen Prostituierten geschlafen, darunter einige Ladyboys. Charlie hatte recht gehabt: mit der Zeit erkannte man sie. Aber auch sie wurden irgendwann langweilig. Dennoch flog er mit einem guten Gefühl, das allerdings nicht lange anhalten sollte, zurück nach Nevada.

Stuart hatte gehofft, mit den zweitausend Dollar, die er der Familie gegeben hatte, wenigstens einmal etwas Gutes getan zu haben. Charlie hatte über so viel Naivität nur den Kopf geschüttelt. »Die verkaufen ihre Kinder so lange, bis die zu alt sind und sie keiner mehr ficken will«, hatte er noch im Hotel gesagt. »Mit dem Geld hätten wir eine Menge Spaß haben können.«

Als sie im Flieger saßen, nahm Stuart sich vor, die Familie beim nächsten Urlaub wieder zu besuchen.

***

Stuart lehnte sich entspannt auf seinem gepolsterten Schreibtischstuhl zurück. Er wischte sich das Sperma, das in seinen wenigen Bauchhaaren glänzte, mit einem Handtuch ab, das größtenteils hart von seiner getrockneten Soße war. Er sollte es demnächst einmal zur Wäsche geben.

Auf dem Monitor lief ein Video, in dem eine schreiende Frau – es gab zwar keinen Ton, aber man sah es an ihrem weit aufgerissenen Mund – von mehreren Soldaten nacheinander vergewaltigt und geschlagen wurde. Die Qualität des Bildmaterials war grottenschlecht und das meiste musste man als Betrachter erahnen. Stuart hatte eine Seite im Netz entdeckt, die solche Reality-Clips zeigte.

Allerdings fragte er sich, warum es in der heutigen Zeit nicht möglich war, Derartiges in einer halbwegs akzeptablen Filmqualität darzustellen.

Seit seinem Thailandurlaub waren inzwischen sieben Monate vergangen und die realistische Vergewaltigung von Frauen war Stuarts neueste Passion geworden.

Seine Wohnung starrte vor Dreck und auch der Geruch war jenseits von Gut und Böse, was ihn aber herzlich wenig störte, weil er eh nie Besuch bekam. Seitdem Bernadette ausgezogen war, war er der einzige Bewohner dieses Hauses. Na ja, bis auf das Ungeziefer, das sich zwangsläufig hier einnistete und wohlfühlte. Stuart hatte mal überlegt, Charlie Perlmut einzuladen, aber der war seit ihrem Urlaub wie vom Erdboden verschluckt. Wer wusste schon, in welchem Teil der Erde er sich herumtrieb, um dort seiner Lust zu frönen. Stuart nahm sich vor, morgen zumindest mal den Müll einzusammeln und hinauszubringen. Seinen Job hatte er vor drei Wochen gekündigt, nachdem es ihm vom Stationsleiter nahegelegt worden war.

»Der Vorstand hat mich beauftragt, mit Ihnen zu reden, Doktor Gunn.« Mit diesen Worten hatte das Gespräch im Büro von Professor Silkman begonnen und Stuart war bewusst gewesen, dass das nichts Gutes bedeuten konnte. »Man ist nämlich zu der einstimmigen Ansicht gekommen, dass die Klinik auf eine weitere Zusammenarbeit mit Ihnen verzichten kann. Bitte verzeihen Sie meine harten Worte, aber ich denke, dass auch Sie festgestellt haben, dass Sie seit einigen Monaten nicht mehr Sie selbst sind. Der Vorstand würde Ihre Kündigung selbstredend sofort akzeptieren und wäre in diesem Falle bereit, diese mit einer entsprechenden Abfindung zu honorieren.«

Die Abfindung belief sich auf eine Summe von hundertfünfundzwanzigtausend Dollar, trotz der beiden gravierenden Kunstfehler, die Stuart während der letzten Operationen unterlaufen waren. Er hatte also dem Wunsch der Klinikleitung entsprochen. Einen Tag später war das Geld auf seinem Konto eingegangen.

In dem Video kam jetzt einer der Soldaten mit einem großen Stein, den er der inzwischen leblos wirkenden Frau mehrfach auf den Kopf schlug. Die umstehenden Männer traten mit ihren Kampfstiefeln auf das nackte Opfer ein.

Stuart schaltete das Video ab. Er war überrascht, dass er so etwas im normalen Internet fand. Er hatte es einmal im Darknet versucht, war aber hoffnungslos gescheitert, weil er selbst nach stundenlanger Suche nichts Adäquates gefunden hatte. Er würde sich in den nächsten Tagen eventuell näher mit dem anonymen Netzwerk beschäftigen.

Stuart fragte sich zum ersten Mal, wie es sich wohl anfühlen musste, einer dieser Soldaten zu sein. Einfach alles mit seinem Opfer tun zu können, ohne sich jemals vor irgendwem – außer sich selbst – rechtfertigen zu müssen. Er dachte an die Vergewaltigung von Bernadette, doch konnte er sich vorstellen, dass es mit einer Fremden intensiver sein würde.

Ob so etwas nur mit einer gehörigen Portion Hass gegenüber dem Opfer funktionierte? Hatte er bei Bernadette Hass empfunden? Er dachte lange darüber nach, konnte sich aber einfach nicht mehr erinnern. Noch einmal rief Stuart das Video auf und ließ es ab der Szene laufen, in der der Soldat mit dem Stein kam. Dabei wichste er sich heftig. Er schrie seine unbändige Lust in das leere Haus hinein.

∗∗∗

Eine Woche später hatte Stuart den Müll immer noch nicht hinausgebracht. Im Haus stank es dermaßen, dass, hätte er tatsächlich einmal ein Fenster geöffnet, sämtliche Köter im Umfeld das Weite gesucht hätten. Ein stetiges Surren von unzähligen Fliegen erfüllte die Luft und jedes Mal, wenn Stuart zur Toilette ging, zertrat er Maden, die sich in schimmligen Essensresten auf dem Boden tummelten.

Langsam gingen seine Vorräte zur Neige. Bernadette

54

hatte einen ganzen Kellerraum mit Konserven und Fertignahrung gefüllt. Immer, wenn es irgendwo etwas im Angebot gab, hatte sie zugeschlagen und ihm abends im Bett freudig erzählt, wie viel Geld sie wieder eingespart hatte.

»Schatz, wir müssen nicht sparen«, hatte er dann jedes Mal lächelnd gesagt. Insgeheim war er aber stolz gewesen, dass sie es trotzdem tat. Inzwischen hätte Bernadette das Haus nicht wiedererkannt. Seit der Scheidung hatten sie und Stuart keinen Kontakt mehr. Auch die Zwillinge durfte er nicht mehr sehen, was für ihn zwar sehr schmerzlich, aber durchaus nachvollziehbar war. Er schämte sich, wenn er an den Abend zurückdachte, an dem er die einzige Frau vergewaltigt hatte, die ihm je etwas bedeutete.

Du hast sie nicht nur vergewaltigt!

Ja, das war ihm bewusst. Und genau deshalb hatte er alles akzeptiert, was Bernadettes Anwalt verlangte. Vielleicht würde es eines Tages besser werden und er und Bernadette sich wieder näherkommen. Ihm war klar, dass es niemals mehr eine körperliche Beziehung zwischen ihnen geben würde, aber möglicherweise könnten sie sich irgendwann zumindest wieder in die Augen sehen und miteinander reden.

Ob seine Kinder noch wussten, wer ihr Vater war? Was hatte Bernadette ihnen wohl erzählt? Was würde sie ihnen später erzählen, wenn sie alt genug waren, um gezielte Fragen zu stellen?

Eine Fliege setzte sich auf seine Nasenspitze und er wischte sie mit einer trägen Bewegung fort. Er stand vom Sofa auf und tapste in Richtung Toilette, mit einem bestialisch brummenden Schädel vom Wodka, den er am Vorabend zu sich genommen hatte. Hier war der Gestank beinahe unerträglich und die Fliegen bildeten einen schwarzen Teppich an der Decke.

Als Stuart den Raum betrat, stoben sie auseinander und

55

umkreisten ihn wie eine niederträchtige Wolke, die ihm zeigen wollte, in welch einem Saustall er hauste. Einige von ihnen ließen sich auf seinem Schwanz nieder, als er mit zitternden Händen pisste. Als er fertig war, schloss er den Deckel, vergaß zu spülen und ging zu dem nicht gerade sauberen Waschbecken.

Ein energisches Klopfen an der Haustür ließ ihn aufblicken. Dabei fiel sein Blick in den Spiegel und das Gesicht, das ihm daraus entgegenstarrte, war das Abbild eines abgemagerten und alkoholkranken Penners. Essensreste zierten seinen Bart und das Haar klebte ihm in fettigen Strähnen am Kopf. Er wusste nicht, ob er sich vor sich selbst ekeln oder sich einfach nur bemitleiden sollte.

Es klopfte erneut. Stuarts Kopf antwortete mit einem Dröhnen. Er stöhnte auf und sein fauliger Atem lockte die Fliegen an, von denen sich einige auf seinem Bart niederließen.

»Ich komme ja schon«, brummte er und ging zur Tür, wobei er wieder mehrere Maden mit den Füßen zerquetschte, ohne es überhaupt zu bemerken.

Als Stuart die Tür einen Spalt weit öffnete, wich der direkt davorstehende Besucher entsetzt zurück.

»Um Gottes willen, hast du den Friedhof geplündert und lagerst die Leichen hier?«

Auf den Stufen stand Charlie Perlmut. Er trug knielange Shorts und ein langärmliges, luftiges Hemd, das bis zum Bauchnabel aufgeknöpft war.

»Himmel, Stu, was ist passiert?«

Stuart grinste verlegen. »Hab keinen Job mehr und genieße die Zeit.«

»Das sehe ich. Nein, besser gesagt, das rieche ich. Ich würde dich ja bitten, mich reinzulassen, aber ich weiß nicht, ob mein Magen da mitmacht.«

»Dann lass ihn draußen«, sagte Stuart, öffnete die Tür ganz und ging wieder ins Haus.

56

Angewidert verzog Charlie das Gesicht, dann folgte er seinem Freund, allerdings ohne die Tür zu schließen.

»Willst du was trinken«, fragte Stuart, während er zwischen leeren Wodkaflaschen und Bierdosen nach etwas Brauchbarem suchte. »Ich glaube, ich müsste mal einkaufen.«

»Du musst so vieles: Duschen, aufräumen, ausmisten, duschen, lüften. Sagte ich duschen schon?«

Stuart blickte auf. »Ich glaube, du hast recht«, krächzte er. »Aber warum bist du gekommen? Hab versucht, dich anzurufen vor … ach, keine Ahnung, wann das war.«

Charlie wollte sich irgendwo hinsetzen, aber er fand nichts, was er seiner Kleidung zumuten konnte.

»Ja, war viel unterwegs. Geh duschen«, sagte er, »und dann lade ich dich zum Frühstück ein und erzähle dir alles.«

***

»Erzähl mir erst einmal, was dich derart abstürzen ließ.«

Stuart war geduscht, hatte sich rasiert und das Haar ordentlich nach hinten gekämmt. Er hatte Deo und Parfum genommen und frische Kleidung angezogen. Nun saßen Charlie und er in Dunkan's Bar und machten sich über das Frühstück her, das Charlie bestellt hatte. Dunkan war ein mürrischer Kerl und sein Laden war nicht gerade das, wohin man sein Mädchen am ersten Abend einladen würde, aber wenn Charlie ihn mit Stuarts Wohnung verglich, dann war er das Ritz.

Stuart schob sich Rührei in den Mund. »Wenn ich ehrlich bin, keine Ahnung. Vielleicht ist mir die Scheidung mit Bernadette nicht bekommen.«

»Als wir in Thailand waren, warst du auch schon geschieden und dennoch konnte man dich als Menschen erkennen.«

Stuart grinste gequält.

57

Dunkan trat an den Tisch heran. »Bei euch alles klar, Jungs?«

Charlie nickte und Stuart hielt seine leere Tasse hoch, die Dunkan sofort wieder auffüllte. Kaffee kochen konnte der Kerl, das musste man ihm lassen.

»Warum bist du hier, Charlie?« Wie gern hätte Stuart sich etwas Hochprozentiges bestellt.

»Ich möchte mit dir nach Europa reisen.«

Stuart blickte auf. »Was soll ich in Europa?«

Charlie grinste breit. »Sagen wir mal … dein Geld sinnvoll investieren. Ich nehme an, du hast noch welches, oder?«

»Ja, ich habe Geld. Aber warum sollte ich es in Europa investieren? Wo denn dort?«

»Deutschland.« Charlie griff in seine Aktentasche, die er aus dem Auto mit hereingenommen hatte, und legte einen Flyer auf den Tisch.

»Du sprichst doch Deutsch, habe ich recht?«

Stuart nickte kurz, zog das Papier zu sich heran und betrachtete es.

Es war ein Hochglanzprospekt, der auf der Vorderseite mehrere Kühe auf einer grünen Wiese mit den unterschiedlichsten Wildblumen zeigte.

›Hof Gutenberg‹ stand in weißen Buchstaben in der Mitte. Darunter in klein: ›Ihre Zukunft in der natürlichen Landwirtschaft‹. Stuart war zweisprachig aufgewachsen, da seine Mutter Anfang der Siebzigerjahre in die USA eingewandert war. Er klappte den Prospekt auf. Auch die Innenseite war mit Hochglanzfotos eines großen landwirtschaftlichen Betriebs verziert. Ein schlanker Mann in einem weißen Kittel wurde zitiert: *»Wir haben es geschafft, die moderne Landwirtschaft zu revolutionieren. Artgerechte Tierhaltung ist für uns genauso selbstverständlich wie der Schutz der Natur. Werden Sie Pate Ihres eigenen Rindes. Vereinbaren Sie einen Besichtigungstermin. Noch heute.«*

Stuart blickte hinüber zum Tresen. »Dunkan!«, rief er.

58

»Bring mir was Gutes.«

Der Wirt griff nach einer Flasche unter dem Tresen, warf Eiswürfel in ein Glas und füllte es bis zur Hälfte. »Einmal?«, fragte er, ohne aufzusehen.

»Für mich bitte auch«, sagte Charlie. »Was immer das ist.«

Stuart sah seinen Freund an. »Was soll der Scheiß? Ich fahre doch nicht nach Europa, um mir Kühe zu kaufen.«

Charlie lächelte. »Es ist Deutschlands größter Vorzeigebetrieb für die moderne Rinderzucht. Vielleicht sogar weltweit. Ich habe den Typ da auf dem Foto persönlich kennengelernt. Und glaub mir, du wirst ihn lieben.«

Dunkan kam mit den beiden Gläsern und stellte sie auf den Tisch. »Sagt Bescheid, wenn ich nachfüllen soll.«

Stuart setzte das Glas an und leerte es in einem Zug. »Jetzt!«

»Doc, du bist mein Lieblingsgast«, sagte Dunkan und für einen kurzen Augenblick huschte ein Lächeln über das sonst steinern wirkende Gesicht des Wirtes. »Kommt sofort.« Er sah zu Charlie hinüber, der dankend abwinkte.

Stuart nahm den letzten Bissen Rührei und schlang ihn hinunter. »Warum sollte ich einen deutschen Wissenschaftler lieben? Ich interessiere mich in keiner Weise für die Landwirtschaft. Solange die Steaks nicht zäh sind, ist es mir egal, wie und wo die Viecher aufwachsen.«

»Du wirst ihn lieben. Vertrau mir.«

Stuart lehnte sich zurück. »Angenommen, ich fliege mit dir dorthin. Was steckt dahinter? Dass dich so ein Scheißbetrieb nicht interessiert, weiß selbst ich. Also, was erwartet mich dort?«

»Du wirst es erfahren, wenn wir da sind.« Charlie lächelte und nippte an seinem Glas. »Heilige Mutter Gottes!«, keuchte er. »Was ist das für ein Teufelszeug?« Er stellte das Glas auf den Tisch.

»Das Beste, was du in ganz Nevada finden wirst«, sagte Dunkan, der wieder am Tisch stand und Stuart das neue

59

Glas hinstellte. »Mein Großvater weckte damit mal einen toten Indianerhäuptling auf und verhinderte somit einen Krieg.«

»Das glaube ich dir aufs Wort.« Charlie sog keuchend die Luft ein.

»Wann soll es losgehen?«, wollte Stuart wissen, als Dunkan wieder hinter seinem Tresen stand.

»Sobald du dich von deinem lieblichen Heim verabschieden kannst. Passt es dir morgen Vormittag?«

Stuart lächelte und hob sein Glas. »Ich habe nichts Bestimmtes geplant.«

Charlie stieß mit ihm an. »Du wirst es nicht bereuen, mein Freund.«

»Das hoffe ich für dich.«

***

Als Stuart am nächsten Morgen seinen Koffer gepackt hatte und in seinen Wagen stieg, sah er Frank Pollak in dessen Garten stehen und herüberblicken. Für den Nachmittag hatte Stuart eine Reinigungsfirma engagiert, die sich um das Haus kümmern sollte. »Für zweitausendfünfhundert pauschal erkennen sie Ihr Heim nicht wieder. Sie können vom Boden essen, wenn wir fertig sind«, hatte der Firmeninhaber gesagt. Stuart hatte das Geld angewiesen und den Schlüssel für die Reinigungskräfte hinter einem Stein neben dem Eingang deponiert.

Er blickte auf seinen fetten Nachbarn, dem er eine künstliche Kniescheibe zu verdanken hatte, und überlegte, ob er noch einmal reingehen sollte, um ihn vom Schlafzimmerfenster aus zu erschießen, genau wie seinen dreckigen Kater. Wahrscheinlich würde sein fetter Bauch aufplatzen und sein stinkendes Gedärm würde sich in der Hecke verteilen. Stuart grinste.

Frank Pollak, der es sah, schien es als eine versöhnliche

60

Geste zu empfinden und lächelte ebenfalls. Dann hob er sogar einen seiner fetten Arme und winkte.

»Irgendwann knall ich dich ab wie einen räudigen Köter«, murmelte Stuart und hob seinerseits die Hand. Dann machte er sich auf den Weg zum Flugplatz nach Elko.

Es war das letzte Mal, dass er Curnie Falls hinter sich ließ.

Teil II - Mel

Kapitel 5

Zu jener Zeit, als Stuart Gunn vor Gericht seiner Scheidung von Bernadette uneingeschränkt zustimmte, stand knapp neuntausend Kilometer entfernt eine junge Frau nackt vor dem großen Ankleidespiegel in ihrem Zimmer und betrachtete ihren Körper.

Ihre Titten waren ein wenig zu klein, fand Melanie, die von all ihren Freundinnen nur Mel genannt wurde. Die meisten in ihrer Klasse hatten bedeutend mehr zu bieten. Als sie mit den Händen versuchte, ihre Brüste etwas anzuheben, wurden ihre Brustwarzen hart und stachen hervor. Das gefiel Mel. Wäre es doch nur immer so! Die Jungs standen auf so etwas.

Mel wurde in zwei Tagen siebzehn, was sie mit einer großen Party zu feiern gedachte. Ma hatte es gestattet und sogar den Vorschlag gemacht, für die ersten paar Stunden mit einer Freundin ins Kino zu gehen. Mel hätte heulen können vor Stolz, dass ihre Mutter ihr so viel Vertrauen entgegenbrachte. Selbstverständlich würde sie dieses nicht ausnutzen. Sie hätte ihre Hand für die insgesamt fünfzehn Gäste ins Feuer gelegt, dass diese sich benehmen würden.

Hätte Mel gewusst, dass sie sich bereits am nächsten Tag darüber keine Sorgen mehr machen musste, wäre sie weniger beschwingt in den Tag gestartet.

Einen Tag später sprachen sie in der Schule über den Landwirtschaftsbetrieb, der der einzige seiner Art in ganz Schleswig-Holstein war. Zukunftsorientierte und artgerechte Tierhaltung. Beinahe alle Schüler, außer ein paar besonders cool sein wollende Jungs, fanden es großartig, dass Herr Hansen, ihr Klassenlehrer, eine Exkursion dorthin ankündigte.

Nach der Schule hatte Mel Glück, den Schnellbus zu erwischen, der sie zwar an der Landstraße, knapp zehn Fußminuten von ihrem Zuhause entfernt, hinausließ, aber dennoch den Fahrweg um die Hälfte der Zeit reduzierte.

Als sie ausstieg, sah sie von Weitem zwei der großen Schornsteine von Hof Gutenberg. Ein kleiner Funke Stolz stieg in ihr auf, dass sie in der Nähe eines der tierfreundlichsten Betriebe in ganz Europa wohnte. Was die Tierfreundlichkeit anbelangte, stand Hof Gutenberg auf Platz eins. Zunächst hatten die Anwohner protestiert. Niemand wollte einen Betrieb für Rinderzucht in seiner Nähe haben, allein des Gestankes wegen. Doch die Betreiber, sogar unterstützt von mehreren Tierschutzorganisationen in Schleswig-Holstein, hatten vertraglich zugesichert, dass niemand irgendwelchen Einschränkungen oder gar Belästigungen ausgesetzt sei. Ihre Düngebeseitigungsanlage sei die fortschrittlichste und innovativste Entwicklung in diesem Bereich. Und was das anbelangte, sollten sie tatsächlich recht behalten. Wenn man nicht wusste, dass Hof Gutenberg eine Rinderzucht mit über zwanzigtausend Tieren war, merkte man es nicht einmal, wenn man direkt daran vorbeiging.

Mel hatte einmal mit ein paar Freundinnen von Weitem zugesehen, wie abends die Felder von großen Saugfahrzeugen vom Kuhmist gereinigt wurden. Sie hatten mit offenen Mündern hinter dem hohen Zaun gestanden, der das Anwesen vor unbefugtem Zutritt schützte. »Seht euch das an«, hatte Mel ehrfürchtig geflüstert. »Die putzen sogar die Wiese.«

Jetzt stand sie auf dem schmalen Gehweg neben der Landstraße und freute sich darauf, den Betrieb in Kürze gemeinsam mit ihrer Klasse zu besichtigen. Aber zunächst war da ihre Geburtstagsparty. Für heute hatte sie sich einiges vorgenommen, was es zu erledigen galt. Selbst ihre Mutter hatte sich freigenommen, um ihre Tochter tatkräftig dabei zu unterstützen. Man werde schließlich nur einmal im Leben siebzehn, hatte sie lachend zu Mel gesagt. Die liebte sie dafür, dass sie so eine unkomplizierte Mutter war.

Mel war gerade fünfzig Meter weit gegangen, als ihr ein

64

junger, muskulöser Mann und eine Frau, die ein Klemmbrett in der Hand hatte, entgegenkamen.

»Dürfen wir dich vielleicht kurz etwas fragen?«, sagte die
Frau wenig später lächelnd, als die beiden Mel erreicht hatten. Mels skeptischen Gesichtsausdruck bemerkend, fügte
sie schnell hinzu: »Es geht um den Betrieb dort drüben. Hof
Gutenberg. Dauert auch echt nicht lange. Uns würde einfach nur interessieren, wie die Bevölkerung zwei Jahre nach
Eröffnung des Hofes darüber denkt.«

Mel sah sich um. Weit und breit war kein Fahrzeug zu
sehen und auch keine weitere Person. Sie wollte gerade dankend ablehnen – sie wusste genau, dass solche Interviews
immer darauf hinausliefen, irgendeine Mitgliedschaft zu verkaufen –, als der Mann sie sanft am Arm berührte. »Du würdest uns echt einen Gefallen tun«, sagte er mit einer Stimme,
die Mel dahinschmelzen ließ. Hinzu kam, dass der Kerl echt
heiß aussah und verdammt gut roch. »Na gut, wenn es wirklich nicht lange dauert.«

»Cool«, sagte die junge Frau und zog einen Stift aus der
Halterung am Klemmbrett.

Von Weitem näherte sich mit hoher Geschwindigkeit ein
VW-Bus, den Mel zunächst nicht wahrnahm.

Die Frau stellte die erste Frage »Was hast du seinerzeit
gedacht, als du gehört hast, dass Hof Gutenberg in deiner
Nähe eine Rinderzucht betreiben möchte?«, als der
schwarze Wagen neben ihnen zum Stehen kam.

Mel blickte auf und sah die zugeklebten Seitenscheiben.
Als sich mit einem Ruck die Schiebetür öffnete, wusste sie
instinktiv, dass sie einen Fehler begangen hatte, als sie heute
den Schnellbus nahm. Sie spürte einen Stich in ihrem Ober-
arm. Im nächsten Augenblick sackten ihr die Beine weg.
Der Mann mit der aufregenden Stimme bewahrte sie mit
festem Griff unter ihre Arme davor, auf den Boden aufzu-
schlagen. »Schnell! Schnell!«, hörte sie eine weitere männliche Stimme, dann wurde alles schwarz.

***

Als Mel erwachte, zuckte sie erschrocken zusammen. Sie blinzelte mit den Augen, konnte diese aber nicht sofort öffnen. Es war einfach zu hell. Sie hob die Hände und berührte ihren Kopf, der leicht dröhnte. Was hatten die beiden mit ihr gemacht? Mel konnte sich an alles erinnern, sogar daran, dass ein Auto neben ihnen gehalten hatte, kurz bevor sie ohnmächtig geworden war.

Hatte man sie in den Wagen verfrachtet? Dem musste wohl so sein, denn scheinbar war sie entführt worden.

Ruckartig riss sie die Augen auf, ignorierte das Stechen, wartete, bis die Pupillen sich an das Licht gewöhnt hatten und sprang von dem Stuhl auf, auf dem sie gesessen hatte.

Augenblicklich verengte sich ihr Blickfeld, und der Raum um sie herum drehte sich derart schnell und unkontrolliert, dass sie das Gleichgewicht verlor.

Jemand griff ihr unter die Arme und ließ sie langsam wieder zurück auf den Stuhl gleiten, der sich als bequemer Ledersessel entpuppte.

Wurde sie doch nicht entführt? Immerhin hatte man sie nicht gefesselt.

»Wo ... wo bin ich hier?« Ihre Kehle brannte und war dermaßen ausgetrocknet, dass Mel husten musste, was die Sache nicht gerade besser machte.

»Hier, trinken Sie das.«

Sie fühlte, dass ihr jemand einen Plastikbecher in die Hand drückte und führte ihn zum Mund. Es war kühles Mineralwasser, das nun über ihre Lippen floss.

Nach drei kräftigen Schlucken war der Becher leer. Mel öffnete vorsichtig die Augen, rechnete damit, dass der Raum sich weiterhin drehen würde. Stattdessen sah sie einen Mann, der vor ihr an einen Schreibtisch gelehnt stand und sie anlächelte. Sein graues Haar war streng zurückgekämmt.

66

»Geht es Ihnen besser?«, fragte er fürsorglich.

»Wo bin ich hier?« Mel wiederholte ihre Frage.

»In Sicherheit. Einzelheiten erhalten Sie später. Ich möchte mir zuvor Ihre Augen ansehen, wenn Sie gestatten.« Er zog eine kleine Stablampe aus der Tasche seines weißen Kittels.

Stand da ein Arzt vor ihr? War sie auf offener Straße zusammengebrochen und man hatte sie zu einem Doktor gebracht?

Mels Augenlider wurden sanft hochgezogen und der Lichtstrahl der Lampe glitt einmal kurz über ihre Pupillen.

Mit zusammengepressten Lippen, die ein Lächeln darstellen sollten, steckte der Mann die Lampe zurück in die Tasche. »Das gefällt mir.« Er nahm Mel den Becher aus der Hand und füllte ihn mit neuem Wasser aus einer Karaffe. »Versuchen Sie, langsam zu trinken.« Dann ging er um den großen Schreibtisch herum und ließ sich ebenfalls in einen bequem aussehenden Sessel fallen.

»Zu Ihrer Frage, Frau Senker, Sie befinden sich nicht weit von Ihrem Zuhause entfernt.«

»Woher kennen Sie meinen Namen?«

Der Mann schob ihren Ausweis über den Schreibtisch. »Wir haben ein Portemonnaie in Ihrer Jacke gefunden.«

Als Mel nach ihrem Personalausweis greifen wollte, zog der Mann ihn wieder zurück. Mel sah ihn stumm an.

»Den bekommen Sie später wieder. Ich bin übrigens Doktor Liebherr.«

»Der Wissenschaftler?« Mel war überrascht, hatten sie doch heute erst in der Schule über diesen Mann gesprochen. Doktor Friedhelm Liebherr war der Gründer und Eigentümer von Hof Gutenberg.

»Ja, der Wissenschaftler«, sagte Liebherr.

»Das heißt, ich bin auf Hof Gutenberg?«

»Sie sind ein schlaues Mädchen, Melanie. Ich darf Sie doch Melanie nennen?«

67

Mel nickte. »Sie brauchen mich nicht zu siezen. Noch bin ich sechzehn.«

»Ja, ich weiß. Ich habe Ihren Ausweis gesehen. Aber Sie müssen verzeihen, ich sieze jeden. Ich bin der Meinung, es gewährt eine gewisse Distanz zwischen den Gesprächspartnern, die einem Akt der Höflichkeit entspricht.«

»Was immer Sie mir damit sagen wollen …« Mel spürte, wie eine Gereiztheit in ihr aufkeimte. »Kann ich jetzt gehen?«

Liebherr lehnte sich nach vorn und stützte die Unterarme auf der Schreibtischplatte ab. »Noch nicht«, sagte er und sah sie an.

»Dann sagen Sie mir endlich, was Sie von mir wollen. Warum bin ich hier? Haben Sie mich entführt?«

Der Blick des Doktors veränderte sich nicht. Dann stieß er hörbar die Luft aus. »Das kann ich leider nicht verneinen. So gern ich es auch täte.«

Mel spürte, wie ein Kloß in ihrem Hals entstand, den sie am liebsten hinausgewürgt hätte. Sie war tatsächlich entführt worden. Und der Kerl auf der anderen Schreibtischseite sagte es ihr eiskalt ins Gesicht.

Sie blickte sich um und entdeckte die Tür hinter ihrem Rücken am Ende des Raumes. Als sie wieder nach vorn schaute, erkannte sie das leichte Kopfschütteln des Doktors.

»Sie ist zwar nicht abgeschlossen, aber von außen bewacht.«

Mel sprang auf und rannte auf die Tür zu. Mit einem Ruck riss sie diese auf und prallte im selben Moment gegen einen Kerl, der fast den gesamten Türrahmen füllte. Sanft schob er sie wieder zurück zu ihrem Platz.

»Danke, Herr Ludwig«, sagte Liebherr, als der bullige Mann den Raum verließ. Dann an Mel gewandt: »Können wir uns jetzt unterhalten?«

68

Mels Augen füllten sich mit Tränen. Wenn sie hier wirklich auf Hof Gutenberg war, dann waren es keine fünfzehn Minuten Fußweg bis zu ihrem Zuhause. Mama würde mit dem Essen warten, denn heute war ja ihr freier Tag. Sie wollten doch so viel vorbereiten.

Plötzlich stutzte Mel. »Wie lange bin ich schon hier?«

Liebherr sah auf seine Armbanduhr. »Hier in dem Büro seit fünfunddreißig Minuten. Meine Mitarbeiter, Sebastian und Christin, haben Sie direkt hierhergebracht. Man wird Sie noch nicht vermissen.«

Der Kerl hatte recht. Es kam häufig vor, dass Mel nicht pünktlich nach Hause kam. In der Regel kam ihre Mutter auch nicht vor fünf von der Arbeit, sodass es ihr nicht auffiel. Wenn sie aber, wie heute, einen freien Tag hatte, würde sie versuchen, ihre Tochter auf dem Handy zu erreichen. Mel griff an ihre Hosentasche, doch das Handy war verschwunden. Logisch!

»Ich habe alle Ihre Besitztümer hier.« Liebherr hielt einen durchsichtigen Beutel hoch, in dem Mel ihr Portemonnaie, das iPhone, die dazugehörigen Kopfhörer und den Haustürschlüssel entdeckte.

»Sie bekommen sie selbstverständlich unversehrt zurück, sobald Sie das Areal wieder verlassen können.«

»Und wann ist das?« Mel hätte heulen können vor Wut und Frustration.

»Ich drücke es einmal so aus: Sobald Sie gewisse Dinge für uns getan haben.«

»Einen Scheiß werde ich tun.« Mel blickte in ihren Schoß. Sie bezweifelte, dass es sinnvoll war, ihren Entführer zu reizen, aber sie konnte einfach nicht anders. Sie hasste diesen schmierigen Typen, der sie von der anderen Schreibtischseite aus so selbstgefällig angrinste. *Sobald Sie gewisse Dinge für uns getan haben.«* Was hatte das zu bedeuten?

»Sie bestimmen mit Ihrer Kooperation die Zeit Ihrer Anwesenheit hier auf dem Hof, Melanie.« Die Miene des Doktors hatte sich nicht verändert. Seine Lippen umspielte ein kaum merkliches Lächeln, was der Ernsthaftigkeit seiner Worte allerdings keinen Abbruch tat.

»Dann sagen Sie mir, was ich machen soll, damit ich hier endlich raus kann.« Mel erkannte, dass Trotz nicht zum Ziel führte. Der Kerl war eindeutig krank im Kopf. Und wenn er wollte, dass sie sich hier vor ihm auszog, weil er auf junge Mädchen stand, dann würde sie das eben tun. Und wenn sie wieder zu Hause war, dann würde sie das Arschloch anzeigen und den ganzen Laden hochnehmen lassen.

»Ich werde einen Vertrag anfertigen lassen, den Sie unterschreiben werden.«

»Ich bin sechzehn! Schon mal was von Vertragsrecht bei Minderjährigen gehört?«

Liebherr lächelte etwas breiter. »Sie unterschreiben ihn selbstverständlich erst an Ihrem achtzehnten Geburtstag. Bis dahin reicht mir Ihr Wort.«

Mel wurde mit jedem Augenblick verwirrter.

»Das verstehe ich nicht«, sagte sie deshalb. »Was genau soll ich machen?«

»Sie sollen Kinder gebären. Insgesamt zehn. Dann dürfen Sie wieder nach Hause.«

Mels Mund klappte auf. Sie sah den Arzt an, der den Blick nicht von ihr abwandte. Dann brach sie in ein schallendes Gelächter aus. Sie lachte derart heftig, dass ihr Tränen über die Wangen liefen und auf ihrem Shirt landeten.

Der Doktor verzog keine Miene.

Irgendwann beruhigte sich Mel und ihr Lachen ging in ein abgehacktes Glucksen über.

»Wenn es weiter nichts ist«, keuchte sie und lachte wieder los.

»Weiter nichts«, sagte Liebherr und lächelte.

Und in diesem Augenblick erkannte sie in seinen Augen, dass er es ernst meinte.

70

***

Als sie das nächste Mal erwachte, lag Mel auf einem schmalen Gestell mit Rädern. Diesmal war sie so mit Gurten fixiert, dass sie bis auf ihren Kopf nichts bewegen konnte.

Nachdem sie vorhin die Verrücktheit des Doktors erkannt hatte, war sie auf den Schreibtisch gesprungen. Sie hatte es geschafft, die Kehle des Verrückten zu packen. Wäre nicht der bullige Türsteher hereingestürmt und hätte ihr etwas über den Schädel gezogen, das sie augenblicklich ausknockte, hätte sie ihre spitzen Fingernägel in Liebherrs Kehlkopf gerammt und ihm diesen herausgerissen.

Der Raum, in dem sie sich jetzt befand, war in ein warmes Licht getaucht, dessen Quelle Mel aus ihrer momentanen Position heraus nicht ausmachen konnte. Dafür konnte sie erkennen, dass der Boden und die Wände weiß gefliest waren.

Sie haben zumindest nicht vor, dich zu töten, sagte eine sanfte Stimme in ihrem Innern. Allerdings tröstete sie das in keiner Weise. Der Spinner wollte, dass sie zehn Kinder gebar? Wie viele Jahre sollte das dauern?

»Sie bestimmen mit Ihrer Kooperation den Zeitraum Ihres Aufenthalts!«

Der Kerl war eindeutig verrückt. Inzwischen würde ihre Mutter die Polizei verständigt haben. Und es konnte nicht mehr lange dauern, bis man sie hier finden würde. War dieses zukunftsorientierte Geschwafel von artgerechter Rinderzucht nur Tarnung und das eigentliche Geschäft machte man mit entführten Frauen? Oder war der Besitzer dieses Hofes völlig durchgeknallt und führte hier ein grausames Eigenleben, unterstützt von seinen Angestellten? Zumindest einige seiner Mitarbeiter mussten in die Entführungsgeschichte involviert sein. Auf jeden Fall die beiden, die Mel auf der Straße angesprochen hatten und der Türsteher, der

71

sie davon abgehalten hatte, dem Verrückten den Garaus zu machen.

Wie auf Kommando wurde die Tür geöffnet und der Doktor trat herein. Er trug, wie bei ihrem ersten Gespräch, einen weißen Kittel, doch diesmal hatte er Gummihandschuhe und einen Mundschutz angelegt. Wortlos ging er zu einem Schrank und entnahm einige Utensilien, die er auf einem Tablett abstellte. Dann setzte er sich auf einen Hocker und rollte zu Mel ans Fußende.

Als die den Kopf anhob, stellte sie mit Entsetzen fest, dass sie untenherum nackt war.

Im nächsten Augenblick berührte der Doktor ihre Schamlippen und zog sie auseinander. Mel zuckte zusammen.

Liebherr legte eine der behandschuhten Hände auf ihren Bauch. »Versuchen Sie, ruhig zu bleiben«, sagte er.

»Nehmen Sie Ihre Scheißfinger da weg!«, brüllte Mel. Wenn ihre Beine nicht an das Bett gefesselt gewesen wären, hätte sie dem Typen das Nasenbein in den Schädel getreten.

»Schon erledigt«, sagte Liebherr und rollte zum Tisch, um Notizen zu machen.

»Da Sie noch Jungfrau sind, werde ich eine intrauterine Insemination vornehmen. Dabei füge ich das Sperma mittels Katheter direkt in Ihre Gebärmutter ein. Ich denke, Sie gehen diesbezüglich mit mir konform, wenn ich Sie nicht direkt zu Beginn dem Martyrium einer gewaltsam herbeigeführten Kopulation aussetze. Leider ist die Öffnung Ihres Hymens lediglich mikroperforiert, wie ich gerade festgestellt habe. Ich werde daher vor der Katheterisierung eine kleine manuelle Erweiterung durchführen.«

Liebherr rollte zurück. Das Skalpell in seiner Hand glänzte kurz im Licht.

»Sie ticken doch nicht mehr richtig! Denken Sie etwa, Sie kommen damit durch? Meine Mutter wird inzwischen die Polizei verständigt haben. Darauf können Sie Gift nehmen!«

72

Mel war außer sich. Gleichzeitig spürte sie, dass sich bei ihr da unten alles zusammenzog.

»Oh, davon gehe ich aus. Sie wäre eine schlechte Mutter, hätte sie es nicht getan. Versuchen Sie dennoch, sich zu entspannen. Ich werde einen winzigen Schnitt ausführen. Das kann etwas unangenehm werden, wenn Sie sich verkrampfen. Danach ist das Einführen des Katheters wesentlich einfacher.«

Doktor Liebherr nahm seine vorherige Position wieder ein. Er tippte kurz einige Tasten an einem Tablet, dass sich auf einem Gestell neben dem Bett befand, und eine große, schwenkbare Lampe beleuchtete Mels Unterleib. Der Doktor schob sie in die optimale Position. Dann tippte er wieder auf dem Tablet herum und Mels Beine wurden gespreizt und angewinkelt. Jetzt hatte das Ding, auf dem sie lag, Ähnlichkeit mit dem Untersuchungsstuhl eines Frauenarztes.

Mels Herz raste so heftig, dass sie die Schläge durch ihr T-Shirt sehen konnte. Im selben Moment spürte sie einen kurzen Schmerz zwischen ihren Beinen und zuckte zusammen.

»Sehen Sie, das Schlimmste haben wir überstanden.« Der Doktor legte das Skalpell in einen Metallbehälter.

»Ich werde nun einen kleinen Schlauch in Ihre Vagina einführen. An diesem ist eine winzige Kamera befestigt. Wie gesagt, bleiben Sie so entspannt, wie möglich.«

Mel spürte das Beschriebene und zuckte erneut zusammen.

»Ich werde es auch dann zum Abschluss bringen, wenn Sie sich verkrampfen. Es ist ganz allein Ihre Entscheidung, ob es schmerzfrei geschieht oder nicht.«

Ein leichtes Stechen entstand in Mels Unterleib und zog sich bis hinein in den Rücken. Sie versuchte, ruhig zu atmen. Trotzdem jagte ihr Herz, als hätte sie gerade einen Marathon hinter sich.

»Bitte tun Sie es nicht«, wimmerte sie. Der Schmerz

wurde spitzer, sodass Mel die Lippen zusammenpresste. Tränen rannen aus ihren Augen.

»So, das war es schon.« Liebherr stand auf, zog die Gummihandschuhe aus und ließ sie in einem Papierkorb verschwinden. Den Mundschutz schob er nur herunter.

»So hätten Sie sich Ihr erstes Mal nicht vorgestellt. Habe ich recht?« Der Doktor schob den Hocker mit dem Fuß beiseite und betätigte wieder einige Tasten auf dem Tablet, sodass Mels Beine in ihre ursprüngliche Position zurückglitten. Die Lampe erlosch.

»Sie müssen so liegen bleiben. Ich werde in etwa einer Stunde wieder nach Ihnen sehen.« Liebherr verließ den Raum.

Mel weinte leise weiter, bis ihre Tränen nach einiger Zeit versiegten.

***

Als der Doktor das nächste Mal den Raum betrat, zitterte Mel am ganzen Leib. Ihr war kalt und die Tatsache, dass sie halbnackt war, ließ sie vor Scham und Wut erröten.

»Wie fühlen Sie sich?«, fragte Liebherr, während er den Hocker wieder heranschob. Diesmal setzte er sich seitlich an das Bett, sodass er Mel direkt ansehen konnte. Die drehte den Kopf zur Seite.

»Ich werde Sie jetzt über ein paar der hiesigen Gepflogenheiten aufklären, Melanie. Sie sollten aufmerksam zuhören, denn ich werde sie nicht wiederholen. Haben Sie mich verstanden?«

Als Mel weder antwortete noch den Kopf in seine Richtung wandte, nahm er einen ihrer Zeigefinger und bog ihn so weit nach hinten, bis er brach.

Mels Schrei hallte von den Wänden wider, als befänden sie sich in einer riesigen unterirdischen Höhle. Sie drehte ih-

74

ren Kopf, schrie dem Doktor den Schmerz direkt ins Gesicht, das sie durch den Tränenschleier hindurch nur als Schemen erkennen konnte.

»Bitte hören Sie auf zu schreien«, sagte Liebherr leise.

Mel brüllte und konnte nicht glauben, was für ein Schmerz da ihren Arm hinaufjagte und sich in ihrem Körper ausbreitete.

»Ich werde Ihnen noch einen Finger brechen. Und dann einen weiteren. Bis Sie aufhören zu schreien.« Die Stimme des Doktors war sanft und leise, trotzdem verstand sie jedes Wort. Und … sie glaubte jedes davon. Sie biss sich auf die Unterlippe und versuchte, ihre Schreie zu unterdrücken und den Schmerz als etwas Gegebenes anzunehmen. Etwas, das einfach da war und dazugehörte. Und es gelang ihr. Ihre Schreie verwandelten sich in lautes Keuchen. Rotz verstopfte ihre Nase. Sie versuchte, die Übelkeit hinunterzuschlucken, die sich einen heißen Weg aus ihrem Magen bis in den Hals bahnte.

Der Doktor hatte den Kopf schief gelegt und betrachtete sie.

»Schmerz ist etwas, was sich beherrschen lässt. Bis zu einem gewissen Grad zumindest. Und davon sind Sie noch weit entfernt. Also, sind Sie bereit, sich meine Ausführungen anzuhören?«

Mel nickte. Sie spürte das unbändige Zittern ihrer Hand, an der der gebrochene Finger steil nach oben ragte.

»Sehr schön«, sagte der Doktor. »Ich werde mich beeilen, das verspreche ich Ihnen. Und wenn wir fertig sind, wird sich jemand um Ihren Finger kümmern.«

Liebherr nahm ein Klemmbrett von seinem Schoß, setzte sich eine schmale Brille auf, dann begann er zu lesen:

»Während Ihres Aufenthalts werden Sie sich an gewisse Gepflogenheit halten, die ich Ihnen jetzt im Einzelnen vorlese. Diese sind in verständlicher Weise verfasst, sodass Zwischenfragen weder erforderlich noch geduldet sind.

75

Erstens: Sie reden nur dann, wenn Sie direkt angesprochen werden. *Nur* dann. Zweitens: Mit dem Reinigungspersonal und anderen Patientinnen wird grundsätzlich nicht geredet. Drittens: Eindeutige Zeichen mit Fingern, Händen, Augen oder den Lippen sind untersagt. Viertens: Sämtlichen Weisungen des Personals ist sofort und uneingeschränkt Folge zu leisten. Fünftens: Schreien, lautes Wimmern oder lautes Weinen sind untersagt.«

Liebherr ließ das Klemmbrett sinken und nahm die Brille ab.

Mel hatte zwar aufmerksam zugehört, nichtsdestotrotz wollte ihr Verstand das Gehörte nicht fassen. Sie wollte nicht hier sein. Was zum Teufel sollte das denn alles? Erlaubte sich jemand einen bösen Scherz mit ihr? Das konnte einfach nicht wahr sein! Der Schmerz in ihrer Hand sagte jedoch etwas anderes.

»Haben Sie das alles verstanden, Melanie?«

Mel nickte langsam.

»Sie dürfen gern sprechen.«

»Warum ... warum tun Sie das mit mir?«

Der Doktor setzte einen mitleidigen Gesichtsausdruck auf. »Sie passen einfach optimal in unser Team«, sagte er. Er stand auf. »Ich wünsche Ihnen alles Gute für den Verlauf Ihrer Schwangerschaft, sofern wir einen Erfolg mit der Befruchtung verzeichnen können. Sebastian – Sie kennen ihn ja bereits, er hat Sie hierhergebracht – wird sich gleich um Ihren Finger kümmern und Sie danach in Ihr Quartier bringen. Denken Sie bitte an die Regeln. Sebastian wird Sie Ihnen nachher noch einmal vorlesen. Versuchen Sie, sie auswendig zu lernen. Es sind schließlich nur fünf Punkte, wenn auch äußerst entscheidende. Ich kann es nicht oft genug betonen. Ich selbst werde Sie in einem Monat wieder aufsuchen, um zu sehen, wie alles verläuft. Bis dahin wünsche ich Ihnen einen angenehmen Aufenthalt.«

76

Als Liebherr den Raum verlassen wollte, rief Mel ihm hinterher. »Ich muss mal zur Toilette.«

Der Doktor blieb stehen, ohne sich umzudrehen.

Mel sah ihn an, sah, wie sich sein Rücken hob und senkte. Dann drehte er sich um und lächelte herüber. Er kam wieder zurück zum Bett, legte kurz seinen Kopf schief, bevor er sich einen weiteren Finger von Mel schnappte und ihn ebenfalls brach.

Als Mel den Mund aufriss, zischte er: »Wenn Sie schreien, breche ich Ihnen zwei weitere.«

Mel schluckte den Schrei hinunter, presste die Lippen aufeinander und kniff die Augen zusammen. Ein panisches Glucksen entstand in ihrem Hals, doch sie ließ es nicht hinaus.

»Sebastian wird Ihnen später noch einmal die Regeln vorlesen.«

Mel weinte so leise, dass sie sogar das sanfte Schließen der Tür hören konnte.

* * *

Sie weinte sehr lange. Der Schmerz in ihrer Hand, der sich inzwischen durch ihren gesamten Körper ausgebreitet hatte, fühlte sich an wie eine schwere Rüstung aus heißem Stahl.

Jeder Atemzug tat weh. Und immer wieder musste sie die Beine zusammenpressen, weil sie Angst hatte, dass sie sonst alles vollpinkeln würde.

Mel hatte einmal versucht, ihre Hand zu betrachten. Als sie jedoch die beiden nach oben gerichteten Finger gesehen hatte, hatte sie den Kopf zur Seite gerissen und sich übergeben. Wie gern hätte sie einfach geschrien. Doch das traute sie sich nicht.

Inzwischen konnte sie ihre Beine nicht mehr spüren. Die Kälte kroch wie ein schleichendes Tier langsam an ihrer

Haut empor. Vielleicht hatte sie ja Glück und würde erfrieren. Aber wollte sie das wirklich? Noch immer hoffte sie, in Kürze hier herausgeholt zu werden. Die Polizei würde eine großangelegte Suchaktion starten und da würden sie keinesfalls diesen neuen landwirtschaftlichen Betrieb auslassen. Ob Mel die Einzige war, die man hier gefangen hielt?

»Sie passen einfach optimal in unser Team«, hatte der Doktor gesagt. Mel versuchte, sich ein Bild zu machen, was das Ganze hier sollte. Wenn das alles real war, was der Doktor mit ihr veranstaltet hatte, was ergab das für einen Sinn? Warum sollte sie schwanger werden?

Du sollst sogar zehn Mal schwanger werden, lachte eine gehässige Stimme in ihrem Innern.

Wenn eine Schwangerschaft, einschließlich der Wartezeit danach, ein Jahr dauerte, dann würde es ja bedeuten …

Mel schluckte trocken. Der Schmerz wurde dumpfer, legte sich über sie wie ein dickes Tuch. Sie hatte sogar das Gefühl, dass er sie für einen Augenblick wärmte.

Als sie gerade ihre Augen schloss, wurde die Tür geöffnet und Sebastian, der muskulöse Typ mit der berauschenden Stimme, betrat den Raum. Auch er trug jetzt einen weißen Arztkittel.

Als er bemerkte, dass Mel ihn anstarrte, sagte er: »Oh, die Dinger müssen wir hier tragen. Ich bin kein Arzt.« Seine Stimme war unglaublich betörend, dennoch verspürte Mel den Drang, ihm sein hübsches Modelgesicht zu zerkratzen und ihm die verflucht blauen Augen auszustechen.

»Autsch«, sagte er, als er das Bett erreichte. »Zwei Finger.«

»Er hat sie einfach gebrochen«, wimmerte sie. Im selben Moment bereute sie ihre Worte und presste die Lippen fest aufeinander.

Sebastian schien ihre Panik zu bemerken und lächelte sanft. »Du kannst ruhig sprechen. Es ist alles okay. Ich sehe das nicht so eng.« Er hob vorsichtig ihre Hand an, was dazu führte, dass Mel zischend die Luft einsog.

78

»Bitte entschuldige. Ich werde deine Hand gleich örtlich betäuben. Dann spürst du nicht mehr so viel.« Er ging zu dem Schrank und zog eine Spritze auf. »Du scheinst echt tapfer zu sein. Ich hatte hier schon Patientinnen liegen, denen waren alle zehn Finger gebrochen worden.«

Mel war also doch nicht die Einzige!

»Zwei Finger sind echt gut«, sagte er anerkennend.

»Scheiße, was soll daran gut sein? Er hat sie einfach gebrochen. Ohne Vorwarnung. Einfach so.«

Sebastian setzte sich neben sie auf den Hocker und desinfizierte die Hand. »Es gibt jetzt einen kleinen Piks.« Mel spürte davon nichts.

»Er unterstreicht damit seine Regeln. Und du solltest dich echt bemühen, dich daran zu halten. Zumindest, wenn *er* bei dir ist. Und am besten auch bei den anderen.«

»Was ist das hier?« Mel spürte, wie sich eine leichte Taubheit in ihrer Hand ausbreitete. Der Schmerz verschwand.

»Du wirst alles kennenlernen«, sagte Sebastian. »Ich werde es dir später zeigen. Aber zunächst kümmern wir uns um deine Finger, okay? Die sollen ja nicht so seltsam stehen bleiben.« Er lachte dabei nicht, was auch gut war.

Als er die Finger geradebog, verspürte Mel einen dumpfen Schmerz, der aber bei Weitem nicht mit dem des Brechens zu vergleichen war.

»Warum bist du hier?«, wollte Mel wissen.

»Ich mache hier meinen Job«, sagte Sebastian, als sei es das Selbstverständlichste der Welt.

»Das ist doch kein Job!«

»Klar ist es einer. Wenn ich ihn nicht machen würde, würde es jemand anderes tun. Und der Doktor zahlt verdammt gut.«

»Scheiße, ihr entführt Menschen. Ihr foltert sie. Und was weiß ich noch alles. Du bist ein ganz gewöhnlicher Verbrecher.« Mels Stimme zitterte.

»Da magst du recht haben. Allerdings ist ja mein eigentlicher Job oben auf dem Hof. Wir forschen an alternativen Möglichkeiten, Dünger in Energie umzuwandeln. Und wir können beachtliche Erfolge aufweisen.« Sebastians Augen glänzten vor Stolz, als er Mel ansah.

Diese erkannte, dass der Typ nicht weniger verrückt zu sein schien als der Doktor selbst. Sie musste eine Möglichkeit finden, hier herauszukommen. Und zwar so schnell wie möglich.

»Was hat das mit den Schwangerschaften auf sich?«, fragte sie, als Sebastian ihr den Verband anlegte.

»Wie ich vorhin schon sagte, du wirst alles kennenlernen. Ich werde dir nicht alle Fragen beantworten können, aber die meisten schon.« Er stand auf. »Wie neu«, sagte er und hob Mels Arm hoch. Die beiden gebrochenen Finger waren mit einem dicken Verband umwickelt, der sich bis hinauf zu ihrem Ellenbogen zog.

Sebastian ging zu dem Tisch und kam mit dem Klemmbrett zurück. »Ich werde dir noch einmal die Regeln vorlesen. Heute Abend mache ich das wieder. Danach musst du sie auswendig kennen und immer dann aufsagen, wenn dich irgendjemand danach fragt. Außer das Reinigungspersonal. Von denen ist hier keiner weisungsbefugt gegenüber den Patienten.«

»Sebastian«, Mel legte ihre bandagierte Hand auf die seine. »Kannst du mich hier rausbringen? Ich verspreche auch, dass ich niemanden etwas erzählen werde.«

Er lächelte kurz, dann begann er, mit sanfter Stimme zu vorzulesen.

80

Kapitel 6

Die Boeing setzte pünktlich um sieben Uhr fünfundvierzig auf der Landebahn des Hamburger Flughafens auf.

Stuart und Charlie waren bis Berlin erster Klasse geflogen. Von dort ging es weiter bis Hamburg via Business Class. Stuart hatte den ganzen Flug über herumgenörgelt und ständig angemerkt, dass es so etwas Unmenschliches gar nicht geben dürfe.

»Ich kann nicht mal meine Beine vernünftig ausstrecken«, hatte er der Stewardess mitgeteilt, die ihm mit bedauerndem Gesichtsausdruck und freundlich lächelnd einen Begrüßungssekt angeboten hatte.

»Ihren Sekt können Sie sich sonst wo …« Charlie hatte ihn, ebenfalls lächelnd, unterbrochen und in verkrüppeltem Deutsch »Villen Dankeschon« zu der Stewardess gesagt.

»Das ist das erste und letzte Mal, dass ich mit dieser Gesellschaft fliege«, brummte Stuart und stürzte den Sekt hinunter.

»Die Gesellschaft kann nichts dafür, dass wir keinen Erste-Klasse-Flug mehr bekommen haben. Entspann dich. Wir werden in Hamburg von einem Chauffeur erwartet. Und wie ich Doktor Liebherr kenne, lässt er sich nicht lumpen, was Service anbelangt.«

»Das hoffe ich doch. Sonst kann er sich meine Investition sonst wohin stecken. Sofern ich überhaupt in irgendwas investiere.«

Charlie sollte recht behalten mit dem, was Hof Gutenberg unter Service verstand. Die Mercedes-Maybach-Limousine ließ keine Wünsche offen. Die Fahrt von Hamburg nach Kiel war für Stuart ein wahr gewordener Traum nach den Strapazen des Inlandfluges. Er konnte seine Beine ausstrecken und, wenn er wollte, seinen Sitz sogar in eine Liegeposition bringen. Es gab Musik nach Wunsch oder die Möglichkeit, sich Filme anzusehen. Da der Bildschirm hier-

81

für aber mehr der Größe eines Notebooks entsprach, verzichteten die beiden dankend darauf. Allerdings war die kleine Bar gut bestückt und trotz des frühen Morgens ließen sich Charlie und Stuart so manches Glas schmecken. Knapp anderthalb Stunden später fuhren sie durch das gewaltige Eingangstor des Hofes Gutenberg, das Stuart an das Tor zu einer Ranch in Texas erinnerte. Und genau so war auch das Hauptgebäude aufgebaut: wie eine überdimensionale Luxusranch. Einzig die beiden hohen Schlote neben einem etwa einhundert Meter entfernten Gebäude wirkten deplatziert. Aufsteigender Rauch war nicht zu erkennen.

Als die Limousine vor dem Haupteingang des Gebäudes hielt und ihnen wenig später die Türen aufgehalten wurden, stiegen Stuart und Charlie ins Freie und atmeten die frische Luft ein. Der Geruch bestand aus einer Mischung von Frühlingsblumen und Meer. Hin und wieder vernahmen sie das Muhen von Kühen, die sie von hier aus allerdings nicht sehen konnten. Die umliegenden Weiden, die mit einem dekorativen Holzzaun umsäumt waren, schienen leer zu sein.

»Herzlich willkommen auf Hof Gutenberg, meine Herren.« Eine erfrischende Stimme mit perfektem Englisch ließ Charlie und Stuart in Richtung des Hauses blicken. Ein hochgewachsener Mann, Mitte fünfzig, in Jeans und weißem Hemd kam mit ausgebreiteten Armen auf sie zu.

Charlie grinste breit. »Friedhelm«, rief er und umarmte den Mann.

Stuart verzog keine Miene. Ihm waren derartige überschwängliche Begrüßungsrituale zuwider.

Charlie löste sich aus der Umarmung und führte den Möchtegern-Cowboy zu Stuart hinüber.

»Das ist mein lieber Freund Doktor Friedhelm Liebherr. Friedhelm, das ist mein Freund Doktor Stuart Gunn aus Curnie Falls in Nevada.«

Die beiden Doktoren schüttelten sich die Hände. »Ich muss gestehen, Stuart – ich darf doch Stuart sagen? –, von

82

einem Ort mit dem Namen Curnie Falls bis dato nichts gehört zu haben. Aber Charlie berichtete mir, Sie seien eine Koryphäe in der chirurgischen Abteilung Ihrer Klinik. Herzlich willkommen.«

Stuart antwortete auf Deutsch. »Zurzeit arbeite ich nicht dort, Doktor. Aber danke.«

»Nennen Sie mich Friedhelm, lieber Kollege. Ich muss sagen, Ihr Deutsch ist ausgezeichnet. Wirklich ausgezeichnet. Man hört kaum einen Akzent.«

»Meine Mutter ist in Deutschland geboren und aufgewachsen«, sagte Stuart. »Ich sehe gar keine Rinder.«

»Die halten sich alle im hinteren Bereich der Weiden auf. Wenn Sie mögen, können wir später mit dem Helikopter über das Areal fliegen. Sie werden erstaunt sein, wie weitläufig das alles ist.«

»Nichts lieber als das«, log Stuart.

»Jetzt zeige ich Ihnen erst einmal Ihre Zimmer. James wird Ihr Gepäck hinaufbringen.« Liebherr war der Höflichkeit Charlie gegenüber zuliebe wieder ins Englische gewechselt.

Als Stuart die Augenbrauen anhob, fügte Liebherr hinzu: »Er heißt natürlich nicht James, aber ich fand den Namen originell für einen Butler und Chauffeur, und so haben wir das vertraglich vereinbart.« Er lachte erfrischend. Stuart schüttelte innerlich den Kopf und verfluchte sich dafür, dass er sich von Charlie zu diesem Trip hatte überreden lassen.

»Wenn Sie sich frisch gemacht haben, kommen Sie einfach wieder hinunter. Ich erwarte Sie im Empfangsraum.«

***

Eine knappe Stunde später fand sich Stuart frisch geduscht in besagtem Raum im Erdgeschoss des Hauses ein. Das

Wohngebäude der Ranch war so riesig, dass es ihm regelrecht die Sprache verschlug. Liebherr saß in einer gemütlichen Ledersitzecke und las in einer Zeitung. Charlie war scheinbar noch nicht eingetroffen, zumindest konnte Stuart ihn nirgends ausmachen.

Als Liebherr seinen Gast erblickte, legte er die Zeitung beiseite und erhob sich aus dem Sessel. »Da sind Sie ja, Stuart. Sind Sie zufrieden mit Ihrem Zimmer?«

»Alles bestens«, sagte Stuart und ließ sich in einen der Sessel fallen.

»Möchten Sie etwas trinken?«

»Vielleicht später. Mich würde interessieren, warum ich hier bin?«

Liebherr setzte sich Stuart gegenüber. »Ein Mann, der sofort zur Sache kommt. Sie sind mir sehr sympathisch.«

Stuart lehnte sich zurück und sah sein Gegenüber schweigend an.

»Vielleicht sollten wir auf unseren gemeinsamen Freund warten«, sagte Liebherr lächelnd.

»Ich denke, dass er bereits Bescheid weiß. Also, Doktor, warum bin ich hier? Ich gehe nicht davon aus, dass ich eines Ihrer Rinder kaufen soll.«

Liebherr lachte erfreut auf. »Das dürfen Sie selbstverständlich auch. Aber Sie haben recht, das ist nicht der Grund, warum ich Charlie bat, Sie hierher zu bringen. Dennoch möchte ich zuvor einen Rundflug mit Ihnen unternehmen. Bitte erlauben Sie mir diese kleine Hinhaltetaktik.«

Stuart stieß hörbar die Luft aus. Aber warum nicht? War vielleicht ganz interessant, das ganze Ding mal von oben zu betrachten.

***

Fünfzehn Minuten später befanden sie sich in der Luft. Der

private Helikopter des Doktors hatte startklar auf einer passenden Fläche unweit des Farmgebäudes gestanden. Charlie war rechtzeitig zu ihnen gestoßen, wobei es Stuart auch nicht gestört hätte, wenn dieser das Ganze verschlafen hätte. Stuart war nicht gut auf seinen Freund zu sprechen. Die Tatsache, dass er und dieser ominöse Doktor gemeinsame Sache machten und ihn, Stuart, davon ausschlossen, missfiel ihm außerordentlich.

»Wir haben hier unten eine Fläche von knapp dreihundert Hektar«, drang Liebherrs Stimme durch die Kopfhörer. »Zurzeit leben darauf sechsundzwanzigtausend Kühe, die alle bereits verkauft sind.«

»Beeindruckend«, brummte Stuart. »Klingt nach einer Menge Scheiße, die Sie entsorgen müssen.«

Liebherr blickte herüber. »Da haben Sie recht. Und da kommt auch schon das Gebäude dort drüben ins Spiel. Dort haben wir Deutschlands modernste Verbrennungsanlage, die zusätzlich sämtliche Elektrizität des gesamten Areals erzeugt. Das bedeutet, wie Sie sich so schön auszudrücken pflegen, Stuart: Wir machen aus Scheiße Strom. Ein baugleiches Gebäude befindet sich am Ende des Gebietes.«

»Und jetzt suchen Sie Investoren«, sagte Stuart, während er aus dem Fenster sah und einige Kuhherden entdeckte, die auf weitläufigen Wiesen grasten.

»Nein!«, antwortete Liebherr. »Wie gesagt, die Farm trägt sich zum großen Teil selbst. Der Gewinn wird durch die Rinderzucht und deren Verkauf erzielt. Immerhin stehen hier Ökonomie und Ökologie im Vordergrund. Die Menschheit will weg von der Massentierhaltung, wie wir sie bis dato kannten.«

»Was ist das dahinten für ein Gebäude?«, fragte Charlie. Er deutete auf ein gewaltiges überdachtes Areal, das zu den Seiten hin komplett geöffnet war.

»Das ist der sogenannte Ruheraum für unsere Tiere. Außerhalb der Sommerzeit verbringen sie dort die Nächte. Jedes Rind hat einen eigenen, mit Stroh ausgelegten Stall von sechs Quadratmetern. Die Außenwände des Gebäudes können wir mittels Schiebewände bei Bedarf verschließen.«

»Äußerst beeindruckend«, sagte Stuart. »Ich verstehe aber nicht, wozu Sie mich brauchen?«

»Wir haben Hof Gutenberg vor knapp zwei Jahren eröffnet«, fuhr Liebherr fort, ohne auf den Einwand von Stuart einzugehen. »Die Bauzeit betrug insgesamt zehn Jahre.«

Stuart blickte auf. »Zehn Jahre? Warum so lange?«

Liebherr lächelte. »Sehen Sie das Gebäude dort neben der Verbrennungsanlange?«

»Ja. Um was handelt es sich?«

»Das ist die Fleischverarbeitung. Alles von dort bis hinüber zur Unterkunft der Rinder, einschließlich des Hauptgebäudes, ist lediglich die Oberfläche.«

»Wie darf ich das verstehen?« Jetzt wurde Stuart neugierig.

Liebherr gab Anweisung an den Piloten, wieder zu landen. »Alles Weitere erkläre ich Ihnen, bei einem Drink, wenn Sie einverstanden sind.«

***

Stuart ließ das Glas mit dem zwölf Jahre alten Scotch unter seiner Nase kreisen. Der Duft zog ihn in seinen Bann, sodass er genüsslich die Augen schloss.

»Also Doc, ich muss gestehen, Sie haben mich doch etwas neugierig gemacht.«

»Ich habe es dir doch versprochen«, schaltete Charlie sich ein. »Ein guter Tropfen übrigens, Friedhelm.«

»Danke«, entgegnete dieser. »Ich habe ihn extra aus Schottland einfliegen lassen.« Er lachte laut auf, als Charlie und Stuart ihn anerkennend anblickten. »Kleiner Scherz, meine Herren. Heutzutage gibt es nichts, was man nicht bei

86

Amazon bestellen kann. Aber lassen Sie uns zum Kern unseres Treffens kommen. Ich sagte Ihnen, lieber Stuart, dass das, was Sie von dort oben gesehen haben, lediglich die Oberfläche ist. Und das meine ich wortwörtlich. Unter Hof Gutenberg befindet sich ein beeindruckendes, und bis zu unserer Entdeckung vor elf Jahren unbekanntes, Bunkersystem aus der Nazizeit. Meine Mitarbeiter fanden heraus, dass der Bunker einen Nuklearschlag standhalten würde.«

Stuart sah den Doktor an. »Ein Atombunker?«

»Ja, wie Sie wissen, waren die Nazis kurz davor, die Entwicklung einer nuklearen Waffe zu beenden. Und obwohl das damalige Manhattan-Projekt unter strengster Geheimhaltung stand, bereitete Hitler sich auf einen nuklearen Gegenschlag der Alliierten vor. Das entsprechende Ergebnis befindet sich direkt unter uns.«

»Und warum wusste niemand davon?«, wollte Stuart wissen.

»Nun, es gab keinerlei Unterlagen. Und die Ländereien sind im Besitz meiner Familie seit Ende der Vierzigerjahre. Sämtliche meiner Arbeiter mussten eine Verschwiegenheitsklausel unterzeichnen, deren Bruch Vertragsstrafen in Millionenhöhe vorsieht.«

»Das bedeutet, Sie haben in den zehn Jahren Bauzeit den Schwerpunkt auf den Bunker und nicht auf den Hof gelegt?«, wandte Stuart ein.

»Wir haben das gesamte unterirdische Konstrukt umfunktioniert, sodass es unseren Bedürfnissen in jeglicher Hinsicht entspricht.«

»Und von welchen Bedürfnissen sprechen wir hier, Doktor?«

»Lust, mein lieber Stuart. Wir sprechen von der reinen und unbändigen Lustbefriedigung mit all ihren exquisiten Facetten.«

Kapitel 7

Mel lag auf ihrem Bett, was vielmehr eine mechanische Ablage mit Matratze war, und starrte zur Decke, an der in regelmäßigen Abständen futuristisch aussehende Lampen ein gedämpftes Licht abgaben. Diese Lampen erzeugten realistische Lichtverhältnisse, wie sie der Tag- und Nachtzeit entsprachen. Gleichzeitig waren sie in der Lage, auf Knopfdruck Wärme abzugeben. Schließlich sollten sich die Patienten stets wohl fühlen. Noch weiter oben befanden sich unzählige düsenartige Gebilde, deren Bedeutung sich ihr aber nicht erschloss. Vielleicht eine moderne Sprinkleranlage? Niemand konnte oder wollte ihr darüber Auskunft erteilen.

Mel hob den Kopf leicht an – etwas anderes konnte sie nicht, weil sie mit Riemen am Bett fixiert war – und betrachtete die Wölbung ihres Bauches. Seit nunmehr fast neun Monaten lag sie hier, mit einer täglichen Unterbrechung von fünfzehn Minuten zum Waschen und Zähneputzen. Zweimal wöchentlich durfte sie unter die Dusche. So wartete sie darauf, ihr Kind auf die Welt zu bringen.

»Bei dieser Form der künstlichen Befruchtung«, hatte Liebherr damals gesagt, *»besteht eine zwanzigprozentige Chance auf eine Schwangerschaft. Sollte es nicht funktionieren, müssen wir doch die herkömmliche Methode wählen.«*

Mel gehörte zu den zwanzig Prozent, bei denen es funktionierte. Ob das gut oder schlecht war, konnte sie nicht sagen. Und egal wie lange oder wie oft sie darüber nachdachte: Sie konnte kein Für und Wider erkennen. Irgendwann war es ihr auch egal geworden. Ob sie von einem echten Schwanz gefickt worden wäre oder von diesem beschissenen Schlauch, war inzwischen einerlei.

Anfangs hatte sie darauf gehofft, dass sie hier schnell herauskommen würde, doch diese Hoffnung hatte sich mit den Tagen und Wochen mehr und mehr in Luft aufgelöst.

Immer wieder dachte sie an den Tag ihrer Befruchtung

88

zurück, als Liebherr ihr, ohne mit der Wimper zu zucken, zwei Finger gebrochen hatte. Damals hatte sie noch gedacht, dass es nicht schlimmer werden könnte, aber Liebherr hatte sie eines Besseren belehrt.

»Schmerz ist durchaus etwas, was sich beherrschen lässt. Bis zu einem gewissen Grad zumindest. Und davon sind Sie noch weit entfernt, Melanie.«

Das waren Liebherrs Worte an jenem Tag gewesen, und er sollte so was von recht behalten.

Bereits einen Tag später, nachdem Sebastian sie von der Krankenstation hierhergebracht hatte, hatte Mel eine dieser beschissenen Regeln gebrochen. Wieder einmal. Und diesmal musste sie feststellen, dass das Brechen eines Fingers ein durchaus zu ertragender Schmerz gewesen war.

Sebastian hatte sie mit dem schmalen Bett, auf dem der Doktor sie künstlich befruchtet hatte, hierher in die Halle gefahren. Er hatte ihr zuvor eine Augenbinde angelegt, was vielleicht auch besser gewesen war. Denn als ihr der bestialische Gestank von Pisse und Scheiße entgegenschlug, musste sie mit sich kämpfen, sich nicht augenblicklich wieder zu übergeben. Hinzu kamen die mechanischen Geräusche irgendwelcher Maschinen, von denen Mel gar nicht wissen wollte, was genau deren Aufgabe war. Abgesehen von dem stetigen, dumpfen Maschinengeräusch war es absolut still. Zweimal hörte sie ein Zischen, was vermutlich von einer automatischen Tür herrührte. Ansonsten nur die schlurfenden Schritte Sebastians und das hin und wieder auftretende Quietschen eines Rades unter dem Bett.

»Ich werde dich losmachen und auf ein anderes Bett legen«, sagte Sebastian, nachdem er angehalten hatte. »Versprichst du mir, dass du dich nicht wehren wirst? Ansonsten müsste ich dir vorher eine Spritze geben.«

»Ich bin überhaupt nicht in der Lage, mich zu wehren«, sagte Mel, die nur schlafen wollte. Der Gestank schien verschwunden zu sein oder hatte sie sich inzwischen daran gewöhnt? Der Geruchsinn ist ja bekanntlich der Sinn, der sich am schnellsten den bestehenden Gegebenheiten anpassen kann.

Sie wollte Sebastian danach fragen, als sie merkte, wie dieser ihr die Fesseln an Armen und Beinen löste. Das Gefühl war atemberaubend. Mel war, als könne sie plötzlich fliegen. Sie wollte rennen, immer weiter. Dieses unbändige Gefühl der Freiheit festhalten und nie mehr loslassen.

»Du machst keine Dummheiten. Du hast es versprochen.« Sebastian griff unter ihre Arme und hob ihren Oberkörper an.

Tatsächlich überlegte Mel kurz, ob sie sich zur Wehr setzen sollte, doch war ihr klar, dass sie in ihrem geschwächten Zustand nicht die geringste Chance haben würde. Die Betäubung in ihrer Hand ließ nach, sodass der Schmerz in ihren gebrochenen Fingern wieder deutlicher spürbar wurde. Außerdem wusste sie nicht mal, wo genau sie überhaupt war.

Als sie den gefliesten Boden unter ihren nackten Füßen spürte, merkte sie wieder, dass ihre Blase zum Bersten gefüllt war.

»Darf ich vorher zur Toilette?«, fragte sie leise. »Ich muss schon eine ganze Weile und weiß nicht, wie lange ich es noch aushalte.«

Sebastian verharrte in seiner Bewegung und schien zu überlegen. »Hör zu, ich darf dich nicht zur Toilette bringen, aber wenn du willst, kannst du in die Rinne hier machen. Ich helfe dir.«

Sanft führte er Mel ein paar Schritte, um dann erneut innezuhalten. »Hock dich einfach hin.«

Wie gern hätte Mel ihn angesehen, um zu wissen, ob er das ernst meinte, aber die Augenbinde verhinderte das. Sollte sie tatsächlich hierhin pinkeln? Wo war überhaupt

90

hier? Was, wenn zig Leute um sie herumstanden und sie beobachteten? Mit gezückten Handys, den Finger direkt über der Aufnahmetaste? Egal, sie konnte es eh nicht mehr lange halten.

»Bin ich untenrum nackt?«, fragte sie, weil es sich so anfühlte.

»Ja«, hörte sie Sebastians Stimme.

Vorsichtig ging sie in die Hocke, wobei Sebastian sie unter den Armen festhielt. Zunächst befürchtete sie, dass es nicht funktionieren würde, doch dann kam die große Erleichterung und sie hörte, wie der Strahl auf Metall prallte.

Als sie eine gefühlt unendliche Zeit später fertig war, hob Sebastian sie wieder auf die Beine. »Danke«, sagte sie und ließ sich auf das neue Bett legen. Dieses war wesentlich breiter und auch der Stoff, auf dem sie lag, fühlte sich angenehm warm an ihrem Rücken an. Mel wollte gerade fragen, wann sie die Augenbinde abnehmen darf, als sie die Schnallen um ihre Beine spürte.

»Hey! Was tust du denn da?« Wild schlug sie mit den Armen um sich und riss sich die Augenbinde herunter. Viel konnte Mel nicht sehen. Plastikvorhänge zu ihrer Linken und Rechten beschränkten ihre Sicht.

Sebastian sprang heran und drückte seine Hand auf ihren Mund. Der Druck war hart und presste Mels Kopf auf die Matratze. Sie blickte in Sebastians erschrockenes Gesicht.

»Bist du irre?«, zischte er leise. »Regel eins! Hast du Regel eins schon wieder vergessen?«

»Sie reden nur dann, wenn Sie direkt angesprochen werden!«

Natürlich hatte Mel sie nicht vergessen; der Schmerz in ihren Fingern erinnerte sie nur allzu deutlich daran.

»Wieso bindest du mich wieder fest?« Diesmal flüsterte Mel.

»Weil es Vorschrift ist«, flüsterte Sebastian zurück. »Und jetzt hoffe, dass dich niemand gehört hat und dem Doktor etwas steckt.«

91

Resigniert gab Mel den Widerstand auf und ließ auch ihre Arme festschnallen. Glücklicherweise hatte niemand sie gehört. Dieses Mal zumindest nicht.

Sebastian klappte ein Tablet neben dem Bett hervor und betätigte ein paar Tasten. Die beiden Lampen über ihrem Bett wurden rot und Sekunden später strömte eine angenehme Wärme auf Mel herab.

Das Betätigen weiterer Knöpfe gefiel ihr hingegen überhaupt nicht. Ihre Beine wurden wieder angehoben und in eine angewinkelte Position gebracht.

»Bitte nicht«, wimmerte sie leise.

Sebastian strich ihr über die Wange. »Du wirst dich dran gewöhnen.« Er wandte sich mit einem Lächeln von ihr ab und ließ sie allein.

Mel wollte ihm gerade hinterherrufen. Ihm befehlen, er solle gefälligst hierbleiben, er solle ihr erklären, wie lange sie in dieser demütigenden Haltung verweilen musste. Ihr Gehirn gab bereits den Befehl an die Zunge, die Worte auszuspucken, da biss sie sich auf die Lippen und dachte an Regel Nummer eins.

***

Sie wusste nicht, wie lange sie damals hier gelegen hatte. Die Lampen über ihrem Kopf waren dunkler geworden und dann irgendwann wieder heller. Zwischenzeitlich war Mel immer wieder in einen kurzen, unruhigen Schlaf gefallen, der nie sehr lange anhielt. Wenn diese Lampen also Tag und Nacht simulierten, dann war heute Mels siebzehnter Geburtstag. Der Geburtstag, den sie gemeinsam mit ein paar Freunden hatte feiern wollen. Der Geburtstag, für den Mama extra mit einer Freundin ins Kino gefahren wäre, damit Mel ein paar Stunden allein hätte feiern können. Ob Mama rechtzeitig allen Gästen abgesagt hatte? Tränen standen in Mels Augen. Wie lange würde es dauern, bis man sie

92

hier fand?

Im Moment wurde der kleine Bereich, den sie einsehen konnte, hell erleuchtet. Vor ihrem Bett befand sich ein Gang, der etwa eine Breite von zwei Metern aufwies. Gegenüber dem Weg war eine gewaltige Betonwand, die nach oben hin ins Unendliche zu reichen schien. Ein paarmal in den letzten Stunden war eine Massagefunktion in der Matratze des Bettes angesprungen – später würde Mel erfahren, dass es sich um Stromstimulationen der Muskeln handelte – , was ihr sehr gutgetan hatte.

Dann war ein dürrer Kerl gekommen und hatte ihr etwas zum Essen und Trinken gebracht. Ohne etwas zu sagen, hatte er damit begonnen, sie zu füttern. Mel hatte es zugelassen, ebenfalls ohne etwas zu sagen. Regel Nummer eins.

Eine gute Stunde später spürte sie zum ersten Mal, seit ihrem Aufenthalt in diesem Gemäuer, dass sich nicht nur ihre Blase, sondern auch ihr Darm bemerkbar machte. Und ihre momentane Position machte es nicht unbedingt leichter, den inneren Druck zu ignorieren. Als ihr eine weitere Stunde später der Schweiß auf der Stirn stand und die ersten Krämpfe einsetzten, flüsterte sie ein leises: »Hallo?« in Richtung des Gummivorhangs neben sich. Wie erwartet erhielt sie keine Antwort.

Sie versuchte es etwas lauter, jedoch mit demselben Resultat. Warum hatte sie Sebastian nicht gefragt, was sie tun sollte, sobald sie zur Toilette musste? Sie verfluchte sich selbst und kurz darauf auch Sebastian. Schließlich hätte er es ihr auch von sich aus erzählen können.

Als dann wenig später der nächste Krampf einsetzte, schrie sie, ohne nachzudenken. Sie presste die Backen zusammen, so gut es ging und schrie.

Irgendwer musste doch kommen!

Als niemand kam, gab sie sich dem nächsten Krampf geschlagen. Sie spürte eine unbändige Erleichterung, die sich jedoch augenblicklich in eine alles einnehmende Scham verwandelte, als es aus ihr herausspritzte. Der Gestank war bestialisch und Mel fühlte, wie die Suppe an ihrer Poritze hinunterlief und auf den Boden tropfte.

Ihr Schreien verwandelte sich in ein hemmungsloses Weinen. Nie im Leben hatte sie etwas derart Demütigendes erlebt, wie in diesem Moment. Sie wünschte sich, der Boden unter ihr würde sich auftun und sie mit Haut und Haaren verschlucken.

»Hey«, erklang eine bekannte Stimme neben ihrem Kopf. Es war Sebastian. Sie wollte nicht, dass er sie so sah. Alles sollte sich als ein böser Traum entpuppen, aus dem sie jeden Augenblick erwachte.

»Es ist alles gut«, sagte er sanft. »Du hast es genau richtig gemacht.«

Mel riss voller Entsetzten die Augen auf und starrte in sein lächelndes Gesicht. »Ich habe mich gerade eingeschissen!«, fauchte sie ihm entgegen. »Überhaupt nichts ist gut!«

Er wich nicht zurück und auch sein Lächeln verschwand nicht. »Du wirst dich an diese Art der Entleerung gewöhnen.«

»Was? Das ist doch nicht euer Ernst! Ihr wollt, dass ich einfach drauflos scheiße? Was für perverse Schweine seid ihr denn hier?« Die Tränen liefen ihre Wangen hinunter.

Plötzlich war da eine weitere Stimme.

»Bringen Sie sie herüber, Sebastian.«

Mel verstummte augenblicklich, denn die Stimme ließ ihr Innerstes zu Eis gefrieren.

»Sie … sie wusste es noch nicht«, sagte Sebastian.

Doktor Liebherr sah Mel vom Fußende des Bettes aus an. Mel war es nicht einmal peinlich, dass er genau ihren vollgeschissenen Arsch sehen konnte. Sie wusste, dass sie gegen seine Regeln verstoßen hatte. Und *das* war das Schlimme.

»Machen Sie sie sauber und bringen Sie sie rüber«, sagte der Doktor, ohne den Blick von Mel abzuwenden.

94

»Ich hatte es ihr nicht gesagt«, versuchte es Sebastian erneut.

»Haben Sie ihr die Regeln vorgelesen?«

»Das ja, aber …«

»Dann säubern Sie sie. Ich warte im Raum eins.« Der Doktor drehte sich um und verließ Mels Blickfeld.

»Was … was hat das zu bedeuten?«, wimmerte sie.

Sebastian ging schweigend zur gegenüberliegenden Wand und zog einen Schlauch aus einer Öffnung.

»Sebastian!« Mel versuchte, nicht laut zu werden. »Was hat er vor? Wird er mir wieder wehtun?«

»Es wird jetzt ein bisschen kalt«, sagte Sebastian nur und drehte den Schlauch auf.

Mel biss die Zähne zusammen, als der kalte Wasserstrahl über ihren Po und an ihren Beinen entlanglief. Als Sebastian damit fertig war, nahm er aus einem Fach unter dem Bett ein paar Papiertücher hervor und trocknete sie vorsichtig ab.

»Er wird mir wehtun, habe ich recht?«

Sebastian sah sie an. »Es tut mir leid. Ich hätte es dir sagen müssen.«

»Ja, das hättest du wohl.«

***

Der Raum, in den Mel mitsamt ihrem Bett geschoben wurde, war ebenfalls von oben bis unten gefliest. Der Geruch von Desinfektionsmitteln hing in der Luft und vermittelte ihr für einen kurzen Augenblick das trügerische Gefühl von Sicherheit. An den Wänden befanden sich mehrere Schränke mit diversen Arzneien. Geräte mit unzähligen Kabeln und Monitoren standen im hinteren Bereich des Zimmers.

Doktor Liebherr wartete in seinem weißen Kittel vor einem Rollwagen mit klinischen Instrumenten. Wieder spürte Mel, wie sich ihr der Magen umdrehen wollte.

»Stellen Sie sie einfach hierhin. Vielen Dank«, sagte Liebherr.

Mel erkannte, wie Sebastian noch etwas sagen wollte, doch dann drehte er sich um und verließ den Raum.

Liebherr trat heran. »Nennen Sie mir bitte die fünfte Regel, Melanie.«

Mels Stimme zitterte, als sie sagte: »Schreien, lautes Wimmern und lautes Weinen sind untersagt.«

»Das ist korrekt. Können Sie mir erklären, warum Sie sich nicht daran gehalten haben?« Der Doktor zog einen Hocker heran und setzte sich. Er blickte Mel warmherzig an. »Können Sie das?«

Mel konnte die Tränen nicht aufhalten, die ihr die Wangen hinunterliefen. »Bitte brechen Sie mir keinen Finger mehr. Ich verspreche auch, mich in Zukunft an die Regeln zu halten.«

»Das ist sehr gut. Wirklich sehr gut. Dennoch beantworten Sie gerade nicht die Frage, die ich Ihnen gestellt habe.«

»Ich … ich hatte ganz schlimme Krämpfe. Und ich wusste nicht, was ich tun sollte.«

Der Doktor hob die Brauen. »Sie wissen nicht, was Sie tun müssen, wenn Sie Darmkrämpfe bekommen?«

Die Tränen rannen stärker. Instinktiv spürte Mel, dass der Doktor sie nicht ungeschoren davonkommen lassen würde. »Ich wusste nicht, wohin ich machen sollte«, sagte sie leise.

»Aber wie ich gesehen habe, haben Sie sich doch entleert.«

»Ja, als es nicht mehr ging.«

»Sie hatten also keinen zwingenden Grund, die Regel Nummer fünf zu brechen, habe ich recht?«

Mel würgte. »Ich wusste doch nicht, was ich tun sollte. Niemand hatte gesagt, dass ich einfach machen durfte.«

»Bitte beantworten Sie meine Frage. Sie hatten also keinen zwingenden Grund, die Regel Nummer fünf zu brechen.«

96

Mel wich seinem Blick aus.

»Ich bitte Sie ein letztes Mal, auf meine Frage zu antworten.«

»Für … für mich war es ein Grund, Doktor Liebherr.«

»Dann sind Sie einfältiger, als ich dachte. Denn wenn Sie später darüber nachdenken, werden Sie zu dem Resultat kommen, dass es *überhaupt* keine zwingenden Gründe gab, irgendeine der Regeln zu missachten.«

»Es tut mir wirklich leid.«

Der Arzt presste die Lippen aufeinander und stand auf. »Die erste Bestrafung haben Sie gestern kennengelernt. Leider ohne Erfolg. Ich werde Ihnen nun etwas zeigen.«

Er ging zu einem der Schränke und zog eine Schublade heraus, der er ein paar Zettel entnahm. Als er wieder zurückkehrte, erkannte Mel, dass es sich dabei um Fotografien handelte.

Liebherr hielt das erste Foto hoch. Es zeigte das Gesicht einer jungen Frau. Ihre Augen waren gerötet, scheinbar vom vielen Weinen.

Wortlos legte der Doktor das zweite Foto auf das erste. Es zeigte das Gesicht derselben Frau, nur waren ihre Augen diesmal geschlossen und mit einem Pflaster verklebt. »Das macht man bei Operationen so«, sagte Liebherr, als er Mels fragenden Blick erkannte. Doch als Mel genauer hinsah, erkannte sie, dass der Frau die Oberlippe bis auf ein daumenbreites Stück in der Mitte, entfernt worden war. Die blutige Wunde glänzte im Blitzlicht der Aufnahme. Mel starrte dem Doktor in die Augen, der keinerlei Miene verzog.

Auf Foto Nummer drei war die Unterlippe der Frau in gleicher Weise entfernt worden, ebenfalls bis auf jenen schmalen Streifen in der Mitte. Auf dem vierten und letzten Foto waren die beiden Wunden aufeinandergepresst und vernäht worden. Die Augen der Frau waren wieder geöffnet und starrten panisch in die Kamera.

»Oh mein Gott«, murmelte Mel.

Der Doktor legte die Fotos beiseite. »Wir hätten viel zu tun, wenn wir jedem, der gegen Regel Nummer fünf verstößt, den Mund zunähen würden, falls Sie sich fragen, was ich mit Ihnen vorhabe. Ist Ihnen aufgefallen, dass in der Mitte des ehemaligen Mundes eine kleine Öffnung verblieben ist?«

Mel nickte stumm.

»Dort führen wir den Schlauch für die künstliche Ernährung ein. Ein Strohhalm zum Trinken passt ebenfalls. Allerdings hätten wir ein Problem mit den Zähnen dahinter.«

Liebherr sah Mel erwartungsvoll an. Als er nicht weitersprach, schwante ihr, was er vorhatte.

»Ich denke, Sie verstehen, was ich Ihnen erklären möchte. Ich werde jetzt Ihren Kopf fixieren und einen Ihrer Schneidezähne entfernen. Sie dürfen selbstverständlich entscheiden, welchen. Das ist lediglich die Vorstufe zu der Operation, die ich Ihnen gerade auf den Fotos gezeigt habe. Diese wird dann logischerweise nach insgesamt vier Verfehlungen vollzogen. Sollte selbst das keinen Erfolg haben, was bisher nur einmal vorkam, so werde ich als endgültige Konsequenz die Stimmbänder separieren.«

Er ging um das Bett herum und griff nach zwei Ledermanschetten, die sich rechts und links am schmalen Kopfteil des Bettes befanden. Mel versuchte, das Festschnallen ihres Kopfes durch heftiges Drehen zu verhindern, doch der Kraft des Doktors hatte sie nichts entgegenzusetzen. Als dieser den Gurt strammzog, entstand ein gewaltiger Druck auf Mels Stirn, der ihren Kopf in die Matratze drückte.

Liebherr nahm einen Kieferspreizer von dem Wagen mit den chirurgischen Instrumenten und näherte sich Mel. »Haben Sie sich entschieden?«

»Bitte, Doktor Liebherr. Ich bitte Sie ganz doll. Können Sie Nachsicht haben? Ich werde es bestimmt nicht wieder tun.«

98

»Das sagten Sie doch bereits, Melanie. Und wissen Sie was? Ich glaube Ihnen.« Er lächelte sie an, und für einen Augenblick wirkte er wie ein Vater, der seiner Tochter keinen Wunsch abschlagen konnte. »Dann sagen Sie mir fix, welchen Zahn ich nehmen soll, und wir sind im Nu fertig mit der Prozedur.«

Mel schluchzte.

Liebherr nahm den Spreizer und führte ihn zu Mels Mund. Diese presste die Zähne und Lippen aufeinander.

»Soll ich Ihnen die Lippen abschneiden? Ich denke nicht, oder? Also, bitte öffnen Sie den Mund.«

Mel weinte immer lauter, doch sie ließ sich das metallene Ding zwischen ihre Zähne führen. Liebherr drehte ein kleines Rädchen und Mels Kiefer öffneten sich. Gleichzeitig wurden ihre Lippen aus dem Bereich der Zähne geschoben.

»Zeigen Sie einfach mit der Zungenspitze drauf. Sollten Sie sich nicht entscheiden können, nehme ich einen von unten und einen von oben.«

Mel spürte, wie ihre Zungenspitze zuckte. Sie hatte viel zu viel Speichel, den sie kaum hinunterschlucken konnte. Dann berührte sie einen der unteren Schneidezähne.

»Gute Wahl«, sagte Liebherr. »Oben schmerzt es bei Weitem mehr.« Eine silberne Zange tauchte in ihrem Blickfeld auf. »Das Ganze wird dennoch eine ziemlich blutige Angelegenheit. Sie sollten versuchen, in der Zeit nicht zu schlucken oder durch den Mund zu atmen. Atmen Sie so ruhig es geht durch die Nase. Ich verspreche Ihnen, ich werde mich beeilen.«

Als die Zange den ausgewählten Zahn berührte, kniff Mel die Augen zu. Sie spürte den Druck, der entstand, als die Zange zupackte. Und dann explodierte der Schmerz. Alles Vorgenommene war mit einem Mal verschwunden. Mel kreischte und spürte gleichzeitig, wie das Blut aus ihrem Mund herausspritzte. Sie merkte das Knirschen in ihrem

Kopf, hatte das Gefühl, als würde ihr Unterkiefer herausgerissen. Der Atem des Doktors drang in ihre Nase, als er den Zahn vor- und zurückdrückte.

Da war der Unterarm, der gegen die Seite ihres Kopfes gedrückt wurde, das immer lauter werdende Keuchen Liebherrs. Und mit jedem Zerren, Reißen und Biegen wurde eine erneute Schmerzwelle durch ihren Körper gejagt.

Mel spürte, wie sie sich einnässte, aber das war ihr egal. Der Arzt riss und bog den Zahn, der sich hartnäckig im Kiefer festzuklammern schien.

Und dann, mit einem letzten kräftigen Ruck, war die Prozedur beendet.

»Na, da haben wir das gute Stück ja endlich.«

Mel spürte, wie der Spreizer wenig später ihre Kiefer freigab. Ihr Mund war mit Flüssigkeit gefüllt und er wurde von Sekunde zu Sekunde voller. Sie zwang sich, durch die Nase zu atmen.

Liebherr löste den Gurt um ihre Stirn und drehte ihren Kopf zur Seite. »Lassen Sie einfach alles herauslaufen. Wir wollen ja nicht, dass Sie uns ersticken.«

Ein Zittern ging durch Mels Körper. Der Schmerz schlug Wellen in ihrem Kopf und sie hatte das Gefühl, dass er mit jeder Woge stärker wurde. Es war, als würde ihr jemand ein glühendes Eisen zwischen ihre Zähne drücken; langsam und unaufhörlich immer tiefer. Sie wimmerte, während ihr das Blut aus dem Mund in eine silberne Schüssel rann, die Liebherr auf das Bett gestellt hatte.

»Machen Sie sich keine Sorgen, Melanie. Sie bekommen gleich einen frischen Bezug für die Matratze.«

Mel weinte. Heute war ihr siebzehnter Geburtstag.

***

Als Sebastian nun an ihre Seite trat und sie den Geruch von frischer Kartoffelsuppe einatmete, entstand ein Lächeln auf

100

ihren Lippen. Tatsächlich waren die Mahlzeiten hier ausgewogen und lecker. Wenigstens ein positiver Aspekt in dieser Hölle.

»Na, wie geht es meiner kleinen Prinzessin heute«, fragte Sebastian und setzte sich. Er stellte immer die gleiche Frage, aber dennoch freute sich Mel jeden Tag aufs Neue, ihn zu sehen.

»Danke gut«, krächzte sie. Wenn Sebastian sie fütterte, durfte sie reden, ohne dass er ihr zuvor die Erlaubnis erteilte. Das hatte er ihr ganz zu Anfang versprochen, als er ihre gebrochenen Finger geschient hatte. Ansonsten galten die fünf Grundregeln des Doktors, insbesondere Regel eins: *»Sie reden nur dann, wenn Sie direkt angesprochen werden!«*

»Ich sehe, die Suppe schmeckt dir.« Sebastian füllte den nächsten Löffel und pustete darauf. »Heute Abend darfst du duschen. Und dann beziehst du dein neues Zimmer.«

Mels Augen wurden groß, sodass Sebastian lachen musste.

»Ich bekomme ein neues Zimmer?« Sie glaubte, sich verhört zu haben.

Sebastian deutete mit dem Kopf auf ihren gewölbten Bauch. »Der künftige Erdenbewohner könnte sich ja bald auf den Weg machen.«

»Ja«, sagte Mel und nahm den nächsten Schluck Suppe. »Er tritt schon ganz ordentlich. Schade, dass ich nicht meine Hand drauflegen kann. Würde sich bestimmt interessant anfühlen.«

»Willst du es?« Sebastian blickte ihr tief in die Augen.

»Machst du Witze? Klar will ich das.« Wenn Liebherr ihr diese Frage gestellt hätte, hätte sie gewusst, dass er sie nur wieder psychisch terrorisieren wollte, aber bei Sebastian keimte so etwas wie ein winziger Funke Hoffnung in ihr auf. Er verarschte sie nie.

Und tatsächlich: Er stellte die leere Suppenschüssel zurück auf den Servierwagen und öffnete den Klettverschluss.

101

Dann war ihr linker Arm frei. Mel bewegte sich nicht, sah Sebastian nur an, der zustimmend nickte.

»Hilfst du mir?«, fragte sie leise.

Sanft nahm er ihre Hand – seine Finger waren so wundervoll warm und weich – und führte ihren Arm zu ihrem Bauch. Mel schloss die Augen.

Als sie spürte, dass Sebastian ihre Hand loslassen wollte, hielt sie sie fest. Und kurz darauf spürte sie den leichten Tritt, direkt unter ihrer Handfläche.

Sie öffnete ihre Augen und sah durch einen Tränenschleier hindurch sein Lächeln.

»Hast du es auch gespürt?«, fragte sie.

Sebastian nickte. »Ich muss dich wieder festbinden«, sagte er und führte ihre Hand zurück.

Mel wollte sich dagegen wehren, doch das wäre unfair gewesen. Unfair gegenüber dem einzigen Menschen, der ihr in dieser Hölle ein kleines bisschen Menschlichkeit entgegenbrachte.

»Drück deinen Arm etwas nach oben, wenn ich dich festschnalle«, sagte Sebastian leise. Ohne es zu hinterfragen, tat Mel das, was er ihr gesagt hatte.

Als er den Klettverschluss geschlossen hatte, merkte sie, dass sie ihren Arm weiterhin bewegen konnte.

»Wenn jemand kommt, steck ihn einfach wieder rein. Ich komme gegen Abend wieder.« Er stand auf, lächelte und ging.

Mel zog die Hand aus der Schlaufe und fragte sich, warum er das getan hatte.

Ihre Hand zitterte, als sie sie wieder auf den Bauch legte. Diesmal spürte sie keine Bewegung, aber es war ein unbeschreibliches Gefühl, das durch ihre Finger bis in jede winzige Pore ihres Körpers kroch. Seit einer Ewigkeit konnte Mel wieder lächeln. Und es war ein echtes Lächeln. Ein Lächeln, das von ihrem Herzen gesteuert wurde und das sie für einen Moment aus diesem Horror befreite.

***

Ein kaum hörbares Zischen riss Mel in die stinkende Wirklichkeit zwischen den Plastikvorhängen zurück. Sie lauschte. Hatte sie wirklich etwas gehört? Sie wollte gerade wieder ihre Augen schließen, als ein erneutes Zischen hinter dem Vorhang ertönte.

Jetzt hatte Mel es eindeutig orten können. Das Geräusch kam von links.

Mel überlegte, ob sie den Vorhang ein Stück beiseite schieben sollte. Ihre Hand war ja frei. Nie zuvor hatte sie sehen können, was sich hinter dem Vorhang befand. Auch Sebastian hatte sie auf Nachfragen lediglich schweigend angesehen und mit den Schultern gezuckt. Sicher wusste er es, aber scheinbar gehörte das zu den Dingen, über die selbst er nicht sprechen durfte.

Mel hatte natürlich Vermutungen angestellt, und wenn sie davon ausging, dass sie nicht die Einzige war, die hier zum Kinderkriegen hergebracht worden war, dann war die Wahrscheinlichkeit recht groß, dass sich hinter dem Vorhang eine weitere Person in ähnlicher Lage befand.

Das leise Zischen, das mehr einem *Pssst* glich, bestätigte ihre Annahme.

Langsam nahm sie ihre Hand vom Bauch und führte sie zurück zum Befestigungsgurt. Wollte jemand sie austricksen? Mel lauschte, jederzeit bereit, die Hand durch die Schlaufe zu stecken. Sie versuchte, ganz ruhig zu atmen, um ja keinen einzigen Laut zu verpassen.

Dann plötzlich ein leises »Hallo?«

Mel spürte, wie ihr Herz mit einem Mal schneller schlug. Wesentlich schneller. Was sollte sie tun? Antworten? Nein, es gab Regel eins und Mel hatte es geschafft, nach ihrer schmerzhaften Zahnextraktion keinen weiteren Zahn ein-

103

zubüßen. Sollte sie jetzt etwa das Risiko eingehen? So unmittelbar vor der Geburt? Niemals!

»Kannst du den Vorhang zur Seite schieben?« Die Stimme war so unendlich leise, dennoch verstand Mel jedes Wort. Es war die Stimme einer Frau. Also ging Mel davon aus, dass sie zumindest nicht hinters Licht geführt werden sollte, denn bis jetzt hatte sie nur männliche Mitarbeiter des Doktors kennengelernt.

Mel erschrak, als ihre Fingerspitzen den Vorhang berührten.

Die Alte auf der anderen Seite hat mitbekommen, dass Sebastian dir den Gurt nicht festgezurrt hat. Und wenn du dich weigerst, wird sie dich verpfeifen!

Vorsichtig tasteten ihre Finger an dem schweren Gummi, das sich langsam zur Seite bewegte. Mel achtete darauf, dass sich oben nicht die Ösen in den Schienen verschoben, denn das hätte beim plötzlichen Schließen ein unüberhörbares Geräusch gemacht. Zentimeter um Zentimeter wurde die Öffnung größer. Mel erkannte das Kopfende eines Bettes. Es war baugleich wie das, auf dem sie selbst lag. Also lag dort drüben eine Leidensgenossin.

Als ihre Finger den Vorhang weiterschoben, sah Mel das eingefallene Gesicht einer dunkelhaarigen Frau, die lächelnd herüberblickte. Ihr Alter konnte Mel nicht abschätzen, die Haut ihres Gesichtes war grau und die Augen lagen tief in ihren Höhlen. Als die Frau Mel ebenfalls sah, wurde ihr Lächeln breiter. Sie hatte keine Schneidezähne mehr.

»Ich habe gehört, dass du deine Hand bewegen kannst. Ich bin Alexandra, aber du kannst Alex zu mir sagen.«

Mel sagte nichts.

»Du bist bald so weit?«, fragte Alex. Mel war beeindruckt, dass jemand so leise und doch so klar sprechen konnte.

»Freust du dich?«

Mel nickte stumm.

»Wenn du nicht reden willst, ist das nicht schlimm. Wenn

104

sie mich das nächste Mal erwischen, näht der Doktor mir den Mund zu.« Wieder grinste sie breit und ließ ihre Zungenspitze über die Lücken gleiten. »Ich muss beim Sprechen die Zunge gegen die seitlichen Zähne legen, sonst lisple ich extrem.« Sie lachte leise und auch Mel musste ein wenig schmunzeln. »Sie haben mich vergangene Nacht hierhergebracht.«

»Ich heiße Mel.«

»Hallo, Mel. Ist es dein erstes Kind?«

Mel nickte.

»Ich kriege Zwillinge«, sagte Alex. »Wenn sie in vier Monaten schlüpfen, bin ich bei neun.«

Mel hob die Brauen. Sprach Alex da gerade von der Anzahl der Kinder? Aber das war unmöglich. Hof Gutenberg gab es erst seit zwei Jahren. Das hatten sie in der Schule besprochen. Mel musste plötzlich daran denken, dass ihr Lehrer eine Exkursion zu diesem Hof geplant hatte. Waren ihre Klassenkameraden inzwischen schon hier gewesen?

»Meinst du neun Kinder?«, fragte Mel trotzdem.

Alex nickte.

»Das geht nicht! Den Hof gibt es erst seit zwei Jahren.« Beinahe wäre sie zu laut geworden, aber Mel riss sich zusammen.

»Von einem Hof weiß ich nichts. Ich kenne nur dieses Gebäude. Und das gibt es schon verdammt lange. Wenn ich das zehnte Kind bekommen habe, darf ich gehen.«

»Ja, das hat mir Liebherr auch gesagt.« Mel wurde schlecht, wenn sie daran dachte, wie lange es bis dahin dauern würde. Würde sie dann genauso aussehen wie Alex?

»Was geschieht mit den Kindern?«, wollte Mel wissen. Auch darauf hatte ihr Sebastian keine Antwort gegeben.

»Sie verkaufen sie. Keine Ahnung. Irgendwie so was halt. Du musst nur vor dem Engelmacher aufpassen!«

Ein ungutes Gefühl entstand in Mels Bauchgegend. »Wer ist der Engelmacher?«

105

»Oh, war nie einer bei dir?«

»Wer? Wer soll bei mir gewesen sein?«

»Armes Ding«, das Bedauern in Alex' Stimme klang echt. »Eigentlich kannst du froh sein, dass du für die Zucht ausgewählt wurdest. Wir sind für gewöhnlich tabu für die Gäste. Außer, wenn die genug Kohle hinblättern. Na ja, sie dürfen uns dann ficken und schlagen. Aber nicht so, dass den Kindern was passiert.«

Mel hörte gespannt und leicht ungläubig zu. Was erzählte ihr diese Frau da gerade? Irgendwelche Gäste durften sie ficken? Und schlagen? Welche Gäste?

»Hab mal gehört, dass, wenn sie uns töten, ob aus Versehen oder mit Absicht, dann amputiert der Doktor ihnen ein Bein.«

»Es gibt Gäste?« Kurz war Mels Stimme lauter geworden. Nicht viel, aber sie blickte sich panisch um und lauschte.

»Da kommt keiner«, sagte Alex. »Ja, stinkreiche Gäste. Es gibt hier auch Frauen, die sind nur für die Gäste da. Vielleicht nehmen sie dafür auch die Kinder. Hab schon mal drüber nachgedacht und für mich klingt es plausibel. Was sollen sie sonst mit den ganzen Bälgern machen?«

Es machte Mel traurig, wenn sie hörte, wie verbittert Alex war. Aber war das nicht verständlich?

»Wenn du wüsstest, auf was manche Kerle alles stehen. Der Engelmacher zum Beispiel leitet die Geburt ein. Und danach weißt du, warum er so genannt wird.«

Mel spürte ihren Herzschlag in der Kehle. Sie hatte das Gefühl, keine Luft mehr zu bekommen. »Er … er tut was?«

»Eigentlich wäre ich beim nächsten Wurf bei zehn, aber der Engelmacher hat mich bei meinem ersten ausgewählt. Der Doktor wollte es nicht, aber dann haben sie lange geredet und sie haben sich nur darauf geeinigt, dass zumindest ich überleben musste.«

»Und … und dann hat er dein Kind …«

106

Tränen liefen aus den tief in den Höhlen liegenden Augen der Frau.

»Ich erzähl es dir nur, weil ich gehört habe, wie du dich auf das Kind freust. Glaube mir, du solltest keine emotionale Beziehung aufbauen. Das haut dich sonst noch mehr aus den Socken.«

»Er, also dieser Engelmacher, hat dein Kind getötet?« Auch Mel spürte ein Brennen in ihren Augen.

»Wenn es nur das gewesen wäre. Er hat es totgeschlagen, bevor es richtig draußen war.«

Mel schwieg.

»Als die ersten Wehen einsetzten, hat der Doktor mich mit ihm allein gelassen. Er hat immer nur meinen Bauch gestreichelt und gegrinst. Dann zog er diese ekligen dünnen Lederhandschuhe an und tanzte wie ein Irrer vor mir herum. Kannst du dir das vorstellen?«

Mel starrte ungläubig auf die Frau, die nun ihren Blick zur Decke des Raumes gewandt hatte. »Er hat zu den Herztönen meines Kindes getanzt. Er machte diese Musik an. Sie war so unendlich laut. Irgend so einen Hardcore-Punk-Scheiß. Und dann fing er mit den Schlägen an. Zuerst nur mit der flachen Hand auf den Bauch. Er hat ihn abgetastet und immer wieder auf eine bestimmte Stelle geschlagen. Die Herztöne wurden jedes Mal schneller. Ich konnte sie zwar nicht mehr hören, wegen dieser Musik, aber hab es am CTG gesehen. Ich habe um Hilfe geschrien. Und er hat nur gelacht.« Alex machte eine Pause und Mel erkannte, wie schwer ihr die Sache fiel. »Später nahm er die Fäuste. Immer schneller und fester hat er zugeschlagen. Immer … fester … und schneller. Im Takt der Musik. Dieser grausamen Musik.«

»Bitte hör auf. Ich will das nicht hören.«

Alex sah sie an. Tränen rannen aus ihren Augen. »Du musst dir das anhören! Er hat so lange geschlagen, bis die Herztöne verstummt waren und dann die Faust mit dem

107

Handschuh reingesteckt. Er zog das Kind heraus und legte es mir auf die Brust. Das ganze Scheißgehirn war Brei. Ist einfach so aus ihm rausgelaufen. Und die Musik war so unendlich laut.«

Mel spürte die Tränen, die ihr die Wangen hinunterliefen. Auch Alex weinte leise weiter.

»Tja, was solls? Scheiße gelaufen. Neun Monate umsonst gewesen. Also, Kleines, bau keinerlei Beziehungen hier auf. Zu niemanden. Erst recht nicht zu deinen ungeborenen Kindern.«

»Und … und das ist ein Gast? Der für so was bezahlt?«

»Kommt nicht oft vor. Der Doktor will das nicht. Seit ich hier bin, habe ich diese Musik noch zweimal gehört. Und jedes Mal habe ich mich übergeben. Bau einfach keine Beziehungen auf.«

Als Mel das entfernte Geräusch einer Tür hörte, ließ sie den Vorhang zurückgleiten und schob die Hand wieder durch die Schlinge. Sie blickte auf ihren Bauch und sah die winzige Bewegung eines kleinen Tritts.

Kapitel 8

Als Stuart, Charlie und der Doktor mit dem offenen Elektroauto, das Ähnlichkeit mit einem Golfcart aufwies, über das Gelände fuhren, wurde Stuart erst einmal die Größe des Gebäudes mit den beiden Schornsteinen bewusst. Die Hofschlachterei daneben wirkte wie eine kleine Hütte.

Liebherr sah seinen staunenden Blick und sagte: »Am anderen Ende des Areals gibt es noch eine weitere derartige Anlage.«

Stuart nickte anerkennend. »Das erwähnten Sie beim Rundflug, aber gesehen habe ich sie nicht.«

»Sie liegt hinter dem Hügel, den Sie dort hinten sehen.«

Ein paar hundert Meter vor ihnen war eine Erhebung mit unzähligen Nadelbäumen zu erkennen.

Als der Doktor das Fahrzeug um einen weiteren Bereich mit Bäumen herum lenkte, glaubte Stuart, seinen Augen nicht zu trauen. »Ein U-Boot?«

Liebherr lachte. »Wir haben es damals bei den Grabungen für die Luftschächte entdeckt und zur Hälfte freigelegt. Ist ein altes Schmuckstück vom Typ VII, eines der meistgebauten U-Boote des Dritten Reiches. Unseres weist keinerlei Beschädigungen auf. Meine Techniker gehen davon aus, dass es für den Fall eines enormen Anstiegs der Ostsee hier abgestellt wurde.« Tatsächlich sah es so aus, als würde das U-Boot gerade aus dem Boden auftauchen.

»Warum sollte die Ostsee derart ansteigen?« Stuart sah den Doktor fragend an.

»Wir befinden uns hier immerhin über einem Atombunker. Wenn es damals wirklich zu so einer Katastrophe gekommen wäre, dann gäbe es hier nur noch Wasser.«

»Sie beeindrucken mich stets aufs Neue, Doktor.«

»Das freut mich zu hören. Bitte erinnern Sie sich an Ihre Worte, wenn ich Sie über den wahren Grund Ihres Kommens informiere.«

109

»Ich dachte, es ginge um die reine und unbändige Lust-befriedigung mit all ihren exquisiten Facetten«, lachte Stuart.

»Nicht nur, werter Freund. Nicht nur. Aber dazu kommen wir später. Wir sind nämlich erst einmal da.« Das Golfcart blieb neben dem U-Boot stehen. Aus der Nähe wirkte dieses gewaltig.

»Scheiße, sind die Dinger groß«, staunte Stuart.

»Ehrlich gesagt, sind sie recht klein, wenn Sie sie mit den heutigen U-Booten vergleichen.« Liebherr stieg aus. »Aber dennoch stimme ich Ihnen zu. Ohne direktes Vergleichsobjekt ist es durchaus beeindruckend. Wir müssen auf die Rückseite, meine Herren.«

»Es gibt also mehrere Zugänge zum Bunker?«, fragte Charlie.

»Selbstverständlich«, erwiderte Liebherr. »Stellen Sie sich nur vor, einer der Eingänge fiele in sich zusammen wie ein Kartenhaus.« Er klatschte in die Hände. »Bumm! Kein Entkommen mehr.« Liebherr lachte. »Nein, keine Angst. Alles, was wir gebaut haben, ist für die Ewigkeit. Bitte folgen Sie mir.«

Als Stuart neben Charlie das U-Boot über eine Metalltreppe betrat, sagte Charlie leise: »Letztes Mal sind wir durch den Kuhstall rein. Da ließ sich der Boden mitten in einem der Gehege öffnen. Hätte ich es nicht mit eigenen Augen gesehen, hätte ich an der Stelle nichts außer einem Kuhstall gesehen. Echt beeindruckend.«

Wenig später standen die drei Männer auf dem U-Boot selbst. Wenn Stuart den Blick nach links wandte, konnte er in weiter Ferne unzählige Rinderherden erkennen. Direkt vor ihnen lag der kleine Nadelwald und zur Rechten blickten sie auf das gewaltige Gebäude, dessen Inneres für die Verbrennung der Exkremente und der Energieerzeugung zuständig war.

»Wenn wir die Führung durch den Bunker hinter uns ge-

110

bracht haben, würde ich mir gern mal Ihre Verbrennungs-anlage näher ansehen, Doktor.«

»Aber selbstverständlich«, lächelte Liebherr und man sah ihm den Stolz an. Er drehte an einem Rad und öffnete die Luke des U-Boots. Dann stieg er die steile Leiter ins Innere hinab.

Als wenig später auch Charlie und Stuart in dem engen Stahlschlauch standen, verspürte Stuart den Anflug einer klaustrophobischen Panikattacke. Er durfte gar nicht daran denken, wie die Soldaten sich fühlen mussten, die sich hier-mit ein paar hundert Meter tief unter der Wasseroberfläche befanden.

Liebherr führte sie den Gang entlang. Die Schotten wa-ren derart eng, dass die Männer sie nur gebückt durchque-ren konnten. Nach insgesamt drei weiteren dieser schmalen Durchgänge standen sie vor einem breiten Metallrohr, das von der Decke bis zum Boden reichte und vom Durchmes-ser her die Hälfte des Bootes einnahm. Mehrere, recht mo-dern aussehende Instrumententafeln befanden sich daran.

Der Doktor betätigte einen Schalter und einige der Läm-pchen leuchteten auf. Er gab einen Code in ein Tastaturfeld ein, und die Außenhülle des Metallrohrs fuhr zur Seite, um einer Aufzugstür Platz zu machen.

»Wow«, staunte Stuart.

»Wir wollen doch nicht, dass man unser kleines Versteck unter der Erde so ohne Weiteres findet«, sagte Liebherr. Kurz darauf öffnet sich mit einem Surren die Tür und gab den winzigen Aufzug frei.

»Treten Sie ein. Und keine Angst. Der Aufzug trägt knapp eine Tonne. Auch wenn er nicht so aussieht.«

111

Kapitel 9

Zu der Zeit, als Stuart und Charlie sich im Flieger nach Deutschland befanden, saß Mel in dem Untersuchungsstuhl eines Frauenarztes.

»Muss ich Sie fixieren?«, hatte Liebherr gefragt, nachdem Sebastian sie hierhergeschoben hatte.

Mel hatte lediglich den Kopf geschüttelt.

»Ich denke auch, dass das nicht vonnöten ist. Sie haben ja in der letzten Zeit bewiesen, dass Sie durchaus umgänglich sein können und wissen, sich an Regeln zu halten. Ich darf Sie dann bitten, dort drüben Platz zu nehmen.«

Es war das erste Mal, dass Mel nicht direkt in ihrem Bett untersucht wurde und sie genoss dieses Gefühl. Dennoch lag der Schatten des Gesprächs mit Alexandra über ihr. Die Bilder des Engelmachers, der ein sich im Geburtskanal befindliches Kind zu Tode fickte, wollten nicht aus ihrem Gedächtnis verschwinden.

Ein Assistent des Doktors, den Mel nie zuvor gesehen hatte, legte ihr den Gurt für das CTG um den Bauch. »Wenn es mit dem Gel zu kalt wird, sagen Sie einfach Bescheid«, sagte er freundlich. Mel lächelte, doch als sie den Blick des Doktors sah, der mit gerunzelter Stirn herüberblickte, wurde auch ihr Gesicht wieder starr.

Als der junge Mann fertig war, verwies ihn Liebherr freundlich aber bestimmt des Raumes.

Ohne etwas zu sagen, nahm er die Untersuchung an Mel vor.

»Na, da war unser lieber Sebastian wohl ein wenig zu voreilig«, sagte er nach Beendigung. »Ich denke, wir haben noch ein paar Tage Zeit, bevor sich unsere kleine Dame hier zeigt. Und zu beanstanden gibt es nichts, was einen jetzigen Aufenthalt hier auf der Station rechtfertigen würde.«

Mels Lippen zitterten und ein Schleier legte sich auf ihre Augen. Zum ersten Mal hörte sie, welches Geschlecht ihr Ungeborenes hatte. Ein Mädchen!

112

»Haben Sie noch eine Frage, Melanie? Wenn ja, dürfen Sie jetzt sprechen.«

»Es ist wirklich ein Mädchen?«

Liebherr lächelte. »Das ist es.«

»Dann habe ich keine Frage mehr«, sagte Mel leise. Sie war überglücklich.

»Also, Kleines, bau keinerlei Beziehungen hier auf. Zu niemanden. Erst recht nicht zu deinen ungeborenen Kindern.« Alex' Worte hallten in ihr nach, aber Mel ignorierte sie. Sie würde in ein paar Tagen ein gesundes Mädchen zur Welt bringen und das war alles, was im Moment zählte.

»In Ordnung«, sagte Liebherr. »Ich werde Sie ein Weilchen am CTG lassen. Sebastian wird Sie dann abholen und ich sehe Sie mir morgen noch einmal an.« Er nickte freundlich und verließ den Raum.

Mel sah ihm verdutzt hinterher. Ließ er sie wirklich ungefesselt allein? Kurz war da der Gedanke an Flucht, einer winzigen Kerzenflamme der Hoffnung gleich, aber Mel blies diese Flamme aus. Sie würde von hier nicht fliehen können. Niemals würde sie es hier unbemerkt herausschaffen, wo immer sie sich auch befand.

Denk an dein kleines Mädchen! Ja, genau das würde sie tun. Sie würde nichts mehr riskieren. Zumindest noch nicht.

***

Eine gute halbe Stunde später wurde die Tür zum Untersuchungszimmer geöffnet und Sebastian trat ein. Er ging zu ihrem Bett, das an der Wand stand und schob es heran. Dann beendete er durch einen Knopfdruck das gleichmäßige Wummern der Herztöne und entfernte den Gurt. Die Reste des Gels wischte er mit einem Tuch von Mels Haut ab. Die gesamte Zeit versuchte er, den Blickkontakt zu vermeiden.

»Es ist nicht schlimm«, sagte sie nach einer Weile.

Endlich schaute er sie an. »Ich habe dir unbegründete

Hoffnung gemacht. Es tut mir leid.«

»Hey, ich liege inzwischen fast neun Monate mit gespreiz-ten Beinen auf diesem Bett und scheiße ins Leere, wenn ich muss. Da kommt es auf ein paar Tage mehr auch nicht an.« Mel lächelte.

»Danke, dass du es so siehst.« Er half ihr, von dem Stuhl aufzustehen und sich wieder aufs Bett zu legen. »Ich muss dich leider wieder anschnallen.«

»Ich habe nichts anderes erwartet.« Mel legte sich in die gewünschte Position. Ihren linken Arm hob sie wieder ein bisschen an und sah ihn dabei fragend in die Augen.

Er nickte einmal kurz und drückte den Klettverschluss zusammen.

***

Nachdem sie Mels angestammten Platz erreicht hatten, nahm Sebastian ihr die Augenbinde ab. Diese musste sie je-des Mal tragen, wenn sie von hier fortgeschoben wurde. Sei es zum täglichen Zähneputzen oder zum zweimal wöchent-lichen Duschen, als auch zu den Untersuchungen, die inzwi-schen täglich stattfanden.

»Es wird ein Mädchen«, flüsterte Mel.

Sebastian sah sie kurz an. »Das ist toll«, sagte er und wich ihrem Blick wieder aus.

»Es ist wirklich nicht schlimm, dass ich noch hierbleiben muss. Vielleicht klappt es ja morgen mit dem Zimmer.«

»Ja, vielleicht«, sagte er. »Ich habe gleich Feierabend. Spä-ter wird dir Thilo das Essen bringen. Ich bin dann zum Frühstück wieder da.«

»Ich freue mich«, lächelte Mel. »Und danke hierfür.« Sie zog die Hand kurz aus der Schlinge und winkte mit den Fin-gern.

»Lass dich nicht erwischen.« Er berührte kurz ihren Oberschenkel. Es sollte zufällig wirken, aber Mel erkannte

114

an seiner Reaktion, dass es gewollt war. Sein Gesicht lief rot an und ohne ein weiteres Wort verließ er sie.

Sie wartete, bis sie das Zischen der elektronischen Tür hörte, um die Hand auf ihren Bauch zu legen.

»Hallo, kleine Maus. Ich freue mich, dich bald kennenzulernen.«

Ein kräftiger Tritt unter ihre Handfläche kam als Antwort und Mel fing an, vor Freude zu weinen. Ganz leise nur. Sie drehte den Kopf nach links und blickte auf den Gummivorhang. Sollte sie Alex von der Neuigkeit erzählen? Allerdings würde die ihr bestimmt wieder die Stimmung versauen mit ihrer negativen Einstellung. Jedoch, war das nicht verständlich? Bei allem, was diese Frau durchmachen musste?

»Und als er fertig war, hat er das Kind rausgezogen und mir auf die Brust gelegt. Das ganze Scheißgehirn war Brei. Ist einfach so aus ihm rausgelaufen.«

Mels Euphorie begann sich in dem Grauen von Alex' Erzählung aufzulösen. Würde sie, Mel, mit einer solchen Situation klarkommen? Wieder bemerkte sie einen Tritt gegen ihre Bauchdecke. Diesmal nur ganz zart. Spürte die Kleine die Angst ihrer Mutter?

Mel streichelte ihren Bauch, dann rief sie leise in Richtung Vorhang: »Hey, Alex. Bist du wach?«

Als sie keine Antwort erhielt, ließ sie ihren Bauch los und schob den Vorhang vorsichtig wieder zur Seite. Alex war nicht mehr da. Zwar konnte Mel das Bett erkennen, aber es war definitiv leer. Sie ließ den Vorhang zurückfallen und steckte die Hand durch die Schlaufe.

***

Während Thilo – der dürre Kerl, der ab und zu die Vertretung von Sebastian übernahm und niemals auch nur ein Wort sprach – sie fütterte, ging Mel das leere Bett auf der anderen Seite des Vorhangs nicht aus dem Kopf. Bis jetzt

115

war Alex nicht zurückgebracht worden. Ob es Komplikationen mit ihren Zwillingen gab?

»Es sind Nummer acht und neun.«

Inzwischen hatte Mel erfahren, dass nur Lebendgeburten zählten. Oh Gott, sie wollte gar nicht daran denken. Im wievielten Monat war Alex doch gleich? Definitiv zu früh, als dass die Babys eine Überlebenschance im Falle einer Frühgeburt hätten.

Mel hörte das Kratzen des Löffels auf dem Schüsselboden, kurz bevor ihr Thilo den letzten Rest der Suppe zum Mund führte. Sie nickte kurz, um sich zu bedanken, als er ihr mit einem feuchten Lappen den Mund abwischte. Dann stellte er die Schüssel auf einen Rollwagen und überprüfte die Schnallen an ihren Beinen.

Mel wurde augenblicklich so heiß, dass ihr der Schweiß in den Achseln ausbrach. Seit wann wurde das denn gemacht?

Als Thilo mit den Beinen fertig war, überprüfte er den Gurt an ihrem rechten Arm.

Mel drückte den linken so unauffällig wie möglich nach oben gegen den Gurt.

Thilo prüfte nun diesen, schien zufrieden und wollte gerade nach dem Rollwagen greifen, als er innehielt.

Mel spürte ihr Herz, wie es donnernd gegen ihre Brust schlug. Bestimmt war es derart laut, dass der Idiot es hören musste. Warum zum Teufel prüfte er die Gurte? Wollte er sich wichtigmachen?

Thilo blickte ihr in die Augen, dann wieder auf den linken Arm. Er umfasste ihn und drückte ihn hinunter auf die Matratze. Nun war der Spalt zwischen Gurt und Arm deutlich zu erkennen.

Wortlos löste er den Klettverschluss, zog ihn stramm und verschloss ihn wieder. Noch einmal sah er ihr in die Augen. Dann nahm er den Wagen und schob ihn davon.

Scheiße! Mit Sicherheit würde er das melden. Würde Sebastian dann Ärger bekommen?

116

Scheiß doch auf Sebastian! Den Ärger kriegst eindeutig du!

Sie wollte die gehässige Stimme in ihrem Innern abschütteln, aber Mel wusste ja, dass sie recht hatte. Den Ärger würde sie bekommen. Niemand sonst.

Kapitel 10

Als sich die Aufzugtür öffnete, glaubte Stuart, seinen Augen nicht zu trauen. Vor ihnen ragte eine gewaltige Halle auf, die an ein Fünf-Sterne-Hotel in Dubai erinnerte. Traumhaft schöne Sitzecken zwischen kleinen Pflanzenoasen, beleuchtet von Quecksilberdampflampen, die an langen Kabeln von der Decke herabhingen. In der Mitte des Raumes hing ein gewaltiger Kronleuchter, dessen unzählige, funkelnde Steine heller strahlten, als die Lampen selbst.

»Bitte, treten Sie ein, meine Herren.« Liebherr war vorausgegangen und machte nun eine einladende Geste.

Stuart und Charlie betraten den mit Marmor gefliesten Boden.

»Auf zur Bar«, rief Charlie. »Wenn du die siehst, bleibt dir die Spucke weg.«

Der Doktor lächelte. »Ich wollte Ihnen eigentlich alles hier unten zeigen, aber wenn Sie mögen, können wir auch erst einen Drink nehmen.«

Stuart nickte nur stumm.

Charlie hatte wirklich nicht übertrieben. Die Bar war beeindruckend; wie alles hier unten. Hätte Stuart nicht gewusst, dass er sich in einem Bunker befand, so hätte er jeden, der es ihm weismachen wollte, für verrückt erklärt. Was Stuart aber am meisten überraschte, war, dass sich Gäste am Tresen befanden, die nun von dem Doktor herzlich begrüßt wurden.

»Was ist das hier?«, flüsterte Stuart zu Charlie, der neben ihm stehen geblieben war. »Ein Hotel?«

»Ja, nur teurer. Der Doc sagte mir mal, dass eine Übernachtung bei knapp zehntausend Euro liegt. Und die Gäste bleiben meist eine Woche und länger hier.«

»*Sex sells*«, sagte Stuart.

»Nirgends so gut und teuer, wie hier«, antwortete Charlie.

Der Doktor führte seine beiden Gäste am Tresen vorbei

118

zu einer gemütlichen Sitzecke. »Der Kellner bringt uns etwas Feines. Möchten Sie auch eine Kleinigkeit essen? Das Restaurant öffnet leider erst in einer Stunde, aber wir haben hier ausgezeichnete Pasteten.«

»Ich denke, wir warten«, entgegnete Stuart und ließ sich in einen der weichen Sessel fallen. »Ich bin überrascht, dass Sie hier unten Gäste haben. Aber Charlie erzählte mir bereits, dass das gar nicht so unüblich sei.«

»Dem ist wirklich so. Wir verfügen über insgesamt zehn Zimmer, die regelmäßig ausgebucht sind. Für den heutigen Tag sind drei weitere Stammgäste angekündigt«, sagte Liebherr mit unverkennbarem Stolz in der Stimme.

»Das heißt, das Geschäft brummt.«

»Das können Sie laut sagen, Stuart. Das können Sie wirklich laut sagen.«

Ein Kellner trat mit einem Tablett an den Tisch heran und servierte drei Drinks.

»Charlie erwähnte ebenfalls die doch recht exklusiven Zimmerpreise.« Stuart hob sein Glas und führte es unter die Nase. Wieder drang der schwere Geruch eines Whiskeys in sein Inneres.

»Und das sind nur die Preise für die Unterkunft«, sagte Liebherr. »Jeder Wunsch kostet extra.«

Stuart lächelte. »Ich muss gestehen, dass ich beeindruckt bin. Dennoch drängt sich immer mehr die Frage in den Vordergrund, warum ich hier bin, Doktor?«

Liebherr ließ sich zurückfallen. »Was meinen Sie, Charlie, sollen wir unseren Freund aufklären?«

Charlie hob sein Glas. »Ich glaube, er hat lange genug geschmort.«

Auch Stuart lehnte sich zurück, nippte an seinem Glas und sah Liebherr erwartungsvoll an.

»Nun, Stuart, ich sage es frei heraus. Ich habe mich ein wenig über Sie informiert, nachdem mir unser Freund Charlie derart vorgeschwärmt hat. Sie haben ein ausgezeichnetes

Medizinstudium absolviert, woraufhin Sie in der Klinik, deren chirurgische Abteilung von Ihrem Vater geleitet wurde, eingetreten sind. Ebenfalls mit dem Schwerpunkt Chirurgie mit Spezialisierung auf die Gefäßchirurgie. Unterbrechen Sie mich ruhig, wenn ich falsch liege.«

Stuart schwieg.

»Nach dem Tod Ihrer Eltern erbten Sie deren Vermögen als Alleinerbe, wobei Ihre Schwester keine Berücksichtigung fand. Einen Einspruch ihrerseits gab es nicht. Scheidung vor neun Monaten. Zwei Kinder. Zu keinem davon pflegen Sie Kontakt. Charlie deutete den Grund hierfür an.«

Stuart warf einen empörten Blick hinüber zu seinem Freund.

»Sie kündigten vor drei Wochen Ihren Job und bekamen eine ansehnliche Abfindung. Ihr bis dahin monatliches Bruttogehalt lag bei siebzehntausenddreihundertfünfzig Dollar.«

Stuart nickte anerkennend. »Sie haben Ihre Hausaufgaben gemacht.«

»Ich möchte, dass Sie für mich arbeiten, Stuart.«

Stuart leerte sein Glas. »Hier in Deutschland?«

»Ja, genau hier. Was hält Sie in Curnie Falls? Ihre Frau werden Sie nicht wiedersehen, ebenso wenig Ihre Kinder. Die Zwillinge verstehen sich übrigens sehr gut mit dem neuen Partner Ihrer Exfrau, wenn ich das so sagen darf.«

Ein sanfter Stich im Herz ließ Stuart schwer einatmen. »Warum sollte ich für Sie arbeiten wollen?«

»Nun, wir bezahlen Sie übertariflich, kümmern uns um sämtliche Formalitäten und bieten Ihnen kostenfreie Unterkunft und Verpflegung. Des Weiteren haben Sie kostenlosen Zugang zu sämtlichen Vergnügungen.«

»Zu denen Sie mir später sicherlich noch einiges erzählen werden«, sagte Stuart. Das Angebot des Doktors machte ihn durchaus neugierig, dennoch wusste er nicht, was er von der ganzen Sache halten sollte.

120

»Ich werde Sie entsprechend in alles einweisen, werter Doktor«, ging Liebherr auf Stuart ein.

»Und was wäre hier meine Aufgabe?«

»Sie müssten unsere Patienten versorgen und … ich sage mal: sie unter Umständen wieder zusammenflicken. Mein Schwerpunkt liegt in der Gynäkologie. Selbstverständlich kann ich auch diverse Operationen durchführen, aber ich wäre für einen Fachmann auf diesem Gebiet sehr dankbar. Ihr monatliches Einstiegsgehalt läge übrigens bei zweiundvierzigtausend Euro, das entspricht knapp siebenundvierzigtausend US-Dollar.«

Jetzt atmete Stuart hörbar aus und auch Charlie starrte fassungslos den Doktor an. »Wenn er den Job nicht will, nehme ich ihn.«

Liebherr lachte. »Für Sie, mein Freund, finden wir auch etwas Adäquates. Versprochen.«

»Ich nehme alles«, lachte Charlie.

»Und was sagt unser Ehrengast?« Liebherr sah Stuart an. »Oder habe ich ihn sprachlos gemacht?«

»Sie sind zumindest nahe dran. Was halten Sie davon, wenn wir uns einfach mal meinen eventuell zukünftigen Arbeitsplatz ansehen?«

»Eine ausgezeichnete Idee.« Liebherr klatschte in die Hände und stand auf.

Im selben Moment kam der Kellner auf ihn zu und flüsterte dem Doktor etwas ins Ohr. Liebherr nickte knapp.

»Meine Herren, Sie müssen mich leider entschuldigen. Gerade sind unsere drei speziellen Gäste eingetroffen und einer der Services des Hauses ist der persönliche Empfang durch meine Wenigkeit. Ich werde Ihnen noch einen Drink kommen lassen und einen Mitarbeiter verständigen, der Ihnen alles zeigt. Wir sprechen dann später über Ihre Entscheidung, Stuart, die hoffentlich positiv ausfallen wird.«

Liebherr nickte kurz zum Kellner, dann klopfte er leicht

121

auf Stuarts Schulter und war kurz darauf im Aufzug verschwunden.

»Ich liebe diesen Mann«, sagte Charlie und setzte sich wieder. »Und? Was sagst du?«

»Klingt zu schön, um wahr zu sein.«

»Tja, das ist es aber. Das ganze Teil hier ist eine Goldgrube. Zumindest dann, wenn man nicht zimperlich ist. Und so wie ich dich kennengelernt habe, bist du weit davon entfernt.« Er lachte trocken auf.

»Na ja, wer mal eben zehntausend Euro für eine Übernachtung zahlt, der wird sich nicht mit Blümchensex zufriedengeben. Und wenn eine meiner Aufgaben hier das Zusammenflicken von Patienten ist, dann kann ich mir vorstellen, was hinter verschlossenen Türen passiert.«

»Das war einer der Gründe, warum ich dich empfohlen habe.«

Der Kellner trat heran und fragte nach ihrem Getränkewunsch.

Gerade, als Stuart seine Bestellung aufgeben wollte, gesellte sich ein weiterer Mann zu ihnen. Stuart erkannte ihn als einen der Gäste vom Tresen.

»Hallo«, sagte er freundlich auf Englisch. »Ich habe mitbekommen, dass ihr aus England seid?«

»Nevada, USA«, sagte Charlie.

»Das ist interessant. Ich komme direkt hier aus Schleswig-Holstein und fahre jedes Jahr mit meiner Familie in die USA. Wir verbringen dort unseren Jahresurlaub. Ein tolles Land. Darf ich mich einen Moment setzten?«

»Gern. Nehmen Sie Platz.«

Der Mann stellte sich als Günther vor. Stuart schätzte ihn auf Anfang bis Mitte vierzig. Er trug Bermudashorts und ein kurzärmeliges Hemd von Armani.

»Wohin genau fahren Sie mit Ihrer Familie?«, wollte Stuart wissen.

»Ach, mal hierhin, mal dorthin. Amerika ist groß.« Stuart

122

erkannte, dass hier nicht viel Privates preisgegeben wurde. »Ihr seid das erste Mal hier?«, fragte Günther. »Habe euch zumindest noch nie gesehen.«

»Ja, das erste Mal«, antwortete Stuart.

»Und auf was steht ihr so?« Günther beugte sich näher heran. »Ich persönlich bin ja ein Liebhaber der Verbrauchsobjekte. Da muss man nicht so extrem aufpassen, wenn ihr versteht, was ich meine.« Er kicherte und zwinkerte Stuart zu.

»Der Doktor hat uns noch nicht herumgeführt«, sagte Stuart. Er mochte den Kerl nicht, allerdings, falls er Liebherrs Jobangebot annehmen sollte, wären solche Typen indirekt für sein Gehalt zuständig. Also lächelte er pflichtbewusst.

»Oh, dann seid gespannt. Hier gibt es einfach alles, was du nirgends sonst bekommst. Darfst halt nur niemanden killen. Das ist der einzige Haken. Es sei denn, du hast verdammt viel Kleingeld. Ab und zu macht mal so ein echter Scheich hier Urlaub. Hat immer zwei Wächter an seiner Seite. Ist ein super sympathischer Kerl. Hab ihn mal an der Bar kennengelernt. Allerdings trinkt er keinen Alkohol, aber er ist zumindest spendabel. Und der steht auf die Kinder. Ihr müsst wissen, man muss zwei Millionen Kaution hinblättern, für den Fall, dass das Kind den Löffel abgibt. Zwei Millionen! Pro Kind wohlgemerkt. Und wisst ihr was? Der Scheich zahlt immer direkt zwanzig Millionen. Vorsorglich, wenn ihr versteht, was ich meine.« Wieder dieses eklige Zwinkern.

Stuart lächelte. Hatte dieser schleimige Typ gerade erzählt, dass es einen Scheich gäbe, der dafür bezahlte, Kinder töten zu können? Und das wurde von Liebherr toleriert?

Der Kellner trat an den Tisch und brachte die Bestellungen.

»Das geht auf mich«, sagte Günther. »Als kleiner Willkommensgruß.«

Stuart und Charlie bedankten sich und stießen mit dem Mann, der hier oben aus dem Norden stammte, an.

»In Kürze soll hier unten ein Hofladen eröffnet werden mit exquisiten Spezialitäten. Ich freue mich richtig drauf.«

Stuart blickte hinüber zu Charlie, der mit den Schultern zuckte.

***

Wenig später stieß ein weiterer, wesentlich jüngerer Mann zu ihnen. Das Poloshirt über seinem muskulösen Körper wies den Schriftzug von Hof Gutenberg auf. Auf dem Namensschild in Brusthöhe stand ›Sebastian‹, als der sich der Mann auch vorstellte.

»Oh, unser Begleiter für die Führung«, sagte Stuart und begrüßte den jungen Mann, der knapp einen Kopf größer als er selbst war.

»Doktor Liebherr bat mich, Ihnen alles zu zeigen«, sagte Sebastian freundlich. Dann an Günther gewandt: »Ich darf Ihnen die Herrschaften entführen?«

Dieser stand lachend auf. »Nur zu. Führen Sie die beiden ins Paradies. Stuart, Charlie, es war nett, Sie kennengelernt zu haben.« Strahlend machte er sich wieder auf dem Weg zu Bar, wo er sich ein neues Getränk bestellte.

»Bitte, kommen Sie«, sagte Sebastian. »Ich werde Ihnen zunächst die Umkleideräume zeigen.«

Fragend sah Stuart Charlie an, doch dieser folgte bereits dem jungen Typen, den Stuart nicht einzuschätzen vermochte.

Als sie den Tresen passierten, deutete Sebastian auf eine elektronische Schiebetür zu ihrer Rechten. »Dort kommen Sie zu den Zimmern der Gäste. Die Unterkünfte bestehen aus jeweils zwei Räumen. Einen, den der Gast für seinen Aufenthalt selbst nutzt, den anderen für sein Vergnügen.

124

Letzterer lässt sich schneller reinigen, weil die Wände abwaschbar sind. Der Teppich wird nach jedem Besuch ausgewechselt.«

»Ich nehme an, das ist im Preis inbegriffen«, sagte Stuart.

»Ja, natürlich«, erwiderte Sebastian und sein Tonfall verriet, wie wenig Lust er hatte, die Fragen des Neulings zu beantworten.

Stuart mochte den Kerl nicht. Er besaß nicht die Freundlichkeit des Doktors. Für Stuart war er ein arroganter Schönling. Falls er hier tatsächlich arbeiten würde, musste er sich den Kerl einmal zur Brust nehmen.

»Was entsteht hier?« Stuart deutete auf einen abgetrennten Bereich, hinter dem sich ein Tresen mit Verkaufsfläche und im Hintergrund mehrere leere Regale befanden.

»Das wird unser unterirdischer Hofladen. Haben Sie den oben auf der Farm bereits begutachtet?« Sebastian war stehen geblieben.

»Ich habe ihn gesehen«, sagte Stuart.

»Dort oben bekommen Sie das Fleisch unserer Rinder, die wir nicht verkauft haben. Sie können sich direkt von der hervorragenden Qualität überzeugen. Das Fleisch, das die Gäste hier unten erwerben können, ist mit nichts anderem zu vergleichen. Ich werde Ihnen gleich mehr dazu sagen. Wenn Sie mir folgen wollen?«

Ihr weiterer Weg führte sie durch eine Tür – diese waren hier überall elektronisch und öffneten sich automatisch – in einen breiten Flur, auf dessen Seiten sich weitere Räume befanden. Durch die gläsernen Türen konnte Stuart unzählige Schutzanzüge erkennen, die an Bügeln von der Decke herabhingen.

»Müssen wir bei der Führung befürchten, uns zu kontaminieren?«, versuchte Stuart, die angespannte Stimmung aufzulockern.

Sebastian öffnete mit einer Chipkarte die Tür zu einem

der Räume und deutete hinein. »Die Anzüge dienen lediglich dazu, Ihre Kleidung zu schützen«, sagte er.

»Wovor?«, wollte Stuart wissen.

»Vor Scheißespritzern«, antwortete Charlie und betrat den Raum. »Die kacken hier einfach frei raus.« Jetzt lachte er.

Stuart nahm es erst einmal so hin. Die drei streiften je einen der weißen Anzüge über, die auf dem Rücken mit dem Schriftzug des Hofes versehen waren. Für die Schuhe gab es Plastiküberzieher.

»Keine Angst«, sagte Sebastian und zum ersten Mal klang seine Stimme halbwegs freundlich. »Das ist nur für die Führung. Die Gäste wählen ihre Objekte via Monitor aus. Die meisten zumindest. Manche stehen darauf, das alles live zu erleben.« Er zuckte mit den Schultern.

In Stuart entstand ein extremes Gefühl der Vorfreude, obwohl er nur ahnen konnte, was ihn erwartete. Auch Charlies Blick wirkte auf träumerische Art und Weise verklärt.

Als sie wenig später den Raum verließen, wollte Stuart wissen, wie groß das alles hier sei.

»Wir haben eine Fläche von rund neunzigtausend Quadratmetern pro Ebene«, beantwortete Sebastian seine Frage.

»Pro Ebene? Wie viele gibt es denn?«

»In Benutzung befinden sich zwei. Diese und eine weitere hier drunter, die wir uns gleich ansehen werden. In der untersten befinden sich lediglich alte Lebenserhaltungssysteme aus der Nazizeit. Doktor Liebherr spielt aber mit dem Gedanken, auch diese Ebene zeitnah für das Geschäft zu nutzen und entsprechend herrichten zu lassen.«

Die Zahlen, mit denen hier hantiert wurde, waren durchaus beeindruckend. Sebastian wies den langen Korridor hinunter. »Dort hinten befinden sich die Unterkünfte des Personals und ein Einkaufszentrum. Letzteres können die Gäste auf direktem Weg von ihren Zimmern aus erreichen und es ist vierundzwanzig Stunden am Tag geöffnet. Rein

126

theoretisch können Sie hier unten den Rest Ihres Lebens verbringen, ohne einmal das Tageslicht sehen zu müssen. Wir haben sogar einen kleinen Park mit einer vielfältigen Flora. Alles, was das Herz begehrt. Hier vorn ist der Aufzug.«

Die Fahrt in das zweite Untergeschoss ging schnell vonstatten. Als sich die Tür öffnete, schlug Stuart eine warme, schon fast stickig feuchte Luft entgegen. Einen leichten Geruch nach Exkrementen konnte er wahrnehmen, den er sich allerdings schlimmer vorgestellt hatte. Das stetige Surren einiger Maschinen erfüllte den leicht abgedunkelten Raum.

Hier war deutlich erkennbar, dass sie sich in einem Bunker befanden. Die Betonwände wirkten robust und waren in dem typisch schmutzigen Grau alter Plattenbauten aus den Siebzigern gehalten. Die Wand direkt neben ihm, erweckte auf Stuart den Eindruck, als würde sie ihn gleich mit ihrem enormen Gewicht erdrücken. Die Decke des Raumes befand sich in etwa fünf Metern Höhe, was das Gefühl der Hilflosigkeit in Stuart verstärkte. Dicke Rohre verliefen unter ihr wie ein überdimensionales Adergeflecht.

»Was für ein Gegensatz zu oben«, murmelte Stuart.

»Das können Sie laut sagen«, antwortete Sebastian. Direkt vor ihnen lag ein Raum, durch dessen Scheiben Stuart mehrere Monitore erkennen konnte. Ein dicker Mann saß auf einem Stuhl und hatte die Beine auf einen Tisch gelegt. Er las in einem Buch, legte dieses aber sofort zur Seite, als er Stuart und die anderen auf sich zukommen sah.

»Dort haben wir unseren Überwachungsraum. Die Kameras sind so ausgerichtet, dass sämtliche Wege zu den einzelnen Stationen einsehbar sind. Die Patienten werden über Sensoren in ihren Betten überwacht. Ich werde Ihnen gleich eines dieser Teile zeigen. Eine technische Höchstleistung par excellence, wenn Sie mich fragen. Da hat unser Doc tief in die Tasche greifen müssen.«

»Moin, Sebastian«, sagte der korpulente Mann in dem

127

Überwachungsraum. »Neue Gäste?«

Sebastian stellte den Fetten als Peter vor. Die Ausmaße seines Körpers beeindruckten Stuart und erinnerten ihn an seinen Nachbarn in Curnie Falls. Sofort regte sich eine gewisse Antipathie in Stuart.

In dem Überwachungsraum selbst befand sich eine weitere Tür, hinter der sich, laut Sebastian, der Aufenthaltsraum des Wachpersonals befand.

»Darf ich fragen, wie viele Leute hier arbeiten?«

»Die Personalgröße für das Bunkersystem liegt bei zwölf Männern und drei Frauen. Wir haben vor zwei Monaten ein neues Abzugssystem installiert. Davor war es hier unten kaum auszuhalten. Sie werden gleich sehen, warum.«

Sie verabschiedeten sich von Peter und gingen auf eine gewöhnliche Tür zu, in deren oberem Drittel sich ein kleines Fenster befand.

»Hier haben wir unsere Krankenstation«, sagte Sebastian, nachdem sie eingetreten waren. »Dort drüben sind die Zimmer für die Notfälle, dort die beiden OP-Räume und hier rechts und links insgesamt vier Kreißsäle. Bisher kam es allerdings noch nie vor, dass alle gleichzeitig belegt waren. Wenn Sie keine Fragen haben, können wir weitergehen.«

Stuart und Charlie hatten keine, wobei sich Stuart natürlich fragte, wozu sie vier Kreißsäle benötigten.

»Als Nächstes zeige ich Ihnen die Milchproduktion. Sie werden überrascht sein, wie viel Geld man mit menschlicher Muttermilch verdienen kann. Wir werden sie selbstverständlich auch in unserem Hofladen anbieten.« Mit diesen Worten ging Sebastian durch die nächste Tür, die sich zischend vor ihm öffnete.

Hier war der Gestank schon wesentlich stärker wahrzunehmen und als sie um eine Ecke bogen und eine weitere gläserne Tür durchquerten, erkannte Stuart den Grund dafür.

128

Er blieb stehen und starrte auf das, was da vor seinen Augen stattfand. Eine unbändige Faszination, gepaart mit purer Abscheu keimte in ihm auf. Seine Vorstellungen waren schon grotesk gewesen, schließlich hatte Stuart in letzter Zeit einiges an Videomaterial im Internet gesichtet. Doch das hier übertraf alles bei Weitem.

In engen Metallkäfigen, die sich neben dem breiten Korridor aneinanderreihten, knieten nackte Frauen auf allen vieren. Die Käfige waren so konzipiert, dass die Frauen scheinbar auch keine andere Haltung einnehmen konnten, es sei denn, sie legten sich hin und steckten ihre Beine durch die hinteren Gitterstäbe. An ihren gewaltigen Brüsten waren Melkbecher angebracht, die Stuart an die Vorrichtung bei Kühen erinnerten.

Das Pulsieren verursachte das brummende Geräusch, dass sie beim Austreten aus dem Aufzug gehört hatten. In den durchsichtigen Schläuchen floss die Milch der Frauen zu jeweils einem Behälter, der sich hinter den Käfigen befand.

»Wir haben Glück«, sagte Sebastian stolz. »Es ist gerade Melkzeit.«

Gebannt näherte sich Stuart dem ersten der insgesamt zehn nebeneinanderstehenden Käfigen.

Die Frau hinter den Gitterstäben blickte zu Boden und ihr verfilztes Haar hing wie ein spröder Vorhang bis hinab zum gefliesten Boden. Im hinteren Bereich der Käfige entdeckte Stuart eine Ablaufrinne, in der allem Anschein nach die Fäkalien der Frauen abgeführt wurden.

Stuart schnippte vor dem Metall mit den Fingern und der Kopf der Frau hob sich. Stuart konnte den teilnahmslosen Blick ihrer Augen erkennen. In ihnen war kein Lebenswille mehr vorhanden. Und dann sah Stuart etwas, das ihn beinahe zurückschrecken ließ. Der Mund der Frau bestand aus zwei verheilten Narben, die sich rechts und links neben einer kleinen Öffnung befanden. Lippen waren nur noch im

Bereich der etwa zwei Zentimeter langen Öffnung selbst vorhanden.

Stuart stand auf und sah Sebastian an, der geduldig neben der Betonwand wartete. »Sie haben ihr den Mund zugenäht?«

»Das ist die Bestrafung, wenn sie sich nicht an die Regeln halten«, erklärte Sebastian in sachlichem Ton. »Hier unten darf weder gesprochen noch geschrien werden. Viele Frauen der Milchproduktion haben keine Münder mehr. Scheinbar ist die Käfighaltung prädestiniert dafür, dass sie irgendwann durchdrehen und anfangen zu schreien.«

»Wundert Sie das? Sie werden wie Vieh gehalten.«

»Wenn ich ehrlich bin«, sagte Sebastian, »geht es dem echten Vieh hier auf dem Hof besser.«

Stuart war sprachlos. Und in diesem Moment entdeckte er im schummrigen Licht, dass sich hinter den Käfigen eine weitere Reihe befand. »Meine Güte«, keuchte er. »Wie viele Käfige haben Sie denn hier? Und wer kauft so was?« Wenn Stuart versuchte, sich vorzustellen, irgendetwas mit Muttermilch anzufangen, verspürte er keinerlei sexuelle Erregung.

»Insgesamt haben wir zwanzig Käfige, die wir aber in Kürze verdoppeln wollen. Tja, wer kauft so etwas? Einen Teil nutzen wir für die eigene Aufzucht, da unsere gebärenden Frauen keine Kinder säugen dürfen. Der Rest wird weltweit versandt. Sie wären überrascht, auf was die Menschen alles abfahren. Und wie gesagt, wenn unser Delikatessengeschäft eröffnet, kann der Gast sie direkt vor Ort genießen.«

Eine der Frauen gab glucksende Geräusche von sich, um sich kurz darauf zu entleeren. Für einen kleinen Moment kroch der Gestank herüber, bevor ihn die Abzugshauben, die in zwei Metern Höhe über den Käfigen hingen, absaugten.

»Darf ich Sie etwas fragen, Sebastian?«

»Selbstverständlich. Dafür bin ich doch hier.«

»Warum halten Sie diese Frauen in Käfigen? Ich meine,

130

warum werden sie wie Vieh gehalten? Sie könnten ihnen doch auch die Milch abzapfen, ohne diese Art der Erniedrigung.« Stuart fiel es immer noch schwer, Worte zu finden.

»Wie Sie schon richtig erkannt haben, es geht um Erniedrigung. Wenn Sie einen Menschen lange genug seiner Würde berauben, dann wird er umso dankbarer für jegliche Art der Abwechslung oder Aufmerksamkeit. Würden wir diese Frauen respektvoll behandeln, dann wäre alles ein ständiger Kampf. Sie würden sich wehren, protestieren und sich widersetzen. So aber tun sie, was man von ihnen verlangt. Es ist ein ganz einfaches Gesetz der Natur. Wir haben zum Beispiel einen Gast, der steht auf diese engen Mundöffnungen. Sein Schwanz ist glücklicherweise auch nicht allzu groß. Für ihn gibt es nichts Schöneres, als hier unten von Käfig zu Käfig zu gehen und seinen Schwanz durch die Gitterstäbe zu schieben. Und die Frauen kommen ganz von selbst mit ihrem Mund heran. Es ist beinahe so, als freuten sie sich über diese Art der Abwechslung. So ein Blowjob kostet übrigens siebenhundertfünfzig Dollar.«

»Lassen Sie uns weitergehen«, sagte Stuart.

***

War die letzte Station schon menschenverachtend, so stand die nächste ihr in nichts nach. Es war die *Zuchtstation*, wie Sebastian sie sachlich betitelte. Hier befanden sich zwischen schweren Gummivorhängen besagte futuristische Betten, auf denen die Frauen untenherum nackt lagen. Ihre Beine wurden durch eine Konstruktion angewinkelt und gespreizt, sodass der Blick auf Gesäß und Geschlechtsteil frei lag. Bei diesem Anblick verspürte Stuart ein heißes Kribbeln in seinem Unterleib. Zumindest seinem Sex-Ich, dem Fickmonster, schien das hier alles durchaus zu gefallen.

Die erste Reihe, rechts neben dem Gang, bestand aus fünf Kabinen, die nebeneinanderlagen. Die drei ersten, an denen sie vorübergingen, waren belegt, in der vierten befand sich lediglich ein leeres Bett. Hier blieb Sebastian stehen.

»Das ist eines der Betten, von denen ich vorhin sprach. Sensoren in der Matratze zeichnen sämtliche Vitalfunktionen der Patientin auf, die dann direkt zur Krankenstation und zusätzlich in den Überwachungsraum übertragen werden. Um einer Muskelerschlaffung vorzubeugen, finden regelmäßige elektrische Stimulationen statt.«

»Was ist mit Dekubitus?«, fragte Stuart.

»Deku... was?«, schaltete sich Charlie ein. Er stand immer noch vor der dritten Kabine und starrte die nackte Frau an.

»Wundliegen«, sagte Stuart kurz.

»Die Matratzen funktionieren nach dem Wechseldruckprinzip«, antwortete Sebastian und strich mit der Hand über den dunklen Stoff. »Die Luft darin wird automatisch nach bestimmten Zeitintervallen umverteilt. Wie ich schon sagte, die Betten sind unbezahlbar.«

»Das scheint mir auch so«, sagte Stuart. »Wo ist die Patientin, deren Bett Sie uns hier vorführen?«

Sebastian schob vorsichtig den Vorhang zur Nachbarkabine ein Stück zur Seite. Als er sah, dass Mel die Augen geschlossen hatte und der Monitor hinter ihrem Bett eine gleichmäßige und tiefe Atmung anzeigte, ließ er den Vorhang wieder zugleiten. »Alexandra ist in der letzten Nacht leider verstorben. Sehr zum Ärgernis des Doktors. Sie war im fünften Monat mit Zwillingen schwanger.«

Kapitel 11

Ganz ruhig atmete Mel weiter. Das hatte sie in den Monaten seit ihrer Ankunft gelernt. Sie schaffte es inzwischen sogar, dass ihr Herzschlag nicht anstieg, als sie Sebastians Stimme hörte, der irgendwelchen Leuten auf Englisch erzählte, dass Alex gestorben sei. Alex war tot? Zufall?

Nein, Mel glaubte nicht daran. Irgendwer hatte mitbekommen, dass Alex etwas über diesen Kunden, den Engelmacher, erzählt hatte. Vielleicht dieser staksige Thilo, der auch Mels Gurte kontrolliert hatte. Aber warum gab es dann für Mel keine Repressalien? Zumindest war sie bis jetzt verschont geblieben. Hoben sie sich das für nach der Geburt auf? Diese Möglichkeit bestand durchaus. Liebherr wollte schließlich Kinder züchten. Mel lief ein eiskalter Schauer über den Rücken, als sie wieder an Alex' Worte dachte. *»Es gibt hier auch Frauen, die sind nur für die Gäste da. Vielleicht nehmen sie dafür auch die Kinder.«*

Sebastian referierte unterdessen weiter über das Bett, in dem vor einem Tag noch eine Frau mit Hoffnungen auf ein baldiges Ende der Tortur gelegen hatte. Vielleicht hatte man Alex ja auch nur verlegt? Aber warum sollte Sebastian dann behaupten, dass sie gestorben sei? Mel würde ihn beim nächsten Mal darauf ansprechen. Sie stockte. Wäre das schlau? Sie würde damit zugeben, dass sie Kontakt zu einer anderen Patientin gehabt hatte. Das wäre nicht sehr clever, auch wenn Sebastian immer nett zu ihr war.

Mel hielt die Augen weiterhin geschlossen, als sie mitbekam, dass die Personen ihr Bett erreichten.

»Das dauert ja nicht mehr lange«, sagte jemand.

»Wir denken, dass es in den nächsten Tagen so weit ist.« Das war Sebastian.

»Warum befindet sie sich dann nicht auf der Krankenstation?« Wieder die erste Stimme. Mel hatte sie zuvor noch nie gehört. Ob es sich um einen neuen Mitarbeiter handelte? Oder um einen dieser Gäste?

133

»Ich gehe davon aus«, sagte Sebastian, »dass der Doktor sie bald rüberbringen lässt.«

Mel öffnete die Augen. Neben Sebastian standen zwei Männer, die Mel noch nicht gesehen hatte. Beide waren in weiße Schutzanzüge gehüllt und sahen aus wie Maler vor ihrem Arbeitsbeginn.

Einer von ihnen trat an sie heran. »Hallo«, sagte er auf Deutsch. Sein Akzent klang sympathisch und das Gesicht war freundlich. »Wie geht es Ihnen?«

»Danke, gut«, krächzte Mel. Immer, wenn sie längere Zeit nicht gesprochen hatte, klang ihre Stimme für einen Augenblick wie die einer alten Frau.

»Das freut mich«, sagte der Mann. »Ich bin übrigens Stuart Gunn. Ich werde hier als Arzt arbeiten. Vielleicht werde ich Sie mir in Kürze einmal anschauen.« Er legte seine Hand auf Mels Bauch. Sie fühlte sich warm an. »Ich wünsche Ihnen erst einmal alles Gute für Ihren Nachwuchs. Wissen Sie schon, was es wird?«

»Ein Mädchen«, sagte Mel lächelnd.

»Sehr schön!«

Er lächelte ebenfalls, dann ging er zusammen mit Sebastian, der ihr kurz zuzwinkerte, und dem anderen Mann aus ihrem Blickfeld. Sie hörte die Schritte, die sich langsam entfernten.

***

»Mich würde interessieren, wie die Fäkalien beseitigt werden«, sagte Stuart, als sie die letzte Reihe der Kabinen mit den Schwangeren erreichten.

Nachdem sie die Kabine der hochschwangeren Frau passiert hatten, war eine der Außenwände des Bunkers erreicht und der Weg knickte im rechten Winkel ab. Sie kamen an weiteren Reihen mit schwangeren Frauen vorbei. Sebastian hatte erklärt, dass zurzeit siebenunddreißig Betten besetzt seien. Nun konnte Stuart auch die Anzahl der Kreißsäle nachvollziehen.

Sebastian ging in die Hocke und deutete auf eine mit einem Gitter bedeckte Rinne, die neben dem Weg entlanglief. »Wenn Sie von hier schräg in Richtung der Betten sehen, dann erkennen Sie, dass die Rinne darunter fortläuft. Im Bereich der Milchproduktion und der Zuchtstation befindet sich ein Gitter, unter dem ein Förderband verläuft, das die Ausscheidungen bis hierher bringt. Dann werden sie weitergeleitet, auf ein weiteres Förderband, über das sie die Verbrennungsanlangen erreichen.«

»Das heißt, Sie sind hier nicht an die öffentliche Kanalisation angeschlossen?«

»Das ist richtig. Wir entsorgen unseren Mist selbst.«

Stuart zog sein Handy aus der Tasche.

»Hier gibt es nirgends Empfang«, sagte Sebastian schnell.

Stuart beachtete ihn nicht und betätigte die Taschenlampe des Mobiltelefons. Als der Strahl durch das Gitter fiel, erkannte er in etwa vierzig Zentimetern Tiefe das langsam laufende schwarze Band.

Er fand die Tatsache, dass hier keine Toiletten benutzt wurden, äußerst befremdlich, konnte hingegen die Erklärung Sebastians über die Folgen von Erniedrigung durchaus nachvollziehen.

»Nun kommen wir zu unserem Kinderparadies«, verkündete Sebastian freudig, während die nächste Tür sich öffnete. Wieder knickte der Weg im rechten Winkel nach rechts ab und sie betraten eine gewaltige Halle mit einem Ausmaß von geschätzt zweihundert mal zweihundert Metern. In dieser Halle befanden sich zwei annähernd gleichgroße Räume, deren Größe Stuart ebenfalls beeindruckte.

»Links ist das besagte Kinderparadies und rechts der Zellentrakt für die Verbrauchsobjekte«, erklärte Sebastian.

Stuart sah sich kurz um. »Sie werden mir jetzt sicherlich erklären, um was es sich genau bei den Verbrauchsobjekten handelt.«

»Es sind die Frauen, mit denen unsere Kunden alles anstellen dürfen, wonach ihnen gerade der Sinn steht. Außer sie zu töten«, beantwortete Sebastian sachlich seine Frage.

»Natürlich«, sagte Stuart. »Und was ist, wenn es doch passiert? Das Töten meine ich.« Inzwischen hatte Stuart auch erkannt, was der Doktor mit dem *Zusammenflicken* der Patienten meinte. Zu Stuarts Aufgabe gehörte es also, den Schlamassel der Kunden wieder halbwegs geradezubiegen.

»Dann behält der Doktor die Kaution ein«, sagte Sebastian. »Bei Kindern zwei Millionen, bei den Frauen eine Million.«

»Ein beachtlicher Wert für ein Menschenleben.«

»Die Kunden können auch mit Körperteilen bezahlen, falls sie nicht liquide genug für die Kaution sind«, fügte Sebastian hinzu.

Stuart verschränkte die Arme vor der Brust. »Jetzt machen Sie mich neugierig. Welcher Körperteil besitzt denn den Wert eines Menschlebens?«

»In der Regel ein Bein. Das können wir gut weiterverkaufen. Es gibt Kunden mit einem Fetisch für Beine.«

Stuart lachte laut. Es wirkte grotesk, aber er konnte es nicht verhindern. »Was zum Teufel macht man mit einem abgetrennten Bein?«

»Der Kunde, der sich das Vergnügen hier direkt vor Ort gönnt, führt sich den kompletten Fuß rektal ein und onaniert, während er den Stumpf ableckt.« Sebastian grinste breit.

»Ich werd verrückt«, murmelt Stuart, der die Vorstellung äußerst erheiternd fand.

»Ich kotz gleich«, sagte Charlie. »Könnt ihr vielleicht die Details auf später verschieben, wenn ich sie nicht zwangsläufig hören muss?«

»Seit wann bist du derart zimperlich?« Stuart klopfte seinem Freund auf den Rücken. »Aber eine Frage habe ich

136

noch. Charlie, halt dir einfach die Ohren zu.«

»Ich lach mich schlapp«, sagte dieser. »Aber, wenn ihr nichts dagegen habt, gehe ich schon mal zu den Kleinen.«

»Wir kommen gleich nach«, sagte Sebastian.

Nachdem Charlie kurz darauf in dem linken Raum, der in etwa die Ausmaße einer Sporthalle hatte, verschwunden war, blickte Sebastian Stuart an. »Fragen Sie.«

»Nun, so wie Sie das gerade geschildert haben, hört es sich an, als wären Amputationen an der Tagesordnung. Ich meine, wenn sich Körperteile so gut verkaufen lassen.«

»Eher nicht. Wie gesagt, nur, wenn jemand ohne Kaution eine der Frauen oder Kinder tötet. Das kommt glücklicherweise nicht häufig vor. Allerdings nehmen wir auch Bestellungen entgegen. Und dafür sind dann unsere Verbrauchsobjekte zuständig.« Er deutete auf die rechte Halle.

»Sie amputieren die Frauen?«

»Ja, der Doktor erzählt ihnen zwar zu Anfang, dass sie hier wieder rauskommen, aber das wäre ja fatal. In Zukunft werden wir sie aber nach Gebrauch im Hofladen verkaufen. Natürlich nur hier unten im Bunker.«

Stuart nickte. Scheinbar waren die Frauen hier wirklich nur Verbrauchsobjekte. Jede auf ihre ganz persönliche Art und Weise. Stuart befürchtete, dass er bei dieser Skrupellosigkeit doch arg an seine Grenzen stoßen könnte. Konnte er sein Gewissen mit den monatlichen Gehaltszahlungen beruhigen?

Hast du überhaupt ein Gewissen?, höhnte seine innere Stimme.

»Vielleicht sollten wir Charlie folgen«, schlug er vor und machte sich zusammen mit Sebastian auf ins Kinderparadies.

***

Nachdem die beiden durch die Tür in die große Halle des

Kinderparadieses getreten waren – über dem Eingang hing tatsächlich ein entsprechendes Schild mit großen bunten Buchstaben –, standen sie vor einer gewaltigen Scheibe, die vom Boden bis zur Decke reichend, den dahinterliegenden Raum abtrennte. Vor der Scheibe, in etwa einem Meter Abstand, befand sich eine Holzbank, die sich bis zum Ende des Ganges erstreckte. In der Mitte saß Charlie und blickte in das Innere hinter dem Glas.

Diesmal war Stuart beeindruckt. Das Kinderparadies konnte sich wahrlich sehen lassen. Ein riesiges Areal mit Spielmöglichkeiten für jedes Alter, von Kletterwänden, über Trampoline, Hüpfburgen, Sandkästen und Bädern mit Abertausenden kleinen Bällen. Vor einer Doppelrutsche standen zwei Frauen in der Kleidung des Hofes und fingen lachend die Kinder auf, die die Rutsche benutzten.

Im hinteren Bereich des Paradieses erkannte Stuart mehrere, baumhausartige Gebäude, über dessen Eingängen jeweils vier Namen auf einer kleinen Schiefertafel standen. Höchstwahrscheinlich handelte es sich um die Unterkünfte der Kleinen, die allesamt fröhlich miteinander spielten und lachten.

»Willkommen in der Pädophilenabteilung«, murmelte Stuart. Für einen Moment musste er an die drei Mädchen aus Thailand denken – Lawan, Thida und Ploy – und an die Barbiepuppen, die er ihnen geschenkt hatte. Noch immer sah er ihre lachenden Gesichter.

»Zurzeit leben hier zweiunddreißig Kinder im Alter zwischen sechs Monaten und neun Jahren. Allerdings ist gerade ein Kunde eingetroffen, der die Zahl etwas drücken wird.« Sebastian blickte wehmütig in Richtung der spielenden Kinder.

Stuart sah ihr Lachen, hören konnte er es allerdings nicht. »Der Scheich«, sagte er leise.

Sebastian blickte ihn an. »Wie ich sehe, haben Sie bereits von ihm gehört. Dem Doktor gefällt das Ganze auch nicht,

138

aber es ist viel Geld.«

»Was machen Sie mit den Leichen?«, fragte Stuart und bereute im gleichen Augenblick seine Frage. Wollte er es tatsächlich wissen?

»Wir frieren sie ein«, antwortete Sebastian schon. »So lange, bis der Delikatessenladen eröffnet ist.«

»Ich denke, ich habe für heute genug gesehen«, sagte Stuart und verließ ohne ein weiteres Wort die Halle.

***

Als Stuart und Charlie zwei Stunden später draußen neben dem Farmhaus auf einer kleinen Holzbank saßen, stand die Sonne bereits nahe dem Horizont. Es war angenehm warm, dennoch hatte sich Stuart eine Jacke angezogen, weil ihm die Kälte, die aus seinem Innern kroch, eine Gänsehaut bescherte.

Charlie zündete sich eine Zigarette an.

»Wusste gar nicht, dass du rauchst«, sagte Stuart, ohne ihn anzusehen. Das Muhen unzähliger Kühe drang zu ihnen herüber. Alles wirkte so harmonisch, als befänden sie sich in einem deutschen Heimatfilm aus den Siebzigern. Stuarts Ma hatte diese Schnulzen geliebt, sodass ihr Vater, als das Videozeitalter anbrach, ein paar davon zu Weihnachten geschenkt hatte. Und so wie in diesen Filmen, war auch hier oben an der Oberfläche alles eine Idylle des Wohlbehagens, der Freiheit und des Glücks, während zwanzig Meter unter ihnen die Hölle begann.

Nachdem Sebastian sie zum Farmhaus zurückgebracht hatte, sagte er ihnen, dass sich der Doktor im Laufe des Abends mit ihnen treffen werde. Dieser hatte aber vor fünf Minuten dem Kellner der Bar ausrichten lassen, dass er den Termin auf morgen früh verschieben müsse. Einen Grund hatte er nicht genannt. Warum auch?

»Hast du schon eine Entscheidung getroffen?«, fragte

Charlie, ohne auf Stuarts Rauchbemerkung einzugehen.

»Ich bin wahrlich zwiegespalten. Es ist schon eine Stange Geld, die unser Doc springen lässt. Nicht, dass ich am Hungertuch nagen müsste, aber irgendwann wird das Geld auch aufgebraucht sein.«

Jetzt blickte Charlie herüber. Seine Mundwinkel begannen zu zucken, dann brach er in schallendes Gelächter aus.

»Was ist daran so lustig«, wollte Stuart wissen, ließ sich aber von der fröhlichen Stimmung seines Freundes anstecken.

Es dauerte eine Weile, bis Charlie sich beruhigte und wieder sprechen konnte. »Scheiße, Stu. Was redest du dir da ein? Du wirst das Ganze doch nicht wegen der Kohle machen. Bis deine verbraucht ist, bist du hundert.«

Stuart wurde ernst. »Ich könnte nicht mal die Kaution für eine Frau hinterlegen«, sagte er trocken. »Bernadette hat ordentlich abgesahnt. Und ich habe danach eine Zeit lang gut gelebt.«

Charlie stieß die Luft aus. »Wenn man bedenkt, dass du den Scheiß, den du mit deiner Ex-Frau abgezogen hast, hier umsonst bekommst, falls du hier arbeitest, dann ist es schon wieder paradox.« Er versuchte, das Lachen zu unterdrücken, lief dabei hochrot an und prustete kurz darauf los, sodass ihm sogar die Zigarette aus der Hand fiel.

»Da hast du recht«, stimmte Stuart zu und ihr gemeinsames Lachen übertönte für einen Moment sogar das Muhen der Kühe.

»Ich glaube, ich werde den Job annehmen«, sagte er nach einer Weile. »Kündigen kann ich immer noch, wenn es mir nicht zusagt.«

140

Teil III - Der Job

Kapitel 12

Einen Song der Rolling Stones summend, betrat Stuart die Krankenstation. Er trug einen Ärztekittel mit ›Hof Gutenberg‹-Emblem auf der Brusttasche und eine weiße Hose. Alles war wie früher, als er in der Klinik in Elko gearbeitet hatte.

»Guten Morgen, Doktor«, sagte Thomas, der junge Assistent von Liebherr.

Stuart begrüßte den Mann. »Ist Liebherr schon hier?«

»Nein, er wird erst gegen Mittag anwesend sein. Wir haben hier unten zwei neue Patienten.« Er reichte Stuart die Krankenblätter. »Eine Melanie, vierzigste Schwangerschaftswoche. Der Doktor hat gestern Abend entschieden, sie hier auf der Station zu lassen.«

Stuart erinnerte sich an das Mädchen, mit dem er gestern kurz gesprochen hatte.

»Die andere Patientin ist ein Verbrauchsobjekt und wurde erst vor wenigen Minuten gebracht. Ich habe ihr ein Beruhigungsmittel verabreicht und die Wunden notdürftig versorgt.«

»Schlimm?«, fragte Stuart.

Thomas nickte stumm.

»Wie geht es unserer werdenden Mutter und ihrem Kind?«

»Gerade hat sie noch geschlafen. Ich glaube, sie genießt die neue Umgebung.« Womit Thomas wohl nicht so unrecht hatte. »Beide sind aber wohlauf.«

»Dann sehe ich mir zuerst die andere Dame an. Hat sie einen Namen? Ich finde hier nichts.«

»Nein. Verbrauchsobjekte werden nicht mehr namentlich benannt.« Thomas lief rot an, als Stuart ihn durchaus schockiert ansah.

Dann betrat Stuart den Untersuchungsraum, in dem Mel vor neun Monaten der Schneidezahn entfernt worden war.

Die Frau lag in einem schmalen Bett, dessen Matratze fast

142

gänzlich rot gefärbt war. Thomas hatte sie mit einem Laken bedeckt. Auch dieses war an vielen Stellen von Blut getränkt.

Als Stuart an das Bett trat, drehte die Frau ihren Kopf. Ihr Haar war gewaschen, wirkte aber an einigen Stellen strähnig, weil das Blut darin getrocknet war. Die Schminke auf ihrem Gesicht war verschmiert und das rechte Auge derart geschwollen, dass es nur ein Schlitz zwischen zwei dicken Fleischwülsten war.

»Ich bin Doktor Stuart«, sagte er sanft. »Können Sie mir Ihren Namen nennen?«

Thomas trat heran. »Sie haben keinen mehr, Doktor. Das sagte ich Ihnen doch bereits.«

Stuart sah ihn an. »Verlassen Sie den Raum. Ich werde Sie rufen, sobald ich Sie brauche.«

»Aber ich soll mir jeden Arbeitsschritt anschauen, sagt Doktor Liebherr. Er will, dass ich so viel wie möglich lerne.«

»Das können Sie gern bei ihm tun. Und jetzt verlassen Sie das Zimmer. Auf der Stelle!«

Wieder lief das Gesicht des Mannes rot an. Stuart erkannte, dass dieser noch etwas sagen wollte, sich dann aber eines Besseren besann und den Raum verließ.

Stuart konzentrierte sich wieder auf die junge Frau auf dem Untersuchungstisch. »Möchten Sie mir nun Ihren Namen nennen?«

»K-Kerstin. Mein … Name … ist Kerstin Brand. Ich bin … siebenundzwanzig Jahre alt.« Tränen stiegen in ihr linkes Auge.

»Okay, Kerstin. Ich werde mir Ihre Verletzungen ansehen. Danach gebe ich Ihnen etwas gegen die Schmerzen.« Als Stuart das Laken zurückschob, musste er schlucken. Der Schambereich der Frau war eine einzige blutige Masse. Thomas hatte ihn mit einer Wundauflage bedeckt, die einen Teil des Blutes aufgesaugt hatte. Sämtliche Zehen schienen gebrochen zu sein, denn sie standen unnatürlich in unterschiedliche Richtungen. Das Schlimmste aber war der etwa zehn Zentimeter lange Schnitt neben dem Bauchnabel der Patientin, aus dem ein handtellergroßes Knäuel Gedärm heraushing.

»Thomas!«, rief Stuart. »Kommen Sie wieder rein!«

Sofort öffnete sich die Tür und der Gerufene betrat den Raum.

»Bereiten Sie sofort den OP vor. Gibt es hier jemanden der sich mit Narkose auskennt?«

»Das mache ich für gewöhnlich«, sagte Thomas schüchtern. »Den OP habe ich bereits unmittelbar nach ihrer Einlieferung vorbereitet.«

»Okay, sehr gut. Dann helfen Sie mir, sie rüberzubringen. Sie heißt übrigens Kerstin.«

***

Als Liebherr gegen Mittag die Krankenstation betrat, hatte sich Stuart kurz zuvor in den Ruheraum der Station zurückgezogen und sich in einen der gemütlichen Massagestühle gelegt.

Liebherr klopfte leise und öffnete die Tür.

»Kommen Sie rein, Doc«, sagte Stuart.

Liebherr lächelte und trat ein. »Wie war Ihr Tag bisher? Habe gehört, dass es einen heiklen Zwischenfall mit einem Verbrauchsobjekt gab.«

»Kerstin. Ihr Name war Kerstin Brand. Sie ist vor einer Stunde gestorben.«

Liebherr schlug mit der Faust gegen die Wand. »Wer war es?«, zischte er.

»Keine Ahnung. Auf jeden Fall wurde sie übel zugerichtet. Der Kunde hat ihr das Gedärm herausgezogen und dann versucht, es wieder hineinzustopfen. Ganz zu schweigen davon, dass er ihr zuvor sämtliche Zehen gebrochen

144

und versucht hat, sie mit einer zersplitterten Glasflasche zu penetrieren.«

»Was zählt ist nur, ob das Objekt überlebt.«

Stuart setzte sich aufrecht hin. »Scheiße, Doc. Wie soll jemand so etwas überleben? Das muss doch jedem noch so Perversen bewusst sein. Die Verletzungen der Vulva waren größtenteils oberflächlich. Auch die gebrochenen Zehen wären kein Problem gewesen. Aber er hat ihr den verdammten Darm aus der Bauchhöhle gezogen und darauf ejakuliert! Ich habe Sperma auf dem reingestopften Bereich gefunden.«

Liebherr riss die Tür auf. »Thomas!«, brüllte er.

Dieser kam augenblicklich angerannt.

»Welcher Gast hatte das verstorbene Verbrauchsobjekt?«

»Ich müsste Thilo fragen. Er hat sie heute früh hergebracht.«

»Worauf warten Sie dann noch? Warum wurde das nicht schon längst erledigt?«

Thomas rannte davon und Liebherr verließ wutschnaubend den Raum. »Verdammte Scheiße!«, hörte Stuart ihn im Nebenraum brüllen. Dann fiel irgendetwas zu Boden.

***

Fünfzehn Minuten später standen Liebherr, Stuart und ein breitschultriger Typ – Liebherr hatte ihn als Herrn Ludwig vorgestellt – auf dem schmalen Flur vor dem Zimmer mit der Nummer 3.

Liebherr klopfte an. Als nichts passierte, klopfte er erneut. Diesmal kräftiger.

»Einen Moment, bitte«, kam eine verschlafene Stimme von innen. Kurz darauf ein Poltern, dann das Klacken des Türschlosses.

Ein verschlafen dreinblickender Mann in weißem Bademantel öffnete die Tür. Stuart erkannte in ihm den Norddeutschen, der ihm und Charlie gestern einen Drink spendiert hatte.

»Guten Morgen, Günther«, sagte Liebherr ohne große Emotion. »Können Sie sich bitte etwas anziehen und dann herauskommen?«

Günther schien unruhig zu werden. »Was … was gibts denn, Doc?«

»Ziehen Sie sich einfach fix etwas an. Wir warten solange hier.«

Günther blickte hilfesuchend zu Stuart hinüber. Dieser hielt seinem Blick mit starren Augen stand.

»Kerstin. Mein … Name … ist Kerstin Brand. Ich bin … siebenundzwanzig Jahre alt.«

Jetzt war Kerstin Brand tot und dieser Kerl tat so, als sei nichts passiert.

»Okay. Ich ziehe mir etwas an. Einen Augenblick, bitte.« Er lehnte die Tür an und es war schnelles Rascheln zu hören.

Am Ende des Flurs tauchte nun Sebastian auf, gefolgt von zwei Männern mit Putzutensilien. Als er Liebherr erreichte, fragte er, ob der Gast noch im Zimmer sei.

»Er zieht sich gerade etwas an.«

»Sollen wir seine Sachen direkt eintüten?«

Liebherr nickte kurz. »Packen Sie alles ein und rufen Sie in der Klinik an. Sagen Sie, der Patient wird in etwa drei Stunden eintreffen. Ansonsten würde ich mich nochmals melden.«

Sebastian trat einen Schritt zurück, als Günther die Tür öffnete und herauskam. Er hatte sich wieder in seine Bermudashorts und ein frisches Armani-Hemd geworfen. An den Füßen trug er Badeschlappen von Gucci. »Wird es lange dauern, Doktor? Ich würde gern frühstücken, bevor das Restaurant schließt.«

Tatsächlich war das Restaurant das einzige Geschäft des

146

Bunkers, das nicht durchgehend geöffnet hatte.

Liebherr lächelte nur und schob Günther sanft den Flur entlang. Herr Ludwig ging auf der anderen Seite des Gastes. »Sie werden Ihr Frühstück später einnehmen können«, sagte Liebherr.

***

Als sie sich ein paar Minuten später der Krankenstation näherten, blieb Günther stehen. »Was ... was soll ich hier?«

Liebherr wollte ihn weiter nach vorn schieben, doch Günther entzog sich seinem Griff. »Ich möchte auf der Stelle zurück auf mein Zimmer, Doktor! Und dann will ich frühstücken! Ich habe dafür bezahlt!«

»Das haben Sie, Günther. Allerdings gibt es etwas, wofür Sie noch nicht bezahlt haben.«

Günther wich zurück und stieß mit dem Rücken gegen die Betonwand. »Dann ... dann setzen Sie es auf meine Rechnung. Ich möchte auf der Stelle abreisen.«

Jetzt schritt Herr Ludwig ein und umfasste Günthers Arm. »Lassen Sie mich sofort los!«, keifte dieser. »Sie tun mir weh und das werde ich nicht dulden. Doktor, sagen Sie Ihrem ungehobelten Mitarbeiter auf der Stelle, dass er mich wie einen Gast zu behandeln hat!«

Ludwig holte kurz mit der Faust aus und traf Günther gegen die Schläfe, was dazu führte, dass dessen Beine augenblicklich einknickten. Herr Ludwig griff ihm unter die Arme und schleifte ihn in die Krankenstation.

»Schnallen Sie ihn dort auf den Stuhl«, zischte Liebherr. Stuart erkannte deutlich, wie schwer es ihm fiel, ruhig zu bleiben.

Als der Hüne seine Arbeit verrichtet hatte, schickte Liebherr ihn fort.

Thomas trat aus einem der Zimmer heraus und ging auf den Doktor zu. »Der Patientin Melanie geht es gut. Die

Herztöne des Kindes sind unauffällig.«

»Sehr gut«, sagte Liebherr. »Bitte bereiten Sie diesen Patienten für die OP vor.«

Thomas ging auf den bewusstlosen Günther zu, öffnete dessen Hose und zog ihm sowohl die Shorts als auch die Unterhose aus. Dann nahm er einen schwarzen Filzschreiber und zog eine Linie unmittelbar an der Hüfte um das Bein, eine weitere Linie knapp oberhalb und eine letzte unterhalb des Knies. Aus einer Ecke holte er ein rollbares Stativ mit einer Ablage, das er vor den Patienten stellte.

Unterdessen machte Liebherr Notizen in einer Akte.

Stuart stand etwas abseits und beobachtete das Ganze. Immer wieder rief er sich den geschundenen Leib von Kerstin Brand ins Gedächtnis, ihren hoffnungsvollen Blick, bevor sie in der Narkose versank, aus der sie nicht mehr erwachen würde. Wenn er dieses jämmerliche Individuum dort auf dem Stuhl ansah, empfand er Genugtuung.

Ein Stöhnen zeigte an, dass sich Günthers Bewusstsein zurück in die Wirklichkeit quälte.

»Schön, dass Sie wieder bei uns sind«, trällerte Liebherr und ging auf den gefesselten Mann zu.

Als dieser merkte, dass er an einen Stuhl gebunden war, begann er hysterisch um Hilfe zu schreien.

Liebherr legte den Kopf schief und betrachtete den sich windenden Günther. Nach einer Weile stellte dieser das Schreien ein und starrte panisch in die Runde. Er erkannte Stuart und rief: »Hey, Partner. Wir ... wir haben doch gestern gemeinsam etwas getrunken. Oben in der Bar. Erinnerst du dich nicht? Ich bin der, der mit seiner Familie immer in deinem Land Urlaub macht. Du musst dich doch erinnern.«

»Ich weiß«, sagte Stuart.

»Dann sag dem Doktor, dass hier ein gewaltiges Missverständnis vorliegen muss.« Seine Stimme erstickte in einem kläglichen Wimmern, als sein Blick auf seinen entblößten

148

Unterleib und auf die Markierungen auf seinem Bein fiel.

»Oh mein Gott«, kreischte er. »Doc! Doc, bitte, es … es tut mir leid. Ich wollte wirklich nicht so hart zu ihr sein. Ich habe doch rechtzeitig aufgehört. Bitte, Doc, das müssen Sie mir glauben.«

Liebherr blickte hinüber zu Stuart. »Wann war der genaue Todeszeitpunkt, Doktor?«

Ohne auf irgendeine Notiz zu schauen, sagte Stuart: »Elf Uhr zweiundzwanzig.« Er konnte sich genau an diesen Moment erinnern, als die Herzlinie des EKGs zur Nulllinie wurde. Insgeheim war er zu diesem Zeitpunkt froh darüber gewesen, dass Kerstin Brand diese Hölle überstanden hatte.

»Es tut mir wirklich leid, Doktor. Das hatte ich nicht beabsichtigt.« Jetzt weinte Günther.

»Laut meinen Unterlagen, haben Sie keine Kaution hinterlegen können oder wollen.« Liebherr sah in die Akte, die er in seinen Händen hielt. »Das bedeutet, mein neuer Kollege dort drüben wird Ihnen gleich das Bein amputieren.«

Günther schrie erneut. Als ein spritzender Urinstrahl seinen mickrigen Penis verließ, trat der Doktor ein Stück zu Seite.

»Sehen Sie die Linien auf Ihrem Bein, Günther?«

Der Patient kreischte. Liebherr holte aus und schlug ihm die Akte gegen das Gesicht. Ein feiner Blutfaden floss aus seiner Nase und Günthers Schreie gingen in ein Wimmern über. Rotz vermischte sich mit dem Blut und bildete einen langen, zähflüssigen Faden, der nun zitternd zwischen Nase und Armani-Hemd hing und dort wie eine groteske Liane baumelte.

»Sehen Sie die Linien auf Ihrem Bein, Günther?«, fragte Liebherr noch einmal. Seine Stimme war so ruhig, wie die eines Pfarrers, der ein Totengebet vorlas.

Günther blickte hinunter auf seine Blöße und nickte, was das Blut-Rotz-Gemisch stärker zum Schaukeln brachte.

»Das ist schon mal gut. Im Prinzip bestimmen Sie nämlich, wo mein werter Kollege die Amputation vornehmen wird.« Liebherr zog einen Würfel aus der Tasche und legte ihn auf die Ablage des Rollstativs.

»Thomas, bitte geben Sie mir Ihren Stift.«

Thomas gehorchte augenblicklich.

»Und jetzt hören Sie mir bitte genau zu, Günther. Sind Sie dazu in der Lage?«

»Ich bitte Sie inständig, Doktor. Ich habe Familie. Eine Frau und drei Kinder. Leon, Birger und Michael. Mein Jüngster ist gerade vier geworden.«

»Sind Sie in der Lage, mir zuzuhören, Günther?«

Der Gefesselte nickte.

Liebherr nahm den Filzschreiber. »Sie werden gleich diesen Würfel nehmen und ihn werfen. Wohin ist mir egal. Wir sollten ihn nur schnell wiederfinden können. Also empfehle ich Ihnen, die Ablage zu benutzen. Wenn Sie eine Sechs würfeln …« Liebherr schrieb eine Sechs auf die oberste Linie an der Hüfte. »dann schneiden wir hier. Das wäre für Sie die schlechteste Option. Hier haben wir die Vier …« Er schrieb die Ziffer auf den Strich über dem Knie, »und hier unten die Zwei. Sie merken schon, je niedriger die Zahl, desto geringer der Schaden. Für die Zwei gibt es schon richtig gute Prothesen, die kaum von echten Extremitäten zu unterscheiden sind. Eine ungerade Zahl macht das Spiel ein klein wenig spannender, denn sie berechtigt zum nochmaligen Würfeln. Haben Sie das verstanden, Günther?«

Der zog seinen Rotz in die Nase zurück und hustete. »Ich … ich möchte kein Bein verlieren, Doktor. Bitte. Ich bezahle auch die Kaution.«

Liebherr legte seine Hand auf Günthers Unterarm. »Sie wurden doch persönlich von mir über die Konsequenzen einer nicht hinterlegten Kaution aufgeklärt. Oder habe ich das bei Ihnen etwa vergessen?«

Günther sah ihn aus tränenverschmierten Augen an.

150

»Bitte, Doktor ...«

»ODER HABE ICH DAS BEI IHNEN ETWA VERGESSEN?«

Stuart und Thomas zuckten zusammen, als Liebherrs Stimme durch den Raum dröhnte.

Zwischen Günthers Wimmern war ein leises »Nein, das haben Sie nicht« auszumachen.

»Sehen Sie. Möchten Sie denn nun würfeln, oder sollen wir direkt oben amputieren?«

Mit zitternder Hand griff Günther nach dem Würfel. Sein zu Liebherr wandernder Blick war flehend. Dieser nickte zustimmend und dann fiel der Würfel auf die Ablage. Das klackende Geräusch, bis er endlich zum Stillstand kam, schien beinahe unendlich und ohrenbetäubend durch den Raum zu hallen. Jeder der Anwesenden hielt für einen Augenblick die Luft an.

Als er die Augenzahl sah, die der Würfel zeigte, ließ Günther den Kopf hängen. Er legte die freie Hand vors Gesicht und weinte leise hinein.

Liebherr drehte sich herum. »Thomas, holen Sie bitte Herrn Ludwig wieder herein und dann bereiten Sie alles Weitere für die Operation vor.«

Thomas eilte zur Tür und war kurz darauf mit dem bulligen Türsteher wieder da. Dieser befreite den Patienten von seinen Fesseln und führte ihn in den Operationsraum. Günther leistete keinen Widerstand mehr.

Als Stuart näher an das Rollstativ mit dem Würfel trat, erkannte er, was wohl jeder im Raum, mit Ausnahme des Doktors, befürchtet hatte. Der Deutsche hatte eine Sechs gewürfelt.

Während Liebherr, Thomas und Herr Ludwig den Patienten nebst OP-Raum vorbereiteten, nahm Stuart den Würfel in die Hand und ließ ihn wieder auf das Tablett fallen. Sechs. Er versuchte es wieder, mit demselben Resultat.

151

Auch der dritte und vierte Versuch brachte kein anderes Ergebnis.

Als Liebherr zurück in den Raum kam, sah Stuart ihn an. »Es war von Anfang an klar, dass er das ganze Bein verliert, richtig?«

Liebherr nahm den Würfel lächelnd an sich und ließ ihn in seiner Hosentasche verschwinden. »Was wäre das Leben ohne Hoffnung, werter Kollege? Wenn Sie bereit sind, können Sie mit der Amputation beginnen. Thomas hat die Narkose eingeleitet und die Klinik ist bereits informiert.«

»Die Klinik?«

»In die er aufgenommen wird. Oder dachten Sie, wir pflegen ihn hier auf Hof Gutenberg gesund?«

»Ich verstehe nicht ganz«, sagte Stuart. »Er kommt danach in eine öffentliche Klinik? Wie wollen Sie die Operation erklären?«

»Nun, der dortige Chefarzt ist ein sehr guter Freund von mir. Gemäß Krankenakte hat *er* die Amputation veranlasst und vorgenommen. Nach dem schweren Autounfall, den unser Freund Günther erlitten hat, war das Bein nicht mehr zu retten.«

Stuart nickte anerkennend. »Ich gehe davon aus, dass Sie ebenfalls einen sehr guten Freund bei der Polizei haben, der den Unfall aufgenommen hat.«

Liebherr lächelte.

»Aber was passiert, wenn der Patient redet? Was hält ihn davon ab?«

»Er hat eine Frau und drei Kinder, Stuart. Außerdem kennt kein Gast den genauen Standort unseres Etablissements. Wir holen sie mit der Limousine ab und verbinden ihnen die Augen, bis sie im Bunker durch die Aufzugstür steigen.«

Stuart erkannte, dass dieses ganze System perfekt durchorganisiert war und funktionierte. Er desinfizierte sich die Hände. »Was mache ich mit dem Bein? Geht es mit in die

Klinik?«

»Um Gottes willen, nein. Der Kunde, der es gekauft hat, ist bereits auf dem Weg. Wo denken Sie denn hin?« Liebherrs Empörung war echt.

»Stimmt«, sagte Stuart. »Eine dumme Frage meinerseits.«

»Ich merke, wir werden uns gut verstehen, werter Kollege. Dann sage ich mal: Gut Schnitt!« Liebherr klopfte Stuart auf die Schulter und verließ die Krankenstation.

***

Es war bereits nach achtzehn Uhr, als Stuart das Zimmer betrat, in dem sich Melanie befand. Er sah, dass sie schlief, und kontrollierte das CTG des Kindes.

Alles verlief ausgezeichnet. Wehen waren in den letzten Stunden keine mehr aufgetreten und auch der Muttermund hatte sich nicht weiter geöffnet, wie Stuart dem Krankenblatt über die letzte Untersuchung Liebherrs vor fünfzehn Minuten entnahm.

Liebherr hatte gesagt, dass er morgen die Wehen einleiten würde, sofern bis dahin keine Änderung eingetreten sei. Stuart hatte sich gefragt, ob er dabei das Wohl des Kindes oder eher das Zeitfenster bis zur nächsten möglichen Schwangerschaft der Patientin im Auge gehabt hatte. Liebherr war ein knallharter Geschäftsmann, das hatte Stuart inzwischen festgestellt. Ein Mann, der im wahrsten Sinne des Wortes auch aus Scheiße Geld machte.

»Die Verbrauchsobjekte sind nicht nur für den Geschlechtsakt da«, hatte er gestern stolz erzählt, während er und Stuart in seinem Büro saßen und auf den abgeschlossenen Arbeitsvertrag anstießen. »Sie glauben gar nicht, was bei uns alles bestellt wird. Schamhaare und Menstruationsblut sind da noch die harmlosesten Dinge. Es gibt Kunden, die wollen Zähne, vollgekotete Unterwäsche, Flaschen mit

Urin. Selbst kleine Körperteile, wie Finger oder Zehen, stehen auf der Liste. Und das Ganze nach Möglichkeit immer mit einem aktuellen Foto der Spenderin. Letzteres gewähren wir, ohne dass Gesicht oder sonstige Auffälligkeiten zu erkennen sind.«

»Und das kann im Internet bestellt werden?« Stuart hatte zwar selbst viele ausgefallene Dinge im weltweiten Netz entdeckt, aber auf Derartiges war er noch nie gestoßen.

»Wir haben da eine Seite«, sagte Liebherr nur. »Und in Kürze werden wir ein weiteres einmaliges Angebot hinzunehmen. Es wird unsere Gourmetfreunde begeistern.«

»Ich habe von Ihrem Hofladen gehört, Doc.«

Liebherr hatte stolz gelächelt. »Oben auf dem Hof verkaufen wir das beste Rindfleisch. Und hier unten die weltbeste Pastete. Wir werden die Zucht erhöhen müssen, das können Sie mir glauben, Stuart.«

Stuart hatte sich der Magen zusammengezogen.

Jetzt sah Stuart, dass Melanie die Augen geöffnet hatte. »Oh, habe ich Sie geweckt?«, fragte er besorgt.

»Nein, alles okay. Ich schlafe nie sehr fest, seit ich in der Obhut des Doktors bin. Wie geht es Louise, Doktor?«

Stuart lächelte. »Sie haben ihr bereits einen Namen gegeben? Louise geht es sehr gut. Sie schläft zumindest tief und fest.«

»Ich hatte schon lange keine Wehen mehr. Ist das okay? Oder stimmt da etwas nicht?«

Stuart setzte sich auf die Bettkante. »Das ist durchaus normal. Es ist Ihre erste Schwangerschaft. Da macht der Körper zwischendurch einige kleine Testläufe, bevor es dann später richtig losgeht. Heute Nacht werden Sie Ruhe haben, denke ich. Und wenn irgendetwas sein sollte, egal was, dann rufen Sie nach dem Assistenten. Der wird mich oder Doktor Liebherr sofort verständigen.«

»Wäre es in Ordnung, wenn er *Sie* verständigt, Doktor?« Mel sah ihm direkt in die Augen.

154

»Ich sage ihm, dass er es zuerst bei mir versuchen soll.«

»Danke.«

Stuart wollte gerade aufstehen, als Mel ihre Hand auf seinen Arm legte. »Darf ich Sie noch etwas fragen?«

Stuart setzte sich wieder. »Fragen Sie.«

»Können Sie mir zuerst versprechen, nichts dem Doktor zu erzählen?«

Stuart nickte kurz.

»Ich … ich habe mitbekommen, dass gestern drei Gäste gekommen sind. Meine ehemalige Nachbarin, sie hieß Alex, also Alexandra, sie ist angeblich tot, hat mir von einem Gast erzählt, der *der Engelmacher* genannt wird.«

Stuart hörte aufmerksam zu. Gaben die Patienten den Gästen bereits Namen? Der Engelmacher klang zumindest nicht gut. Aber gab es hier irgendetwas, was gut war?

»Dieser Mann, der Engelmacher«, fuhr Mel fort, »steht darauf, ungeborene Kinder zu töten, indem er …« Sie schien nach Worten zu suchen und Stuart erkannte, dass ihr das Ganze nicht leichtfiel. »Er erschlägt sie durch den Bauch der Schwangeren hindurch.«

»Er erschlägt sie? Während sie …« Jetzt war es Stuart, dem die Worte fehlten.

»Ja, Alexandra hat es mir erzählt. Er hat es bei ihrem ersten Kind gemacht. Bis es tot war. Und dann hat er es rausgeholt.«

»Puh …« Stuart versuchte, sich ein entsprechendes Bild zu machen. »Also, Melanie, ich weiß nicht, wie viel Wahrheit in der ganzen Geschichte steckt, allerdings sollten Sie sich diesbezüglich keinerlei Sorgen machen. Doktor Liebherr tut alles, um die kleine Louise heil und gesund auf die Welt zu bringen. Das müssen Sie mir glauben.«

»A-aber wenn dieser Engelmacher genug zahlt, dann lässt er es ihn vielleicht machen …«

»Machen Sie sich bitte keine Sorgen. Ich bin ja schließlich

auch noch da und ich werde auf Sie aufpassen. Versprochen!«

Melanie lächelte ein wenig. »Danke, Doktor. Ich denke, ich versuche noch ein bisschen zu schlafen.«

»Machen Sie das. Wenn Louise sich dazu entschließt, das Licht der Welt erblicken zu wollen, müssen Sie fit sein.«

***

Stuart verließ die Krankenstation und starrte auf die kahle Betonwand neben sich. Er legte eine Hand darauf und genoss für einen Moment die angenehme Kühle, die in ihr steckte, als wäre sie für immer in den Stein verbannt worden. Weiter vorn befand sich der Überwachungsraum mit den ganzen Monitoren. Links daneben der Zellentrakt mit den Verbrauchsobjekten und dahinter das Kinderparadies.

Ein leichtes Pochen in seiner Leistengegend ließ Stuart nervös werden. Es war lange her, dass er eine Frau gehabt hatte. Sehr lange. Was, wenn er sich eine aus dem Zellentrakt aussuchen würde? Einfach nur für einen kleinen gesunden Fick.

Langsam ging er weiter. Zwischen dem Überwachungsraum und dem Kinderparadies befand sich der Aufzug nach oben, er musste also auf jeden Fall hier entlanggehen. Der Zellentrakt lag auf dem Weg. Und mit jedem weiteren Schritt, den Stuart machte, wurde das Verlangen größer. Sein Sex-Ich war erwacht.

Als er den Überwachungsraum erreichte, blickte Peter, der fette Typ, von den Monitoren auf und begrüßte ihn freundlich. »Wie war Ihr Tag, Doc?«

Stuart steckte die Hände in die Taschen seines Kittels und blieb stehen. »Anstrengend«, sagte er. »Und Ihrer?«

»Oh, meiner hat gerade erst begonnen. Mache heute die Nachtschicht. Ich mag Nachtschichten, da ist selten was los. Und auf den Fluren treibt sich eh niemand rum.« Er deutete

156

auf die Monitore.

»Was genau überwachen Sie da eigentlich?« Stuart merkte, dass ihn die Frage so rein gar nicht interessierte, trotzdem hatte er sie gestellt, um noch einen Augenblick hier in der Nähe der Frauen sein zu können.

»Sämtliche Flure des Untergeschosses«, beantwortete Peter seine Frage. »Die Patientinnen selbst werden nicht visuell überwacht. Sie wissen schon, falls mal ein Gast … na ja, was immer man mit vollgeschissenen Frauenärschen so machen kann. Für mich ist das ja nichts.« Er schüttelte sich übertrieben. »Hier auf dieser Seite«, er deutete auf weitere Bildschirme neben sich, »sind die Monitore für den Außenbereich. Ich kann das gesamte Gebiet rund um die Eingänge zum Bunker einsehen. Falls mal jemand kommt, der … rumschnüffelt.« Peter zwinkerte mit einem Auge und Stuart nickte verstehend.

Als das Telefon neben Peter klingelte, verzog dieser kurz den Mund, murmelte ein »Sorry« und nahm den Hörer ab.

»Okay, ich sage Bescheid«, hörte Stuart ihn kurz darauf sagen. Dann legte er den Hörer auf und erhob sich schwerfällig von seinem Platz. »Wird wohl doch nicht so ruhig, wie erhofft.«

»Ist was passiert?«, wollte Stuart wissen.

»Der Scheich möchte, dass ein Kind auf sein Zimmer gebracht wird. Ich muss drüben fix Bescheid geben, damit die Damen es fertig machen. Wenn Sie mich begleiten wollen, Doktor?«

»Ich denke, ich werde mich aufs Zimmer begeben. War echt ein harter Tag. Oder ich gucke mir noch einmal die Frauen hier an.« Er deutete beiläufig mit dem Daumen auf den Zellentrakt.

Peter lächelte verschmitzt. »Sehen Sie sich um, Doc. Und wenn Sie Gesellschaft brauchen, sagen Sie mir einfach Bescheid. Ich lasse die Dame dann frisch machen und zu Ihnen bringen. Jetzt muss ich mich aber beeilen. Der

Scheich ist nicht sehr geduldig. Aber er hat Geld.«

Stuart machte Platz, als sich Peters dicker Leib an ihm vorbeiquetschte. Ein wenig war er erleichtert, dass hier alles so unkompliziert zu sein schien.

Vielleicht sollte er sich ja wirklich einmal da drin umsehen. Der Zellentrakt war schließlich das einzige Gebäude, das er auf seiner Führung nicht von innen gesehen hatte.

Dann tu es endlich!, sagte sein Schwanz.

Mit den Händen in den Taschen schlenderte Stuart an der Wand des Traktes entlang, bis er nach einer Ecke die Tür zum Zellentrakt erreichte. Als er sich davorstellte und das Zischen des Öffnens erwartete, passierte jedoch nichts.

»Sie müssen Ihre Karte benutzen, Doc. Ab achtzehn Uhr funktionieren die Türen nur mit der Karte«, rief Peter herüber, der gerade vom Kinderparadies zurückkam. Er lächelte kurz und verschwand wieder im Büro.

Stuart löste die Klemme, mit der seine Schlüsselkarte in Brusthöhe an dem Kittel befestigt war und zog sie durch einen Schlitz neben der Tür. Ein kurzes Piepen ertönte und die Tür öffnete sich zischend. Stuart trat ein.

***

Der Gestank, der ihm entgegenschlug, war grauenerregend. Hier waren allem Anschein nach keine neuen Abzugsvorrichtungen installiert worden.

Die Luft war stickig und schwül und der über allem liegende Gestank nach Exkrementen erweckte in Stuart den Eindruck, als atme er zähflüssigen Brei in seine Lunge. Ein Flackern entstand und im selben Moment wurde der Trakt von grellen Neonröhren an der Decke erhellt.

Ein gequältes Stöhnen ertönte, dann herrschte wieder Stille.

Stuart sah sich um. Die einzelnen Zellen waren komplett an drei der vier Wänden angeordnet. Stuart zählte insgesamt

158

dreißig. An der Wand zu seiner Linken hingen DIN-A4 große Fotografien mit den Gesichtern von Frauen. Darunter befand sich jeweils eine Nummer.

Wirklich nur Objekte, durchfuhr es Stuart.

»Namen lösen Beziehungen aus«, hatte Liebherr auf Nachfrage von Stuart geantwortet, warum denn die Frauen des Zellentraktes nicht mehr bei ihrem Namen genannt werden. *»Der Kunde soll sich frei in seinen Handlungen fühlen. Keinerlei Gefühl. Keinerlei Gewissen. Es ist lediglich ein Objekt. Ein Gebrauchsgegenstand, wenn Sie so wollen.«*

Stuart trat an die Zelle rechts neben sich. Plötzlich war hinter sämtlichen Gittern ein Rascheln zu hören, als sich die Frauen von ihren Pritschen erhoben und nach vorn kamen. Alle waren nackt und viele von ihnen wiesen die unterschiedlichsten Arten von Blessuren auf. Einigen fehlten Zehen, einigen Finger.

Langsam schritt Stuart die Zellen ab. Jede der Frauen blickte auf, als er ihre Zelle passierte, aber ihre Blicke waren alle leer. Leer und tot.

Lediglich Objekte. Gebrauchsgegenstände.

Stuart atmete ganz ruhig. Er spürte für einen winzigen Augenblick, wie ein schlechtes Gewissen in ihm aufkeimen wollte, einer winzigen Blume gleich, die sich aus einem harten Erdreich drückte. Doch schnell zertrat Stuart das zarte Geschöpf unter seinen Schuhen der aufkeimenden Geilheit.

In den Zellen befanden sich silbern glänzende Toilettenschüsseln, wie Stuart sie aus diversen Gefängnisfilmen her kannte. Er fragte sich, warum es hier trotzdem so extrem nach menschlichen Ausscheidungen roch.

Als er fast alle Zellen abgeschritten hatte, blieb er vor einer stehen, hinter deren Gitter ihn eine Frau anstarrte, die eindeutig schwanger war. Stuart stutzte. Warum wurden hier Schwangere gehalten?

Weil es Kunden gibt, die darauf stehen, du Idiot!

Ja, seine innere Stimme hatte wohl recht. Er betrachtete

die Frau näher. Sie war wahrlich keine Schönheit, ihre Augen waren aber im Gegensatz zu denen der anderen Insassen weder leer noch tot. Ihr Blick war klar und offen und sie sah Stuart schon beinahe interessiert an. Das schulterlange Haar hing verfilzt um ihren Kopf. Die Brüste waren straff. Der kleine, gewölbte Bauch verhinderte kurz die Sicht auf einen nicht rasierten Schambereich.

»In der wievielten Woche bist du?«, fragte Stuart.

»In der siebenundzwanzigsten«, antwortete die Frau.

Stuart nickte kurz, ging zu der Wand mit den Fotografien und hatte kurz darauf die Schwangere entdeckt. Dann verließ er den Trakt und war froh, die kühle, nicht stinkende Luft des Bunkers einatmen zu können.

Er ging zurück zum Überwachungsraum, in dem Peter wieder seine Füße auf den Tisch vor sich gelegt hatte und in einen Donut biss. »Ich liebe diese Dinger«, sagte er und schob sich den Rest in den Mund, der mit Puderzucker verschmiert war. »Was gefunden, Doc?«

»Nummer fünfundzwanzig«, sagte Stuart.

Peter nahm die Beine hinunter und griff nach einem Klemmbrett, das zwischen zwei Monitoren abgelegt war. Er kritzelte etwas auf ein Blatt Papier. »Die Schwangere, richtig?«

»Richtig.«

»In knapp einer Stunde. Ist das okay?«

Stuart nickte und ging zum Aufzug. Von der Seite trat ein Aufseher heran, der ein etwa sechsjähriges Mädchen mit langen blonden Haaren an der Hand hielt. Das Mädchen hatte den Blick gesenkt. Ihr kleiner Körper war in eine bunte Tunika gehüllt.

Der Aufseher lächelte Stuart freundlich an.

Gemeinsam fuhren sie nach oben. Als sich die Aufzugstür wieder öffnete, ging Stuart in Richtung der Personalunterkünfte, während der Mann mit dem Kind in den Flur einbog, auf dem sich die Zimmer der Gäste befanden.

160

Stuart sah den beiden nach, als sich das kleine Mädchen um-
drehte und sich ihre Blicke trafen. Stuart erkannte in ihren
Augen, dass sie trotz ihres jungen Alters wusste, dass sie das
Kinderparadies niemals wiedersehen würde.

Kapitel 13

Mel lag noch lange wach, nachdem der neue Doktor sie verlassen hatte. Sie war wirklich froh darüber, dass er hier arbeitete, schien er doch neben Sebastian ein kleiner Lichtblick zu sein, der das Leben hier ein Stückchen besser machte. Na ja, sofern man überhaupt von *besser machen* reden konnte.

Dennoch fand Mel seine Art, mit den Patienten umzugehen, toll. Er trug scheinbar eine ganze Menge Menschlichkeit in sich, die sie hier, bis auf die wenigen Augenblicke mit Sebastian, am meisten vermisste.

Mel fühlte sich gut. Sie lag in diesem schönen Zimmer, lauschte den gleichmäßigen Herztönen von Louise und genoss die Tatsache, dass sie nicht gefesselt war und ein Nachthemd trug, das ihr bis knapp zu den Knien reichte. Immer wieder presste sie ihre Oberschenkel zusammen, weil es sich einfach so gut anfühlte, das tun zu können. Und das Schönste war: Die Krankenstation besaß eine richtige Toilette, die Mel benutzen durfte, wann immer ihr danach war.

Seit sie mit dem neuen Doktor über den Engelmacher geredet hatte, fühlte sie sich diesbezüglich ebenfalls besser. Der Doktor schien selbst etwas erschrocken über die Geschichte gewesen zu sein, obwohl Mel gemerkt hatte, dass er sie nicht geglaubt hatte. Sollte ihr Alex wirklich eine Horrorstory aufgetischt haben? Aber warum sollte sie das getan haben? War sie eifersüchtig, dass Mel ihr erstes Kind erwartete und darüber glücklich war?

Allerdings war der Doktor neu hier und kannte mit Sicherheit nicht alle Abgründe, die sich hier auftaten. Mel schüttelte den Kopf. Sie wollte nicht weiter über diesen Engelmacher nachdenken. Egal, ob es ihn gab oder nicht. Allerdings spürte sie einen sanften, aber bestimmten Druck auf ihrer Blase.

Seit Louise sich vor ein paar Tagen gedreht hatte, schien

162

sie Mels Blase als gemütliches Kopfkissen zu betrachten und jedes Mal, wenn das kleine Wesen seinen Kopf drehte, hatte Mel das Gefühl, sie müsste augenblicklich alles voll-pinkeln.

Mühselig richtete Mel ihren Oberkörper auf. Dann rief sie laut: »Hallo!«

Sie sah sich um, ob es etwas wie einen Rufknopf gab, konnte aber auf Anhieb nichts entdecken.

Noch einmal versuchte sie es mit Rufen. Vermutlich war der Idiot vorn eingepennt. Mel öffnete den Gurt um ihren Bauch und legte die Tabs, die die Herztöne des Babys über-trugen, aufs Bett. Augenblicklich war es im Zimmer still.

Als Mel vom Bett rutschte, boxte Louise erbost gegen ih-ren Bauch.

»Hey, beschwer dich nicht, junge Dame. Ich kann nichts dafür, wenn du auf meine Blase drückst.«

Barfuß tapste sie auf die Tür zu. Als sie diese öffnete, war es in dem Raum davor, bis auf eine winzige Deckenleuchte, die ein schummriges Licht ausstrahlte, dunkel. Die Möbel wirkten wie gespenstische Schatten, die an den Wänden lau-erten und jeden eindringlich genauestens zu beobachten schienen.

»Hallo? Ich muss einmal zur Toilette. Ach, Scheiße ...« Was sollte das Ganze hier? Mel wusste, wo sich das Klo be-fand, also würde sie hingehen.

Nachdem sie sich erleichtert hatte und wieder den schummrig beleuchteten Vorraum betrat, schlug ihr ein lei-ses Schnarchen entgegen.

Der Typ pennte tatsächlich. Mel wollte gerade wieder zu-rück auf ihr Zimmer gehen, als sie von außerhalb der Kran-kenstation ein lallendes Grölen vernahm.

Sofort schoss ihr der Schweiß in die Achseln und auf die Stirn. Was, wenn das der Engelmacher war?

Sie drehte sich um und blickte auf die Tür, die aus der Krankenstation hinausführte. Es war scheinbar die einzige

163

Tür im ganzen Gebäude, die keine automatische Schiebe-funktion hatte, sondern eine ganz gewöhnliche Türklinke. Im oberen Drittel befand sich ein kleines, quadratisches Fenster. Als Mel hindurchblickte, erkannte sie auf dem brei-ten Flur dahinter zwei Männer, die sich der Station näher-ten. Einer der beiden, ein bulliger Kerl im Bademantel, schwankte leicht.

Mel zuckte zurück. Der Engelmacher kam! Mit beiden Händen umfasste sie ihren Bauch und spürte sogleich einen zaghaften Tritt. Wollte Louise sie beruhigen oder eher war-nen? Waren Ungeborene intuitiv in der Lage, negative Schwingungen aufzunehmen?

Wieder blickte Mel durch das Fenster. Der Bademantel des Riesen – er war mit Sicherheit zwei Meter groß – war geöffnet. Im Licht der Deckenlampen sah Mel, dass der Kerl darunter nackt war. Der gesamte Körper schien von krausem Haar überwuchert zu sein und das gewaltige Ge-mächt schaukelte zwischen seinen Oberschenkeln wie eine tote Schlange, die von einem Ast herabhing. Er lachte grö-lend, als er bemerkte, dass sich der Mantel geöffnete hatte, doch anstatt ihn zu schließen, nahm er einen kräftigen Schluck aus der Flasche, die Mel jetzt in seiner Hand ent-deckte. Sein Begleiter – Mel erkannte ihn als diesen dürren Thilo – reichte ihm gerade mal bis zur Brust und wirkte lust-los und gelangweilt.

Und dieser dürre Scheißkerl brachte den Engelmacher di-rekt zu ihr, damit dieser sich mit seinem besoffenen Kopf an Louise vergehen konnte. Er würde ihren toten Körper danach auf Mel werfen und ihr winziges Gehirn würde sich auf Mels Haut verteilen wie eine zu warm gewordene Lo-tion. Niemals! Mel würde Louise mit ihrem Leben verteidi-gen. So viel stand fest.

Schnell rannte sie zurück in ihr Zimmer, lehnte die Tür an und schielte durch den schmalen Spalt.

Erst jetzt fiel ihr der Assistenzarzt ein, der in einem der

164

Nebenzimmer vor sich hin schnarchte. Doch was sollte der gegen diesen Berserker da draußen ausrichten? Und warum sollte ihr überhaupt einer von denen zu Hilfe kommen? Wenn Doktor Liebherr beschlossen hatte, dass der Engelmacher über ihr ungeborenes Kind herfallen durfte, würde niemand etwas dagegen unternehmen. Der neue Doktor mit Sicherheit auch nicht. Schließlich gehörte der genauso zu diesem ganzen Scheißverein, wie alle anderen auch. Warum hätte er sie sonst ausgerechnet in der Nacht allein gelassen, in der der Engelmacher kam.

Die aufkeimende Verzweiflung in ihrem Innern schnürte ihr die Kehle zu und Mel spürte, wie die Panik in ihr die Überhand gewann.

Reiß dich zusammen! Du hast so verdammt viel durchgestanden, also reiß dich gefälligst zusammen. Tritt dem Schwein in die Eier und beiß ihm dieses lange Ding zwischen seinen Beinen ab, als wäre es nur eine Gurke!

Als Mel feststellte, dass sich die Eingangstür nicht geöffnete hatte, schöpfte sie für einen winzigen Moment Hoffnung. Vielleicht war der Kerl ja doch nicht wegen ihr hier?

Sie schlich sie erneut zur Tür. Als sie diesmal durch das Fenster blickte, waren die beiden Männer verschwunden. Vorsichtig drückte Mel die Klinge hinunter und zog die Tür auf. Die Luft, die ihr entgegenschlug, war angenehm kühl und Mel spürte, wie sie leicht fröstelte, weil ihr Nachthemd durchgeschwitzt war.

Vorsichtig sah sie sich um. Abermals ertönte das grölende Lachen des Riesen, diesmal aber wesentlich leiser. Mel blickte nach links. Am Ende der Krankenstation befand sich die Schiebetür, durch die Sebastian sie zur Krankenstation geschoben hatte. Zumindest ging Mel davon aus, dass es diese war, denn nach dem letzten Zischen der sich öffnenden und schließenden Tür, war es nur noch ein kurzes Stück, bevor sie das Untersuchungszimmer erreichten und Sebastian ihr die Augenbinde abnahm.

Warum wurden ihr immer wieder die Augen verbunden? Selbst nach neun Monaten? Was befand sich hinter dieser Tür und warum ließ dieser Riese sich dorthin führen? War er einer dieser Kunden, die sich an schwangeren Frauen vergingen?

Vorsichtig verließ Mel die Krankenstation und näherte sich der elektronischen Glastür. Als sie davorstand, fragte sie sich, was sie hier gerade tat? Wollte sie den beiden wirklich folgen? Sie trat vor den Bewegungssensor, doch die Tür öffnete sich nicht.

Mel entdeckte den blinkenden Sensor neben der Tür. Der Kartenschlitz schien ihr förmlich entgegenzubrüllen, sofort wieder auf ihr Zimmer zu verschwinden.

Du hast hier keinen Zutritt, Kind!, schrie er sie an. *Also hau ab!*

Was war hinter dieser verdammten Tür? Und was wollte der besoffene Fettsack da drin? Alle diese Fragen rasten durch ihren Kopf. Immer wieder, als hätte jemand die Repeat-Taste gedrückt.

Louise trat einmal kräftig gegen den Bauch ihrer Mutter.

»Du hast ja recht«, flüsterte Mel und machte sich auf den Rückweg. Von Weitem sah sie den Überwachungsraum und einen fetten Typen, der darin saß. Mel erkannte, dass dieser seine Beine hochgelegt hatte. Sein Kopf lag mit offenem Mund und geschlossenen Augen auf seiner Schulter.

Scheinbar pennt hier zu dieser Zeit jeder.

Jeder, außer einem nackten, besoffenen Typen mit seinem Riesenschwanz, dem schmächtigen Begleiter und einer verrückten Hochschwangeren, die außerhalb ihres Zimmers herumlief und darüber nachdachte, den beiden zu folgen.

Du bist irre, Mel!

»Ja, ich weiß«, antwortete sie sich selbst.

Als sie die Krankenstation betrat, hatte sie beschlossen, den Zufall entscheiden zu lassen, ob sie den beiden folgen

166

oder sich auf ihr gemütliches Bett legen würde, wo sie sowieso nicht schlafen konnte.

Sie würde sich zum Assistenzarzt schleichen, der im Nebenraum schlief, und versuchen, seine Schlüsselkarte an sich zu nehmen. Sollte ihr es gelingen, ohne dass er dabei erwachte, dann wollte das Schicksal eindeutig, dass Mel erfuhr, was sich hinter der Tür befand.

Zwei Minuten später stand sie wieder vor der elektronischen Tür. In ihrer Hand hielt sie Thomas' Karte. Er war nicht wach geworden, als Mel ihm diese von seinem Hemd entfernt hatte. Und auch der Fette vom Überwachungsraum schlief. Wenn der nicht einmal wach geworden war, als der Riese grölend an ihm vorbeitorkelte, hatte er einen festen Schlaf und Mel nichts zu befürchten.

Sie zog die Karte durch den Schlitz und huschte wenig später durch die offene Tür, die sich unmittelbar hinter ihr wieder schloss.

Auch auf dieser Seite entdeckte Mel einen Kartenschlitz. Ein schneller Rückzug war somit ausgeschlossen, denn sie würde auch auf dem Rückweg die Karte benutzen müssen. Wenn sie aufpasste, würde sie schon niemand erwischen.

Der Flur, in dem sie sich befand, war von hohen Betonwänden gesäumt. Er war etwa fünf Meter lang, als er auf eine weitere Wand traf. Nach rechts abknickend befand sich ebenfalls eine Tür mit Kartenschlitz.

Wie viele von diesen Dingern gab es?

Mel wollte gerade ihre Karte hindurchziehen, als mehrere Lampen aufflackerten und den breiten Gang hinter der Tür in helles Licht tauchten. Blitzschnell sprang Mel zurück, bis sie mit dem Rücken die Betonwand berührte. Ihr Flur blieb weiterhin in gedämpfter Dunkelheit, sodass lediglich das Nötigste zu sehen war.

In dem Gang hinter der Tür standen der Riese und dieser Thilo. Der Riese war jetzt komplett nackt, Thilo hielt den Bademantel und die Schnapsflasche in den Händen.

167

Das erigierte Glied des Hünen wies auf eine Reihe Käfige, in denen nackte Frauen auf allen vieren hockten. Mel konnte nicht glauben, was sich ihr dort präsentierte. Sie hielten hier Frauen in engen Käfigen gefangen?

Der Riese ging an dem ersten Käfig vorbei und war aus Mels Blickfeld verschwunden. Thilo drehte sich um und starrte die Betonwand an. Mel spürte ein Zittern, das in ihrem Körper entstand und sich nicht unterdrücken ließ. Unaufhaltsam bahnte es sich einen Weg nach außen, bis ihre Zähne klapperten.

Unbewusst legte sie die Hände auf ihren Bauch. Louise verhielt sich ganz ruhig, beinahe als wüsste sie, in welch brenzliger Situation sich ihre Mutter befand. Denn wenn der dürre Thilo sich nicht zur Wand umgedreht, sondern in ihre Richtung geblickt hätte, dann hätte er Mel gesehen. Und wahrscheinlich hätte er dann genauso hämisch gegrinst wie vorgestern, als er die halb geöffnete Manschette entdeckt hatte.

Der Riese tauchte wieder auf und Mel drehte sich der Magen um. Schwanz und Gesicht des Mannes waren mit Kot verschmiert. Er wischte sich lachend mit dem Handrücken über das Gesicht und fuhr mit seiner Zunge über die Lippen. Dann sagte er etwas zu Thilo, was Mel nicht verstehen konnte.

Er ging den Gang hinunter, während seine Begleitung ihm mit Abstand folgte. Das Licht im Bereich der Käfige erlosch, als Thilo einen Schalter an der Wand betätigte. Dafür wurde der Bereich beleuchtet, in dem sich die beiden nun befanden. Mel erkannte an den Rändern der Gummivorhänge, die sie von hier aus sehen konnte, dass es die Kabinen waren, in denen sie sich selbst bis gestern befunden hatte.

Der Riese griff zwischen zwei der Vorhänge und zog ein Bett hervor. Mel sah die angewinkelten Beine einer Frau und

168

den leicht gewölbten Bauch, der allerdings um einiges kleiner war als ihr eigener.

Der Riese riss dem Begleiter die Flasche aus der Hand, leerte sie und warf sie mit einem gewaltigen Schwung gegen die Betonwand, wo sie zerschellte. Dann trat er zwischen die Beine der Frau, spuckte sich in die Hände und führte diese nach unten.

Nach einer kurzen Weile bewegte sich sein haariger Arsch rhythmisch und mit harten Stößen vor und zurück. Mel vernahm ein Wimmern. Der Hüne holte mit der Faust aus und schlug hinter den Vorhang. Die Beine der Frau zuckten, als die Faust ihr Ziel traf.

Die Bewegungen des Riesen wurden schneller und er begann damit, auf den Bauch der Frau einzuschlagen. Thilo rief etwas und versuchte, den Arm des Riesen festzuhalten. Dieser drehte sich um und schlug ihm ohne Vorwarnung gegen den Schädel. Wie ein gefällter Baum sackte Thilo in sich zusammen und blieb auf dem Boden liegen.

Als Mel wieder aufblickte, erkannte sie, dass der Riese in ihre Richtung starrte und die Bewegungen seines Beckens eingestellt hatte.

Mel wollte zurückweichen, doch war da die Wand. Konnte er sie wirklich sehen? Die Chance war nicht sehr groß, weil der Flur, in dem sie sich befand, wesentlich dunkler war, als der Bereich, in dem der Typ zwischen den Beinen der schwangeren Frau stand und sich nicht bewegte.

Er kann dich nicht sehen!

Doch, er sieht dich!

Mel hielt die Luft an, als ein harter Tritt in ihrem Bauch sie zusammenzucken ließ. Im selben Moment stieß der Riese das fahrbare Bett von sich weg und stürmte den Flur entlang auf Mel zu. Ja, er hatte sie gesehen.

Lauf!

Mel wirbelte herum und merkte, wie ihr im selben Augenblick die Schlüsselkarte aus der feuchten Hand rutschte.

Panisch sah sie den rennenden Koloss, der sich unaufhaltsam der Tür näherte.

Mel blickte sich um. Wo war diese verdammte Karte? Sie entdeckte sie neben der Wand, bückte sich und hob sie auf.

Im selben Moment prallte der Riese polternd gegen die Glastür. Seine Augen waren weit aufgerissen und starr auf Mel gerichtet, die sich nicht bewegen konnte. Ihre Beine fühlten sich an, als seien sie in einer tiefen Eisschicht eingefroren.

Mit der Faust schlug der Irre gegen das Glas. Der Schlag war derart heftig, dass die gesamte Tür vibrierte. Dann verzog der Riese sein Gesicht zu einer Grimasse. Die schmierige Zunge wand sich quallengleich zwischen den Lippen hervor und leckte über die Scheibe, wo sie eine milchige Spur mit bräunlichen Schlieren hinterließ. Auch seinen Schwanz presste er gegen die Scheibe und bewegte die Hüfte hin und her.

Mel stieg der Kotzreiz empor, doch sie schluckte ihn hinunter. Der Riese deutete mit dem wulstigen Finger in Richtung ihres Bauches. Dann leckte er erneut über das Glas und ersetzte die alte Schleimspur durch eine neue.

Louise boxte erneut gegen Mels Bauch. Mehrmals.

Okay, scheinbar konnte der Typ die Tür nicht öffnen, weil er selbst keine Karte besaß. Thilo lag weiterhin bewegungslos vor den Kabinen.

Das imaginäre Eis um ihre Beine schmolz und vorsichtig bewegte sich Mel auf die andere Tür zu. Nicht, ohne den schwitzenden, behaarten Kerl, der an der Scheibe klebte, aus den Augen zu lassen. Als er nun erneut auf ihren Bauch zeigte und dann die Spitze seines fetten Schwanzes an der Scheibe rieb, kam Mel zurück und stellte sich dicht vor das Glas. Sie musste den Kopf anheben, um dem Typen in die Augen sehen zu können. Sein Grinsen wurde noch breiter. Mel trat einen Schritt zurück, hob ihr Nachthemd ein Stück

170

an, sodass er ihren nackten Schritt sehen konnte, was bewirkte, dass sein Schwanz sofort anschwoll. Meine Güte, das Ding war gewaltig.

Dann sprang Mel nach vorn und schlug mit der flachen Hand in Höhe seines Schwanzes gegen die Scheibe. Der Riese erschrak so sehr, dass er ein Stück zurücksprang. Beinahe wäre er dabei über seine eigenen Füße gestolpert, hätte er sich nicht in letzter Sekunde an der Wand abgefangen.

Mel spuckte gegen die Scheibe und zeigte ihm die Mittelfinger beider Hände.

Wutentbrannt sprang er so heftig gegen die Scheibe, dass seine Lippe aufplatzte und einen Blutfleck auf dem Glas hinterließ. Dann stieß er mit der Stirn gegen die Tür, wieder und wieder, bis auch diese aufplatzte und Blut in langen Fäden auf der Scheibe und dem Gesicht des Mannes verteilte. Ruhig ging sie zu der anderen Tür zurück, zog die Karte durch den Schlitz und verließ den Flur. Allerdings nicht, ohne sich umzudrehen und dem Kerl ein fettes Grinsen zu schenken, was ihn vollends seiner Selbstkontrolle beraubte. Wie ein Pavian, der auf einen Rivalen einschlug, hämmerte er mit beiden Armen gegen die Scheibe.

Als Mel wieder in der Krankenstation angekommen war, konnte sie die dumpfen Schläge gegen die Tür noch immer hören. Vielleicht hatte sie ja Glück und der Typ zertrümmerte sich den Schädel, um das letzte bisschen Verstand, das sich vielleicht noch darin befand, auf der Scheibe zu verteilen.

Mels Herz schlug so heftig, dass sie es an jeder Stelle ihres Körpers spüren konnte. Auch wenn sie vor ein paar Minuten einen gewaltigen Fehler begangen hatte, fühlte sie sich so gut, wie schon lange nicht mehr.

Sie ging zurück in den Raum, in dem Thomas schlief – inzwischen hatte er sich auf der schmalen Liege wie ein Embryo zusammengerollt –, heftete die Karte wieder an seine Jacke und weckte ihn, um ihn zu bitten, sie wieder an das CTG anzuschließen.

»Was ist passiert?«, murmelte er verschlafen.

»Nichts«, sagte Mel lächelnd. »War zur Toilette.«

Als Thomas ihr den Gurt um den Bauch legte und das Gerät einschaltete, betete Mel, dass der Riese sie niemals wieder zu Gesicht bekommen würde. Sie wollte sich gar nicht ausmalen, was er mit ihr anstellen würde, wenn keine Glastür zwischen ihnen war.

Fünf Minuten später war sie eingeschlafen.

Kapitel 14

Etwa zur selben Zeit, als Mel gemeinsam mit ihrer ungeborenen Tochter ins Reich der Träume abdriftete, saß Stuart auf seinem Bett. Er war frisch geduscht, hatte sich rasiert und trug Boxershorts. Inzwischen fühlte er sich nicht mehr ganz so erledigt, wie vor einer Stunde. Dennoch war der erste Arbeitstag nicht spurlos an ihm vorübergegangen. Allein die Beinamputation hatte gute vier Stunden gedauert, weil Günther zwischenzeitlich einen Herzstillstand erlitten hatte. Als sie die Operation schließlich fortsetzen konnten, hatte Thomas, der ihm assistierte, gesagt, dass der Patient bestimmt nicht mehr leben wollte. Stuart hatte stumm genickt.

Inzwischen befand sich dieser Günther in irgendeiner Kieler Privatklinik, wo ihn mit Sicherheit schon seine Frau und seine drei Kinder besucht und um ihn geweint hatten.

Das Bein selbst war von einem schlanken Typen mit Glatze entgegengenommen worden, der sich auch gleich für einen Tag hier im Bunker einquartierte. Stuart war fasziniert von der Ehrfurcht, mit welcher der Kerl sein neues Spielzeug in die Arme schloss. Er hatte sogar seinen Kopf gegen den toten Oberschenkel geschmiegt und kurz die Augen geschlossen. Stuart hatte lediglich den Kopf geschüttelt, allerdings so, dass es der Gast nicht sah. Um die Schnittfläche am Bein hatte Stuart einen Verband gewickelt, den der Gast leicht selbst entfernen konnte.

»Den sieht man bis morgen Mittag nicht mehr«, hatte Thomas gesagt und damit begonnen, den OP zu säubern. Der junge Kerl war wahrlich ein Multitalent, wie Stuart inzwischen neidlos feststellen musste. Seine anfängliche Antipathie dem Mann gegenüber war einem Gefühl der Anerkennung und des Respektes gewichen.

Es klopfte leise an die Tür.

Stuart sah hinüber. Auf der anderen Seite würde die

173

schwangere Frau stehen, die er sich im Zellentrakt ausgesucht hatte. Nummer fünfundzwanzig. Wie oft hatte er an das Video im Internet gedacht, in dem die Frau von den Soldaten vergewaltigt und danach getötet wurde? Stuart hatte sich vorgestellt, wie es sich wohl anfühlen musste, einen Menschen zu töten. Einfach nur der Geilheit wegen.

Es musste ein erhebendes Gefühl sein. Die Frau auf der anderen Seite der Tür durfte er nicht töten – Liebherr hatte ihn bei Vertragsabschluss ausdrücklich darauf hingewiesen, dass diese Regelung auch und besonders für die Mitarbeiter galt.

»Muss ich ebenfalls eine Kaution hinterlegen?«, hatte Stuart gefragt.

Liebherr hatte ihn ernst angesehen. »Ich erwarte von meinen Mitarbeitern, dass sie sich unter Kontrolle haben. Erst recht, wenn diese Mitarbeiter eine hochrangige Position innehaben. Sollte es nichtsdestotrotz passieren, wäre unsere Zusammenarbeit auf der Stelle beendet, was ich sehr bedauern würde. Sämtliche noch nicht gezahlten Gehälter würden eingefroren, ebenso Ihre Konten, die wir für Sie eröffnen werden.«

Liebherr hatte nichts von einer Amputation gesagt, aber Stuart war davon ausgegangen, dass ihn dasselbe Schicksal ereilen würde wie alle anderen, die keine Kaution hinterlegten.

Allerdings lohnte es sich auch nicht darüber nachzudenken, denn Stuart hatte nicht vor, einen Menschen zu töten. Obwohl sein Schwanz sich mit Sicherheit über dieses Gefühl gefreut hätte.

Es klopfte erneut.

Stuart stand auf, ging zur Tür und öffnete sie. Die Frau stand in Begleitung eines weiteren Angestellten vor ihm und im ersten Moment erkannte er sie kaum wieder. Sie war zwar noch nackt, aber sauber und eingecremt, sodass sie betörend duftete und im sanften Licht des Korridors glänzte.

174

Das dunkle Haar war ebenfalls gewaschen und zu einem Pferdeschwanz gebunden worden. Ihr Gesicht war leicht geschminkt und wirkte um Jahre jünger, als noch vor einer Stunde. Ihr Schambereich war frisch rasiert und präsentierte lange innere Schamlippen, die aus ihrer Spalte herausragten wie ein fleischiger Golfball.

Stuart lächelte und trat zur Seite.

»Sie melden sich einfach bei Peter, wenn wir sie abholen sollen, Doktor«, sagte der Assistent. Dann schob er die Frau sanft durch die Tür und verließ den Raum mit einem freundlichen Nicken.

»Kommen Sie herein«, sagte Stuart zu ihr. Als sie mitten im Zimmer stand, betrachtete er sie von hinten. Sie war bezaubernd.

»Möchten Sie etwas trinken?«, fragte er und fühlte sich dabei wie ein Jugendlicher beim ersten Date.

Die Frau sah ihn irritiert an. »Sie bieten mir etwas zu trinken an? Ist das so ein abgefahrenes Rollenspiel?« Ein leichtes Lispeln war zu hören.

Stuart lächelte verlegen. Was war nur los mit ihm? Er konnte alles mit ihr machen, wonach ihm der Sinn stand. Sie in allen erdenklichen Stellungen ficken und sie musste sich dem bedingungslos hingeben. Ihr die unterschiedlichsten Knochen brechen, ohne dass sie daran sterben würde. Ja, verdammt, er könnte ihr sogar einen Teil ihres Darms herausziehen, wenn er Lust dazu hätte. Und sollte sie im schlimmsten Fall kollabieren, dann war sie schließlich in guten Händen.

»Kein Rollenspiel«, sagte er stattdessen. »Also, was darf ich Ihnen anbieten?«

»Haben Sie ein Bier? Scheiße, das habe ich seit neun Jahren nicht getrunken.« Im selben Moment wurde ihr bewusst, was sie da gerade gesagt hatte. Ängstlich blickte sie zu Boden und murmelte ein »'tschuldigung, Doktor«.

Stuart öffnete die Minibar und holte eine Flasche Flens

175

hervor. Als er den Verschluss ploppen ließ, blickte die Frau wieder auf. Ihre Augen wurden glasig.

»Ein Bier, wie gewünscht«, sagte Stuart grinsend.

Mit zitternder Hand nahm sie die Flasche entgegen. Sie führte sie zur Nase und schloss die Augen.

»Oh mein Gott«, flüsterte sie und Stuart erkannte eine Träne, die sich zwischen den Lidern hindurchquetschte.

Stuart nahm sich eine winzige Flasche Jack Daniels aus der Bar und schüttete sie in ein Glas.

»Zum Wohl«, sagte er und stieß mit der Frau an, die vorsichtig einen Schluck aus der Flasche nahm.

»Scheiße, schmeckt das gut.«

»Trinken Sie vorsichtig«, sagte Stuart und deutete auf ihren Bauch.

Die Frau folgte seinem Blick, dann sah sie ihn wieder an und lachte. »Sie glauben im Ernst, dass ich sie austragen werde?«

»Die?«

»Ja, es sind Zwillinge. Oder besser gesagt, es wären welche geworden. Aber jetzt bin ich ein Verbrauchsobjekt, wie Sie ja wissen. Wenn Sie oder ein anderer Gast Bock haben, mir so oft in den Bauch zu schlagen, bis ich eine Fehlgeburt habe, dann interessiert das keine Sau.«

Stuart bot ihr an, sich auf das Bett zu setzen, was sie sofort tat. »Soll ich Ihnen einen blasen?«

»Sagen Sie mir Ihren Namen.«

»Alexandra. Sie können auch einfach Alex sagen, oder Nummer fünfundzwanzig.«

Stuart fiel die Unterredung mit Melanie auf der Krankenstation ein. Hatte sie nicht von einer Alex gesprochen, die ihr das mit dem Engelmacher erzählt hatte? Und war diese nicht angeblich gestorben?

»Ich würde Sie gern länger bei mir haben, Alex. Ich meine, falls Sie damit einverstanden sind.«

»Sie meinen, so *Pretty-Woman-like*?«

176

Stuart grinste. Er fühlte sich wohl, obwohl er sich etwas anderes vorgestellt hatte. Sein Ficktier hatte sich definitiv etwas anderes vorgestellt. Er ließ seinen Blick über die kleinen Brüste schweifen, hinab über den Bauch, der sich langsam rundete, bis hin zu den Schamlippen. Als sie seinen Blick sah, spreizte sie die Beine. Stuarts Schwanz stieß gegen die Shorts.

»Du siehst echt heiß aus, Alex«, keuchte er. Dann zog er sie zu sich heran und küsste sie auf den Mund. Dabei merkte er, dass ihr alle Schneidezähne fehlten, aber das war ihm egal.

Das Tier gewann die Oberhand. Als sie seinen Schwanz aus der Hose holte, drückte er ihren Kopf hinunter. Sie ließ ihn in ihren Mund gleiten und Stuart stöhnte laut. Er fasste ihren Hinterkopf und drückte ihn sanft hinunter. Seine Eichel drang in ihre Kehle ein und er drückte weiter. Das Tier war erwacht. Wie lange hatte es in dieser bedingungslosen Starre der Langeweile verharren müssen? Das war nun endlich vorbei.

Nummer fünfundzwanzig versuchte, sich an seinen Oberschenkeln hochzudrücken, und gab glucksende Laute von sich, aber Stuart hielt den Kopf weiter fest. Wie tief würde er sie drücken können? Er schob sie ein Stück weiter nach unten, dann hatten ihre Lippen das Ende seines Schwanzes erreicht. Jetzt begann sie, mit den Beinen zu strampeln. Sie rutschte vom Bett, aber Stuart ließ nicht locker. Es tat so unendlich gut. Er bewegte sich gar nicht, aber trotzdem spürte er, dass er kurz vorm Abspritzen war. Wie tief würde er ihr die Soße in den Hals spritzen? Würde sie daran ersticken?

Du kannst sie wiederbeleben!, keuchte das Ficktier.

Stuart griff ihren Pferdeschwanz und zog ihren Kopf von seinem Schwanz herunter. Sie keuchte und hustete, Speichel lief aus ihrem Mund. Sie gab gurgelnde Würgelaute von sich, die durch tiefes Luftholen unterbrochen wurden.

177

»Dreh dich um und knie dich auf den Boden!«

Sie tat es.

Für einen Moment sah er Bernadette vor sich. Genau so hatte auch sie damals vor ihm gekniet. Hatte ihm ihren geilen Arsch dargeboten, bis er sie so lange und hart fickte, dass die Scheiße nur so aus ihr herausspritzte.

Stuart spuckte auf die Rosette, die sich ihm wie eine ungeöffnete Blume präsentierte. Oh ja, er konnte mit dieser Frau alles machen. Er konnte sie sogar beim Ficken totschlagen und in ihren leblosen Körper spritzen. Einfach in jedes Loch. Es würde sich so geil anfühlen, wenn er ihr den Schädel einschlagen würde. Scheiß doch auf diesen Job! Er führte seinen Schwanz zu ihrem Loch und ejakulierte auf ihren Arsch. Das Ganze war so heftig und unerwartet, dass er sich Sekunden später erschöpft auf das Bett fallen ließ.

Alex verharrte noch einen Moment in ihrer Position, dann drehte sie sich langsam um und setzte sich im Schneidersitz auf den Boden.

»Du hättest mich mit deinem Schwanz beinahe erstickt.«

Stuart hatte die Augen geschlossen.

»Es tut mir leid«, keuchte er.

»Ist schon in Ordnung. Ich hoffe bei so was ja immer, dass ihr euch an die Regel haltet, dass niemand getötet werden darf.« Sie lachte trocken, griff nach ihrer Flasche Bier, die neben dem Bett stand, und nahm einen Schluck. Sofort musste sie wieder husten.

»Stehst du auf Erniedrigung?«, fragte sie nach einer Weile.

Jetzt öffnete Stuart die Augen und sah sie an. Sie war wirklich schön. Und mit Sicherheit lag es nicht nur an der Schminke. »Ich … ich weiß nicht.«

»Ich denke schon, dass du es tust. Ist doch okay. Leb deine Lust lieber hier mit den Frauen aus, als irgendwo draußen mit Unschuldigen, die du hinterher vielleicht sogar killst, damit sie dich nicht verpfeifen.«

178

»Ich habe darüber nachgedacht, dich zu töten«, sagte Stuart.

Alex zeigte kurz ihre Zahnlücken. »Bist du deshalb so heftig gekommen?«

»Ich denke schon.«

»Na, dann hab ich ja noch mal Glück gehabt. Kann ich hier irgendwo pissen?«

Stuart deutete auf die entsprechende Tür. Nachdem Alex im Bad verschwunden war, war er froh darüber, ihr nicht den Schädel eingeschlagen zu haben.

***

»Ich möchte, dass du wirklich eine Zeit lang bei mir bleibst. Sofern ich dich nicht abgeschreckt habe«, sagte Stuart, als sie nebeneinander in seinem Bett lagen. Er hatte seinen Arm um Alex gelegt und sie lag mit dem Kopf an seine Brust gekuschelt.

Sie hätten ein schönes Liebespaar abgeben können, erschöpft vom berauschenden Sex und bis über beide Ohren ineinander verschossen.

Tatsächlich hatten sie noch einmal miteinander geschlafen, aber es war ein zärtliches, ein sanftes Intimsein gewesen. Stuart hatte keinen Drang nach gewalttätigen Ausbrüchen verspürt; ganz im Gegenteil, es war ein unglaublich berauschendes Gefühl, das ihn umhüllt und jede Zelle seines Körpers ausgefüllt hatte.

»Ich kenne mich mit den Regeln hier nicht aus«, sagte Alex. »Keine Ahnung, wie lange ein Gast eine Frau haben darf.«

»Liebherr wird mir nichts abschlagen. Es kommt auf dich an.«

Alex lachte. »Hm ... lass mich überlegen. Bleibe ich lieber hier in dem gemütlichen Zimmer mit einem echten Bett,

Dusche und Toilette oder lieber doch in meiner schnuckeligen Zelle, in der es grundsätzlich immer nach Scheiße stinkt? Schwierig, schwierig …«

Stuart kniff ihr in die Seite, was ein Zusammenzucken erzeugte, gepaart mit einem quiekenden Lachen. »Mach dich nicht über mich lustig«, sagte er in gespielt ernstem Ton. Ja, er hatte sich wahrlich schon lange nicht mehr so gut gefühlt.

Alex stützte sich auf ihren Unterarm und sah ihn an. »Muss ich Angst haben, dass du mich umbringst?« Diesmal war ihre Stimme ernst.

Stuart wusste nicht, was er antworten sollte. Gern hätte er sofort ›Auf gar keinen Fall‹ gesagt, aber er kannte das Tier in sich. Dieses Ficktier, das sich irgendwann wieder melden würde.

»Muss ich Angst haben, Doc?«

Er schüttelte den Kopf und küsste sie auf die Stirn. Er wusste genau, dass sie in diesem Moment seine Zweifel spürte.

»Wenn dieses Bedürfnis wiederkommt, kannst du mich ja vorwarnen.« Sie kniff ihm sanft in die Brustwarze. »Vielleicht habe ich dann noch eine Chance.«

Stuart blickte ihr in die Augen. Dieses Gefühl kannte er aus der Zeit, als er Bernadette kennenlernte. Nur, dass es diesmal intensiver war. »Irgendwas passiert gerade mit mir«, sagte er und küsste sie auf die Nasenspitze.

»Du meinst, du bist dabei, dich in mich zu verlieben?«

»Es könnte durchaus sein.«

Sie sah ihm lange in die Augen. »Du meinst das ernst, hab ich recht?«

Stuart nickte und wich dabei ihrem Blick nicht aus. Warum empfand er plötzlich derart viel für diese Frau? Noch vor zwei Stunden hatte er sie in einem nach Scheiße stinkenden Verlies durch Gitterstäbe hindurch beobachtet. Und vor einer Stunde hatte er mit dem Gedanken gespielt, ihr den Schädel zu zertrümmern.

180

Nein, es war dein Sex-Ich, das mit diesem Gedanken gespielt hat!

Die Stimme in seinem Kopf hatte recht. Es war sein Sex-Ich. Allerdings war dieses Ich ein Teil von ihm, das sich nicht abstellen ließ. Es war wie Hunger: Man konnte ihn natürlich stillen, aber nur, indem man etwas aß. Und genauso war es mit dem Sex-Ich. Es wollte gefüttert werden.

»Ich finde dich toll«, sagte Alex. »Und das sage ich nicht nur, weil du mich nicht zurück in meine Zelle schickst. Nein, ich mag dich, glaub ich, wirklich. Aber ich habe auch Angst vor dir.«

Stuart drückte sie etwas fester an sich. Jetzt konnte er sogar ihren Herzschlag spüren. Er war kräftig und gleichmäßig.

»Du brauchst keine Angst zu haben. Wirklich nicht. Du bist etwas Besonderes. Ich weiß nicht wie, aber du tust etwas mit mir, was ich nicht kenne. Ich kenne dieses Gefühl nicht.«

Sie küsste ihn innig, bevor er die Tränen sehen konnte, die ihre Wangen hinunterliefen. »Würdest du noch mal mit mir schlafen?«, fragte sie leise. »Genauso wie gerade eben?«

Kapitel 15

Als Stuart am nächsten Morgen den Frühstückssaal betrat, schlug ihm Gemurmel entgegen. Der Raum war weitläufig, beinhaltete aber nicht viele Tische. Die meisten waren von Gästen besetzt. Ein paar hatte Stuart bereits in den Tagen zuvor gesehen, andere hingegen kannte er nicht.

»Stuart, kommen Sie hier rüber!« Er drehte den Kopf und entdeckte an einem der Tische den winkenden Doktor und Charlie, von dem er sich schon gefragt hatte, ob er bereits abgereist sei.

»Einen wunderschönen guten Morgen«, begrüßte er die beiden, als er sich zu ihnen an den Tisch gesellte.

Auf dem Tisch war ein üppiges Frühstück drapiert, bei dessen Anblick Stuart das Wasser im Mund zusammenlief. Er hatte zunächst überlegt, Alex mitzubringen, wollte das aber erst mit Liebherr absprechen.

Augenblicklich trat ein Kellner an den Tisch und brachte Geschirr und Besteck für Stuart.

»Haben Sie die Nacht gut überstanden?«, wollte Liebherr wissen.

»Ja, es war ruhig.«

»Na ja, wir hatten einen kleinen Zwischenfall, aber ich habe Thomas gesagt, er soll Sie schlafen lassen.«

Sofort dachte Stuart an Melanie. Hatte sie in der Nacht entbunden? »Was für einen Zwischenfall?«, fragte er.

Liebherr und Charlie lachten. »Einer unserer Gäste ist gegen eine der Glastüren im Untergeschoss gelaufen. Hat wohl nicht dran gedacht, dass die sich nachts nicht automatisch öffnen. Auf jeden Fall hat er sich die Stirn aufgeschlagen und die Nase gebrochen.«

Stuart war verdutzt. »Die Gäste sind nachts im Untergeschoss?«

»Wenn sie dafür bezahlen, natürlich. Na ja, besagter Gast hat sich mit einer der Schwangeren amüsiert und sich zu schnell umgedreht. Dabei hat er unseren Thilo ausgeknockt

182

und wollte schnell Hilfe holen. Die beiden nehmen ihr Frühstück heute auf der Krankenstation ein.« Wieder dieses erfrischende Lachen.

»Wie geht es Melanie?« Stuart schmierte sich ein Brötchen.

»Unverändert. Vielleicht warten wir heute noch ab, habe ich mir überlegt. Was sagen Sie dazu?«

»Wenn es ihr und dem Baby gut geht, sehe ich keine Notwendigkeit, die Geburt einzuleiten. Wobei diesbezüglich ja Sie der Fachmann sind.«

»Ich sehe es genauso. Harren wir der Dinge, die da kommen.«

»Melanie sprach mich gestern auf einen Gast an, der *der Engelmacher* genannt wird. Sagt Ihnen das etwas, Doc?«

»Von dem hab ich auch schon gehört«, mischte sich Charlie kauend ein. »Scheint so ein Schauermärchen zu sein. Nicht wahr, Doc?«

»Also ich kenne keinen Gast, der so betitelt wird«, sagte Liebherr, während er die Reste seines Frühstückseis aus der Schale löffelte.

»Es soll vor ein paar Jahren einen Vorfall gegeben haben, bei dem ein Gast ein ungeborenes Kind im Mutterleib erschlagen haben soll.«

Charlie blickte verdutzt auf. »Ein ungeborenes? Wie soll das denn funktionieren? Ist er in die Frau reingekrochen?« Er fand seinen Witz so köstlich, dass er vor Lachen mit der flachen Hand mehrfach auf den Tisch schlug. Als er jedoch merkte, dass Liebherr lediglich grinste und Stuart nur das Gesicht verzog, hörte er auf und aß schweigend weiter.

»Auch das wäre mir neu«, sagte Liebherr. »Unsere Kinder sind eine gute Einnahmequelle. Warum sollten wir sie noch im Mutterleib töten lassen. Und außerdem wissen Sie ja, wie ich zum Töten im Allgemeinen stehe.«

Stuart wollte gerade fragen, ob so etwas passieren könnte,

ohne dass Liebherr davon erfuhr, als sich die Tür zum Speisesaal zischend öffnete. Augenblicklich verstummten die übrigen Gäste und blickten zu dem Gast, der jetzt den Raum betrat.

Es war der Scheich, gekleidet in einen weißen Leinen-Kaftan, nebst Gefolge in Form von zwei Bodyguards, die hingegen schwarze Anzüge und Hemden trugen. Das wäre allerdings nicht der Aufmerksamkeit wert gewesen. Was die Gäste verstummen ließ, war die weitere Begleitung des Scheichs, die er an einer Leine hineinführte.

Stuart erkannte das Mädchen, das er am Vorabend im Aufzug und auf dem Flur gesehen hatte.

Leise setzten die Gespräche wieder ein, als der Scheich an einem freien Tisch Platz nahm. Seine beiden Aufpasser hielten dezent Abstand. Das Mädchen stand neben dem Scheich und blickte mit großen Augen auf den gedeckten Tisch. Ihr Haar, das gestern Abend noch frisch gewaschen war und um ihre Schultern getanzt hatte, wirkte strähnig und feucht.

Der Scheich packte die Kleine am Nacken, woraufhin sie kurz aufschrie. Dann drückte er sie nach unten, bis sie auf allen vieren neben dem Stuhl hockte. Mit dem Bein schob er sie unter den Tisch und drückte sie mit den Füßen gänzlich zu Boden.

»Zumindest lebt sie noch«, hörte Stuart den Doktor neben sich sagen. Eine gewisse Erleichterung klang aus seiner Stimme.

Stuart wollte seinen Vorgesetzten anbrüllen, riss sich aber zusammen und konzentrierte sich auf sein Frühstück.

Eine Weile aßen sie schweigend, bis Liebherr sagte: »Ich habe gehört, Sie haben ein Verbrauchsobjekt bei sich? Da mir Peter noch keine Rückgabe gemeldet hat, gehe ich davon aus, dass es sich auf Ihrem Zimmer befindet?«

»Ja, Alex ist bei mir im Zimmer. Ich würde es befürworten, wenn das noch eine Weile so bleiben könnte, Doc. Ist

184

das in Ordnung?«

Liebherr sah ihn an. »Für gewöhnlich ist das keine gute Konstellation, werter Kollege. Das Personal sollte sich nicht auf eine emotionale Ebene mit den Patienten einlassen. Erst recht nicht mit Verbrauchsobjekten. Da sind Zwischenfälle vorprogrammiert.«

»Wie habe ich das zu verstehen?«

»Nun, was ist, wenn einer der Gäste genau diese Frau, die Sie sich ausgesucht haben, bevorzugt? Sie wissen, dass das Vorrecht immer beim Gast liegt. An welchen Zeitraum haben Sie überhaupt gedacht? Einen Tag? Zwei Tage? Eine Woche?« Die leichte Gereiztheit in der Stimme des Doktors war nicht zu überhören.

»Ich dachte an eine unbestimmte Zeit. Ich möchte die Dame gern als meine permanente Begleitung.«

Liebherr stieß hörbar die Luft aus. »Okay, ich stimme dem zu, wenn Sie sich mit zwei Bedingungen einverstanden erklären. Sobald einer der Gäste den Wunsch äußerst, mit der Frau zu verkehren, wird dieser Wunsch erfüllt. Zweitens, die Dame verlässt nicht das Gebäude. Ich denke, letzteres dürfte selbstverständlich sein, trotzdem möchte ich es gern klarstellen.«

»Einverstanden.«

»Für die zusätzliche Verpflegung der Dame ziehe ich Ihnen monatlich fünftausend Euro von Ihrem Gehalt ab.« Liebherr lächelte wieder.

»Natürlich nur, wenn sie ununterbrochen bei mir ist«, sagte Stuart.

»Nein, immer«, sagte Liebherr. »Solange Sie den Wunsch äußern, dass sie Ihre Begleitung ist.«

»Sie sind ein zäher Verhandlungspartner.«

»Ich bin Ihr Boss. Ich verhandle nicht mit Ihnen.«

Ein spitzer Schrei ließ die drei herumfahren. Der Scheich hatte das Mädchen an der Leine unter dem Tisch hervorgezogen. Er hielt die Leine mit ausgestrecktem Arm derart hoch, dass die Beine des Mädchens in der Luft zappelten. Ihre kleinen Hände griffen panisch nach ihrem Hals. Mit der freien Hand schlug der Scheich dem Kind ins Gesicht. Immer wieder.

»Hey!« Stuart sprang von seinem Stuhl auf und stürmte los. »Hey! Lassen Sie das Kind sofort runter!«

»Doktor Stuart!«, hörte er Liebherr hinter sich rufen.

Dann hatte Stuart den Scheich erreicht. Sofort waren die beiden Bodyguards neben ihm und rissen ihn zurück. Er hatte nicht die geringste Chance, deren Griffen zu entkommen.

Der Scheich ließ das Mädchen zu Boden gleiten und drehte sich langsam in Stuarts Richtung. Jetzt war auch Liebherr herbeigeeilt und stellte sich zwischen Stuart und dem Scheich.

»Meine Herren, ich bitte Sie.«

»Wer ist dieser Mensch?«, fragte der Scheich. Seine Stimme klang derart abfällig, als würde man ihm Müll unter die Nase halten.

»Das ist mein Mitarbeiter. Und er ist neu hier.« Dann an die Bodyguards gewandt: »Lassen Sie ihn auf der Stelle los, meine Herren.«

Die beiden blickten zu ihrem Boss, der kurz nickte. Stuart war wieder frei.

»Ich kläre das hier, Stuart«, sagte Liebherr. »Bitte gehen Sie wieder zu Ihrem Platz.«

Stuart wollte etwas sagen.

»Bitte!« Liebherr sah ihn eindringlich an. Seine Augen duldeten nicht den geringsten Widerspruch.

Abermals warf Stuart einen Blick zu dem Scheich, der gelangweilt von der ganzen Situation zu sein schien und sich eine Weintraube in den Mund steckte. Ein winziger Funke Hoffnung, überschattet von trauriger Resignation, lag im Blick des Mädchens.

186

Stuart drehte sich um und ging zurück zum Frühstückstisch, an dem er von Charlie erwartet wurde.

»Welcher Teufel hat dich denn geritten?«, zischte dieser, als Stuart sich setzte. »Bist du irre?«

»Hast du nicht gesehen, was er mit dem Kind gemacht hat?«

Charlie sah ihn entgeistert an. »Ja und? Er ist hier Gast. Und, soviel ich weiß, ein sehr exklusiver. Aber selbst, wenn er der letzte Penner wäre …«

»Er ist der letzte Penner!«, fiel ihm Stuart ins Wort.

»Und wenn schon. Er ist und bleibt ein Gast!«

»Ich scheiß auf ihn. Du weißt genau, was er mit den Kindern macht.«

Charlie griff nach Stuarts Arm. »Ja, ich weiß, dass er sie manchmal umbringt. Aber das ist nicht unsere Sache, Stu. Wir gehören lediglich zum Personal. Alles andere entscheidet Liebherr.«

Stuart drehte sich um und sah den Doktor neben dem Scheich am Tisch sitzen. Das Mädchen stand neben dem Stuhl und rieb sich den Hals. Hin und wieder hustete sie. Die Bodyguards hatten sich wieder zurückgezogen und standen etwas abseits, allerdings immer so, dass sie im Notfall den Scheich schnell erreichen konnten.

Der Scheich sagte etwas und Liebherr blickte kurz herüber. Dann diskutierte er weiter mit dem Gast.

»Sie reden über mich«, murmelte Stuart.

»Natürlich reden sie über dich. Der Scheich wird verlangen, dass Liebherr dich feuert. Wenn nicht gar Schlimmeres. Du weißt doch, wie die da unten ticken. Verdammt, Stu, warum kannst du nicht einmal deine verdammte Klappe halten?«

Jetzt kam Liebherr zum Tisch zurück. Allerdings setzte er sich nicht, sondern blieb neben Stuart stehen. »Der Scheich möchte, dass ich Sie entlasse.«

»Siehst du«, zischte Charlie. »Ich habe es dir gesagt. Verdammte Scheiße!«

»Ich habe ihm gesagt, dass ich das nicht tun werde«, fuhr Liebherr fort.

Stuart blickte auf. »Sie werden mich nicht feuern?«

»Selbstverständlich nicht. Ob ich mich von einem Mitarbeiter trenne, bestimmt definitiv kein Gast.«

Stuart nickte. »Das rechne ich Ihnen hoch an, Doc.«

»Dennoch möchte der Scheich Genugtuung für den Frevel, den Sie begangen haben.«

»Den Frevel? Ist es in seinen Augen verwerflich, dass ich das Kind schützen wollte?«

»Ich habe ihm zugesichert, dass Sie sich dem fügen werden.« Die Stimme Liebherrs ließ erneut keinen Widerspruch zu.

»Was soll ich denn, der Ansicht des werten Gastes nach, machen? Soll ich ihm die Füße küssen oder seinen haarigen Arsch lecken?«

»Sie sollen sich zu ihm an den Tisch setzen und dort ihr Frühstück beenden.«

Stuart zog die Brauen hoch. »Ihr Ernst? Ich soll mit dem Kinderficker essen?«

Liebherr nickte. »Genau das sollen Sie. Also bitte.« Der Doktor trat ein Stück zur Seite, um Stuart das Aufstehen zu ermöglichen.

Charlie nickte herüber. Sein Blick sprach jedes Wort einzeln aus: Tu! Es! Einfach!

»Scheiße«, murmelte Stuart und stand auf.

***

Begleitet von den Bodyguards setzte er sich an die gegenüberliegende Seite des Tisches. Sofort brachte der Kellner einen Teller und das Besteck.

Stuart verschränkte die Arme vor der Brust.

188

Der Scheich biss in eine Scheibe Melone und trank einen Schluck seines Tees.

Mit der Hand, die vor wenigen Minuten das Mädchen geschlagen hatte, wies er auf das Büfett auf dem Tisch. »Bitte, bedienen Sie sich.« Seine Stimme war sanft und höflich.

Stuart überlegte, wie alt er wohl sein mochte. Hier von Nahem sah er wesentlich jünger aus. Vielleicht Anfang bis Mitte dreißig?

Noch einmal nickte der Scheich herüber.

»Danke, ich bin nicht hungrig.«

»Ich habe Ihren Vorgesetzten gebeten, Sie zu entlassen, Mister Stuart.« Sein Englisch war sehr gut.

»Das hat er mir gesagt.«

»Es war das Einzige, was er abgelehnt hat. In meinem Land hätte ich Sie hinrichten lassen.«

»Wir sind hier nicht in Ihrem Land, Scheich.«

»Sie sind sehr unhöflich.«

»Ich bringe jedem die Höflichkeit entgegen, die ihm zusteht. Ich wäre Ihnen daher dankbar, wenn wir dieses Gespräch, sowie dieses Frühstück, jetzt beenden könnten.«

Als Stuart aufstehen wollte, spürte er den Druck der Hände auf seinen Schultern. Jeweils einer der Bodyguards hatte sich schräg hinter ihm positioniert. »Gut«, sagte er. »Dann beenden wir zumindest das Gespräch. Sagen Sie einfach Bescheid, wenn Sie sich satt gegessen haben.«

»Das werde ich, Mister Stuart.« Er zog an der Leine, sodass das Mädchen direkt neben ihm stand. Sie hustete erneut. »Ihnen ist bewusst, dass ich viel Geld hierlasse, um mich mit den kleinen Frauen zu vergnügen? Sehr viel Geld.«

»Das sind Kinder, keine Frauen.« Stuart konnte nicht an sich halten. Am liebsten wäre er aufgesprungen und hätte dem arroganten Typen die Fresse eingeschlagen. *Sei froh, dass du deine beiden Schläger dabeihast!*

»Sie mögen Kinder, Mister Stuart?«

Das kleine Mädchen sah herüber. »Es tut mir leid, was

dieses Schwein mit dir gemacht hat«, sagte Stuart auf Deutsch. Für einen winzigen Moment erhellte sich das tränenverschmierte Gesicht der Kleinen. Stuart meinte sogar, ein kleines Lächeln erkannt zu haben, aber da konnte er sich durchaus täuschen. Mit Sicherheit hatte sie nichts zu lächeln.

»Sprechen Sie das Mädchen nicht an«, zischte der Scheich. »Und sprechen Sie nicht diese Sprache. Das ist äußerst unhöflich.«

»Da Ihnen ja nicht entgangen ist, dass ich ein äußerst unhöflicher Mann bin, dürfte Sie meine Sprachwahl nicht überraschen. Habe ich recht, Scheich?«

Ein kurzes Zucken ging durch das Gesicht des Mannes, dann lächelte er wieder freundlich.

Ein Nicken zu den Bodyguards bewirkte, dass diese jetzt ihre Pranken auf Stuarts Schultern legten.

»Haben Sie Angst, dass ich Sie anspringe?« Noch immer hatte Stuart die Arme vor der Brust verschränkt.

»Noch nicht«, erwiderte dieser lächelnd. »Aber vielleicht gleich.« Blitzschnell griff der Scheich nach dem Brötchenmesser und rammte es dem Mädchen zwischen die Augen in die Stirn. Es war ein Geräusch, als würde jemand mit einem Hammer sanft gegen einen Baumstamm schlagen. *Tock!*

Das Mädchen blickte hilfesuchend zu Stuart, bevor ihre Beine nachgaben und sie mit einem dumpfen Geräusch auf dem Boden aufschlug.

Stuart starrte in das grinsende Gesicht des Scheichs, der sich eine weitere Melonenscheibe in den Mund schob. Dann stand er auf. »*Jetzt* ist das Frühstück beendet, Mister Stuart.«

Als die Bodyguards merkten, dass Stuart keine Gefahr sein würde, folgten sie ihrem Boss.

»Bitte lassen Sie ein neues Kind auf mein Zimmer bringen, Doktor Liebherr«, rief dieser durch den Speisesaal, den er kurz darauf verließ.

190

Stuart sprang auf und rannte um den Tisch herum. Das Mädchen lag auf dem Rücken und blickte ihn aus toten Augen an. Das Messer, das aus ihrer Stirn ragte, wirkte wie ein groteskes Horn.

Stuart blickte auf, als Liebherr neben ihm auftauchte und ihm die Hand auf die Schulter legte.

»Manches hier unten ist nur schwer zu ertragen«, sagte er sanft. »Wenn Sie mögen, können Sie sich heute freinehmen.«

Stuart erhob sich und verließ ohne ein weiteres Wort den Raum.

Gerade als sich die Schiebetür vor ihm zischend öffnete, ertönte ein ohrenbetäubendes Grollen, das die schweren Betonwände des Bunkers erzittern ließ.

Dann ging das Licht aus.

Kapitel 16

Ein stechendes Zwicken in ihrem Unterleib ließ Mel aufschrecken. Das Zwicken verwandelte sich in ein unangenehmes Ziehen, das wenig später zu einem Reißen wurde, was wiederum dafür sorgte, dass Mel keuchend die Luft ausstieß.

Sie blickte hinüber zum Monitor des CTG und erkannte die dreistellige Zahl, die die Stärke einer jeweiligen Wehe anzeigte. Bis jetzt hatte sich alles um die Sechzig herum bewegt, wenn eine Kontraktion stattfand. Und das hatte schon wehgetan. Mel biss die Zähne aufeinander, atmete hechelnd die Luft aus und wartete darauf, dass die Zahl zurückging. Sekunden später war das der Fall und Mels Atmung beruhigte sich.

»Heilige Scheiße«, murmelte sie und spürte den Druck auf ihrer Blase. »Vielleicht sollte ich mir einen Katheter legen lassen. Oder was meinst du, Louise?« Louise beschwerte sich mit einem Tritt.

»Meckere nicht rum. So langsam solltest du dich darauf einstellen, das Licht der Welt zu erblicken. Obwohl es hier unten ja kein echtes gibt. Aber da gewöhnst du dich dran.«

Mel setzte sich aufrecht hin und befreite sich von dem Gurt. Dann tapste sie zur Tür und fragte sich dabei, wie spät es wohl sein mochte. Plötzlich verharrte sie in der Bewegung. Da war eine gläserne Tür. Blut- und Kotstreifen. Ein riesiger Kerl, der wie irre dagegen rannte. Immer wieder.

Der Engelmacher!

Wie winzige Raketen schlugen die Erinnerungen der vergangenen Nacht in ihrem Schädel ein.

Was hatte sie getan? Sie war diesem Typen gefolgt und hatte ihn dabei beobachtet, wie er Frauen schändete.

Der haarige Typ vor ihrem inneren Auge wirbelte herum und schlug seinen Begleiter – Thilo – nieder. Er stürmte auf sie zu.

Du hast ihn provoziert!

Mel schüttelte den Kopf. *Denk nicht weiter drüber nach. Es*

192

war einfach nur ein betrunkener Gast, der nicht mehr Herr seiner Sinne war.

Als Mel die Tür zu ihrem Zimmer öffnete und den Aufenthaltsraum betrat, blickte sie in die Gesichter von Thomas und Thilo, die sich gegenübersaßen. Letzterer hatte einen Verband um den Kopf gewickelt.

»Hey«, krächzte Mel.

Sofort stand Thomas auf und kam auf sie zu. Kurz fragte Mel sich, ob der Typ durchgehend Dienst hatte?

»Ist etwas passiert?«, fragte er besorgt.

»Ich muss nur mal wieder zur Toilette. Ist da jemand gegen die Wand gelaufen?« Mel deutete mit einer Kopfbewegung zu Thilo. Sie hasste diesen Kerl, seit er ihre Manschetten kontrolliert hatte.

Thomas lachte. »Ein Gast hat ihn aus Versehen niedergeschlagen.«

Aus Versehen? Ja, vermutlich hatte der Riese ihm das so verkauft. Bedeutete das auch, dass sich der Typ ebenfalls hier auf der Station befand? Mel wurde schlecht und sie starrte auf die geschlossenen Türen der anderen Zimmer.

»Wenn du ihn dir mal ansehen willst, er liegt da drüben in dem Zimmer und schläft seinen Rausch aus. Ich meine den Gast, der unseren Thilo ausgeknockt hat.« Wieder dieses gehässige Lachen.

»Sehr lustig«, brummte Thilo und Mel fiel auf, dass sie ihn zum ersten Mal sprechen hörte. »Wenn das Schlachtschiff dich erwischt hätte, wärst du auch nicht so schnell wieder aufgestanden.«

Der Kerl war tatsächlich hier auf der Station. Ob er sie wiedererkennen würde?

»Ich muss trotzdem mal«, sagte sie und ließ die Jungs allein. Nachdem sich Mel kurz darauf erleichtert hatte, war ein gewaltiges Vibrieren der Wände zu spüren. Der Spiegel über dem Waschbecken fiel herunter und zerbarst in tausend Teile. Dann war es stockdunkel.

Teil IV - Die Katastrophe

Kapitel 17

Manche Maschinen halten ein Leben lang, manche hingegen nur einige Jahrzehnte, andere wiederum lediglich die obligatorischen zwei Jahre, bis die Garantie abläuft und dann gibt es noch die, die nicht mal besagte Garantiezeit überstehen.

Es gibt Defekte, die schnell reparabel sind, andere erfordern ein gewisses Know-how von speziell dafür geschulten Experten und manchmal, zum Glück eher selten, sind die Schäden derart gravierend, dass sie sich nicht allein auf die Maschine beschränken.

Manchmal gibt es eine einfache Erklärung, andere Male forschen Gutachter einer Versicherungsgesellschaft tagelang, um der Ursache auf den Grund zu gehen, und ab und zu gibt es keine Erklärung.

Torge, der Kellner vom Hof Gutenberg, war heute Morgen extra früh aufgestanden, um lange vor seinem eigentlichen Dienstbeginn bei der Arbeit zu sein.

Sein heimlicher Schwarm, Christin Schach, die für das Marketing und die Kundenakquise des Hofes Gutenberg zuständig war, hatte nämlich heute Geburtstag. Und zwar einen runden. Sie wurde dreißig, was Christin selbst überhaupt nicht lustig fand. Der Brauch hier oben im Norden besagte nämlich, dass unverheiratete Singles mit dreißig die Treppen des Rathauses fegen müssen.

Hier auf Hof Gutenberg gab es zwar kein Rathaus, aber Torge wollte die Treppen zum Farmgebäude mit extra viel Sand bestreuen und dazwischen in regelmäßigen Abständen gefüllte Sektgläser abstellen.

Somit müsste Christin bei Dienstantritt, der heute erst gegen neun war, zunächst die Gläser an die Kollegen verteilen, um sich dann mit einem Besen bewaffnet um die Reinigung der Treppe zu kümmern.

Torge hatte in der Nacht sogar ein Banner mit der Aufschrift ›Rathaus‹ erstellt, welches er über dem Eingang platzieren wollte.

Er war in Christin verknallt, seit er hier vor einem Jahr als Kellner anfing. Leider hatte seine heimliche Angebetete nur Augen für diesen Schleimer Sebastian, mit dem sie immer loszog, um irgendwelche Umfragen für die Marktforschung zu betreiben.

Irgendwann hatte Torge die beiden beobachtet, wie sie in der Nähe der Verbrennungsanlage rummachten. Sie hatten geknutscht und Sebastians Hand war unter ihrem T-Shirt gewesen. Torge hätte kotzen können. Seine darauffolgenden Nächte waren von einem unruhigen Schlaf geprägt. Doch dann, eines Tages, schien etwas zwischen den beiden vorgefallen zu sein, denn sie gingen sich ab da aus dem Weg. Sehr zur Freude von Torge, der nun wieder durchschlafen konnte.

Torge war kein unattraktiver Mann. Er war gut gebaut, gepflegt und trug stets die neueste Mode von Jack & Jones. Dennoch hatte er ein gewaltiges Manko, das bisher immer dafür gesorgt hatte, dass er bei Frauen leer ausging. Torge war Frauen gegenüber sehr schüchtern. Nicht diese einfache Schüchternheit mit verschämtem Blick und ineinander verkrampften Fingern, die vielleicht sogar auf viele Frauen niedlich und durchaus begehrenswert gewirkt hätte. Nein, wenn Torge außerhalb seines Jobs auf eine Frau traf, brachte er kein Wort über die Lippen, das nicht in einen unverständlichen Schwall aus stotternden Lauten endete. Hinzu kam, dass sein Gesicht in solchen Fällen – also immer im Beisein von Frauen – derart rot anlief, dass schon diverse Ladys in Panik geraten waren, weil sie gedacht hatten, Torge würde gerade einen Herzanfall erleiden.

Trotzdem hatte er sich eines Tages ein Herz gefasst und Christin eine WhatsApp-Nachricht geschrieben. Als er den Senden-Knopf gedrückt hatte, nahm sein Gesicht wieder die Farbe einer überreifen Tomate an, und das, obwohl er allein zu Hause in seinem Zimmer war. Die darauffolgenden zehn Minuten, bis Christin antwortete, hatten ihn beinahe

196

in den Bereich eines Nervenzusammenbruchs befördert.

Im Laufe der darauffolgenden Wochen hatte sich eine nette Freundschaft zwischen ihm und ihr entwickelt, die aus häufigen WhatsApp-Nachrichten und gelegentlichen Small Talks auf der Arbeit bestand. Bei Christin schaffte er es sogar, seine Gesichtsfarbe in einem normalen Farbton zu halten, was er natürlich nicht im Geringsten selbst beeinflussen konnte.

Heute hatte Torge die ultimative Geburtstagsüberraschung geplant. Selbstverständlich hatte er den Chef, Doktor Liebherr, um Erlaubnis gefragt. Dieser hatte die Idee äußerst interessant gefunden, wie er sich auszudrücken pflegte, und seine Erlaubnis erteilt, sofern es keine Auswirkungen auf die berufliche Tätigkeit hatte. Das hatte Torge hoch und heilig versprochen.

Um acht Uhr zwanzig hatte er alles vorbereitet. Torge betrachtete gerade sein Werk vom Treppenabsatz aus, als ein klapperndes Geräusch aus Richtung der Verbrennungsanlage herüberschallte. Es war so laut, dass es sogar hier am Farmhaus unerträglich war. Sekunden später war es jedoch schon wieder verstummt, und nur das entfernte Muhen einiger Kühe war in der Luft des frühen Morgens zu hören. Die meisten der Mitarbeiter waren inzwischen eingetroffen, hatten Torges Werk mit Lob bedacht und versprochen, sich pünktlich um kurz vor neun vor dem Gebäude einzufinden, um mit dem Geburtstagskind anzustoßen.

Torge blickte hinüber zum Haupttor. Für gewöhnlich war Christin immer fünfzehn Minuten vor Dienstbeginn da. Er hätte also noch genügend Zeit, den Doktor über das seltsame Geräusch zu informieren, sofern er es nicht selbst gehört hatte. Aber vielleicht war es auch gar nicht der Rede wert. Was, wenn Torge gerade am Telefon hing und Christin just in diesem Augenblick durch das Tor fuhr? Sie würde die vorbereitete Treppe sehen und die komplette Überraschung wäre dahin.

197

Torge ging um das Farmhaus herum und sah in etwa einhundert Metern Entfernung das Gebäude der Verbrennungsanlage. Die beiden Schornsteine ragten steil und Ehrfurcht gebietend in den Himmel, wie drohende Zeigefinger eines mächtigen Gottes. Torge musste ein wenig über diesen Vergleich schmunzeln. Zwei drohende Zeigefinger. Aber wer wusste schon, wie viele Finger Gott hatte? Auf jeden Fall schien bei dem Gebäude alles so wie immer zu sein.

Torge wollte gerade wieder kehrtmachen, als ein erneutes metallisches Klackern ertönte. Diesmal jedoch nur zweimal. Ein dunkles Wölkchen stieg aus einem der Schornsteine auf, wurde vom Wind auseinandergerissen und war kurz darauf verschwunden.

Jetzt machte sich Torge doch Sorgen. Er sah sich um, ob jemand in der Nähe war, der das Geräusch ebenfalls gehört hatte, konnte allerdings niemanden entdecken. Natürlich hätte er auch schnell zur Verbrennungsanlage hinüberlaufen und nachsehen können, ob dort alles in Ordnung war. Er war zwar kein Fachmann, was moderne Maschinen dieser Art anging, aber er traute sich durchaus zu, zu erkennen, ob irgendetwas anders als sonst aussah. Vielleicht lief ja irgendwo Öl aus oder es qualmte zwischen den Bauteilen. So etwas würde auch ein Laie erkennen. Dann könnte er am Telefon zumindest genaue Angaben machen, sodass Liebherr direkt den entsprechenden Fachmann konsultieren konnte. *Das war ausgezeichnete Arbeit, Torge!*«, würde Liebherr später sagen. Vielleicht würde das Lob sogar vor versammelter Mannschaft stattfinden. Torge hörte für einen Moment den Beifall seiner Kollegen. Christin würde voller Stolz auf ihn zulaufen und ihn in den Arm nehmen. *Ich bin so verdammt stolz auf dich, Liebster*«, würde sie sagen, bevor sie ihn küsste, was den Applaus und das bewundernde Gemurmel der anderen noch verstärken würde. Torge würde zum Mitarbeiter des Monats gewählt werden und er und Christin

198

zum Traumpaar des ganzen Betriebs.

Er blickte auf seine Armbanduhr. Es war inzwischen 08:26 Uhr. Christin würde in frühestens neunzehn Minuten hier eintreffen. Bis dahin wäre er zurück.

Torge stieß kurz die Luft aus, dann rannte er los, in Richtung der Verbrennungsanlage. Dass er, von diesem Zeitpunkt an gerechnet, nur noch fünfzehn Sekunden zu leben hatte, war ihm natürlich nicht bewusst. Und selbst wenn man es ihm gesagt hätte, so hätte er keine Chance mehr gehabt, das Gelände rechtzeitig zu verlassen.

Als Torge vierzehn Sekunden später die Hand ausstreckte, um die Tür zur Verbrennungsanlage zu öffnen, explodierte eine Sekunde später die Maschine und machte fünfzig Prozent des Hofes Gutenberg innerhalb einer halben Sekunde dem Erdboden gleich.

Die gewaltige Explosion war bis in die Hauptstadt zu spüren.

Kapitel 18

Stuart stand bewegungslos und mit vorgestreckten Armen in der Dunkelheit. Er hörte panische Stimmen in einiger Entfernung und um sich herum.

Was zum Teufel war das gewesen?

Ein lautes Surren ertönte, kurz darauf flackerten einige Lichter und es war wieder hell. Nicht so hell, wie vor dem Stromausfall, denn es waren lediglich einige kleinere Wandlampen, die gedämmtes Licht abgaben, aber er konnte zumindest wieder seine Umgebung erkennen.

»Ist jemand verletzt?«, hörte er Liebherrs Stimme. Als niemand antwortete, fügte er hinzu: »Es muss sich um einen Stromausfall handeln. Gerade ist die Notstromversorgung angegangen. Machen Sie sich bitte keine Sorgen. Wir werden uns bemühen, den Schaden schnellstmöglich zu beheben.«

Er lief zum Kellner. »Fragen Sie oben nach, was da passiert ist!« Dann an Stuart gewandt: »Sie und Charlie kommen mit in mein Büro.« Charlie stand hinter ihm.

Stuart wollte Liebherr bitten, nach Alex sehen zu dürfen, doch dieser war bereits durch die Tür verschwunden, durch die vor einer Minute dieser verfickte Scheich gegangen war.

»Los!«, zischte Charlie.

Die übrigen Gäste redeten aufgeregt durcheinander. Heute wurde ihnen wahrlich etwas geboten.

***

Liebherr legte den Hörer auf. »Wir haben keine Verbindung nach oben«, sagte er. »Ich habe gerade mit Peter aus dem Überwachungsraum gesprochen. Sämtliche Kameras auf der Farm sind ausgefallen. Vermutlich gab es eine Explosion.«

»Eine Explosion?« Charlie fummelte nervös an seinem Brusthaar, das er durch das offen stehende Hemd zwirbelte.

200

»Was ist denn explodiert?«

»Wenn ich das wüsste. Ich habe Herrn Ludwig raufge-schickt. Er soll sich das mal ansehen. Wir drei werden hier unten alles koordinieren, damit uns die Gäste nicht davon-laufen. Stuart, Sie übernehmen die Krankenstation. Falls un-sere Schwangere loslegt, sagen Sie mir Bescheid, sofern Sie dabei Hilfe benötigen. Charlie, Sie kümmern sich mit mir um die Gäste. Ach, Stuart, sollten Sie Sebastian sehen, schi-cken Sie ihn bitte zu mir.«

Stuart stand auf. »Halten Sie mich auf dem Laufenden, Doc. Ich werde kurz auf meinem Zimmer nach dem Rech-ten sehen, dann bin ich auf der Station.«

»Beeilen Sie sich, bitte.«

Stuart stürmte los und ließ Charlie und den Doktor allein.

Die Notbeleuchtung auf den Gängen reichte gerade aus, um nicht gegen irgendwen anderen auf dem Flur zu laufen. Auf dem Weg zu seinem Zimmer begegnete Stuart einigen Mitarbeitern, die verwirrt und hilflos herumstanden und miteinander diskutierten.

Als Stuart die Zimmertür mit seiner Karte geöffnet hatte, stand Alex bereits dahinter. Sie hatte sich einen Bademantel übergezogen und ihr Haar hing nass vom Duschen herab.

»Was ist passiert?«

»Das wissen wir nicht. Zieh dir bitte etwas an. Wir gehen zur Krankenstation.«

Alex sah ihn entgeistert an. »Was soll ich mir denn anzie-hen? Ich habe nichts.«

Stuart öffnete seinen Schrank und holte eine seiner wei-ßen Hosen und ein kurzärmliges Hemd mit dem Logo des Hofes heraus. »Schnall einfach den Gürtel enger«, sagte er. »Ab jetzt gehörst du zum Personal.« Er lachte kurz, obwohl ihm nicht danach zumute war. Noch immer sah er das Bild des kleinen Mädchens vor sich, das ihn mit großen Augen und einem Messer in der Stirn angestarrt hatte.

Sollte er diesen Scheich allein erwischen, würde er ihm

genüsslich den Schädel einschlagen, um ihm dann sein erbärmliches Hirn in das grinsende Maul zu stopfen.

Kurz darauf war Alex angezogen und band sich die Haare zu einem Pferdeschwanz zusammen. Die Hose war wirklich etwas zu weit, aber das Hemd hatte sie durch einen Knoten vor dem Bauch zusammengebunden, sodass es schon wieder sexy aussah. »Ich habe übrigens mit Liebherr gesprochen. Du bist nun offiziell meine Begleitung. Auf der Krankenstation habe ich eine kleine Überraschung für dich.«

»Überraschungen mag ich. Und danke.« Sie gab ihm einen Kuss auf die Wange.

***

Als sie am Aufzug ankamen, standen schon drei Männer vom Personal davor.

»Der funktioniert nicht«, sagte einer von ihnen.

»Gibt es noch einen?«, wollte Stuart wissen.

»Insgesamt haben wir vier Aufzüge. Im Prinzip an jeder Außenwand einen.«

Stuart bedankte sich und ging strammen Schrittes mit Alex im Schlepptau los, um den nächsten Aufzug zu suchen. Warum die drei Kerle dort herumstanden, konnte er sich nicht erklären.

Der zweite Aufzug war schnell gefunden und Stuart war positiv überrascht, als sich die Türen öffneten, nachdem er den Knopf betätigt hatte. Insgeheim hatte er befürchtet, dass sie hier unten eingeschlossen wären.

Er drückte den Knopf für das zweite Untergeschoss. Als die Tür sich wenig später wieder öffnete, kamen sie beim Kinderparadies heraus.

»Scheiße, wo sind wir denn jetzt?«, fragte Alex.

»Gar nicht so weit von deiner komfortablen Zelle entfernt.«

Stuart führte sie durch die Gänge, bis sie irgendwann

202

sagte: »Das kenn ich doch. Hallo, Peter! Heute schon ge-frühstückt?«

Sie passierten den Überwachungsraum, in dem Peter sei-nen dicken Körper von einem Monitor zum nächsten ma-növrierte »Scheiße«, fluchte er. »Hätte schon seit 'ner halben Stunde Feierabend. Mir knurrt der Magen. Guten Morgen, Doc.«

»Gibt es etwas Neues von oben?«, fragte Stuart.

»Sieht nicht gut aus. Der Typ, den unser Chef nach oben geschickt hat, hat gerade mitgeteilt, dass keiner der Aufzüge zur Farm funktioniert.«

»Der neben dem Kinderparadies ist intakt. Wir haben ihn gerade benutzt.«

»Ja, der fährt aber nur zwischen den einzelnen Stockwer-ken. Nicht nach oben zur Farm. Ich sag ja, sieht nicht gut aus, Doc. Sie haben nicht zufällig etwas zu essen dabei?«

»Nein«, sagte Stuart. »Aber ich kann Thomas hochschi-cken, damit er etwas holt. Sie werden mit Sicherheit Über-stunden schieben müssen.«

Peter ließ sich auf seinen Stuhl fallen, der gequält ächzte. »Das befürchte ich auch.«

Als Stuart wenig später zusammen mit Alex die Kranken-station betrat, befanden sich drei Personen im Vorraum. Thomas, ein weiterer vom Personal mit einem Verband um den Kopf und ein Mann, der mehr als zwei Meter groß sein musste, mit einer Nasenschiene und einem Pflaster auf der Stirn. Seine Augen waren von Blutergüssen umgeben und er sah aus, als hätte er bei einem Boxkampf ordentlich einste-cken müssen. Das war also der Gast, der besoffen gegen die Tür gerannt war.

»Guten Morgen, Doc.« Thomas kam auf ihn zu. Seine Augen waren gerötet, was kein Wunder war. Wie lange war er jetzt bereits im Dienst?

»Was macht unsere Patientin?«, wollte Stuart wissen.

»Alles bestens. Sie hatte vorhin ein paar stärkere Wehen,

bevor der Strom ausfiel. Im Moment ist alles ruhig. Dem Baby geht es gut.«

»Wann gibt es Frühstück?« Das war der lädierte Riese.

Thomas sah Stuart an. »Wir hatten um sieben Uhr Frühstück. Wie immer.«

»Das war doch kein Frühstück«, meldete sich der Bulle. »Ich zahle schließlich, damit ich satt werde. Also, wann kann ich hier weg, Doktor?«

Die Tür zur Station öffnete sich und Peter schob seinen fetten Leib ein Stück herein. »Liebherr hat angerufen. Er möchte Sie umgehend in seinem Büro sehen, Doc.«

»Von da komme ich doch gerade.«

Peter zuckte die Schultern. »Habs nur ausgerichtet.«

»Alles klar. Ach, Thomas. Wären Sie so nett und würden Frühstück für Peter von oben holen? Danach können Sie für heute Feierabend machen.« Dann, an den Riesen gewandt: »Sie bleiben solange auf der Station, bis ich Sie mir angesehen habe.«

Dieser protestierte lautstark. »Ach, und wer erstattet mir das dann alles?«

»Da niemand außer Ihnen gegen eine geschlossene Tür gelaufen ist, denke ich, dass es diesbezüglich schwierig werden wird. Aber Sie dürfen natürlich Doktor Liebherr darauf ansprechen. Kommen Sie, Thomas.«

»Ich bringe Peter dann ein Frühstück und würde nur danach selbst gern etwas essen und mich frisch machen. Dann stehe ich Ihnen wieder zur Verfügung. Ich habe heute Nacht genug geschlafen. Es war ja einigermaßen ruhig.«

»Ich will nur nicht, dass Sie mir hier zusammenklappen.«

Der Assistenzarzt lächelte. »Ich bin zäher, als ich aussehe.«

Stuart trat auf Alex zu. »Ich möchte, dass du hier auf der Station bleibst, bis ich wieder da bin. Vielleicht guckst du mal, wer dort drüben auf dem Zimmer liegt.«

Alex küsste ihn auf den Mund. »Ich werde auf dich warten, Doc.«

Als Stuart gerade zur Tür raus war, rief sie ihm hinterher: »Und danke noch mal!«

»Sie ist eine Patientin, habe ich recht? Oder sogar ein Verbrauchsobjekt?«, fragte Thomas, als sie zum Aufzug eilten. »Hab es an ihren fehlenden Zähnen bemerkt. Obwohl man es beim Sprechen nicht hört.«

»Sie ist mein persönlicher Gast«, sagte Stuart lächelnd. Er spürte diese verdammten Schmetterlinge in seinem Bauch und musste einfach grinsen.

»Soso«, sagte Thomas. »Ein persönlicher Gast. Darf ich Ihnen einen Tipp geben, Doc?«

»Ich weiß, keine gefühlsmäßige Beziehung zu den Patienten.«

Jetzt wurde Thomas ernst. »Wir hatten mal einen Gast, der sich in eine von denen verliebt hat. Er wollte sie dem Doktor abkaufen. Hat zum Schluss fünf Millionen geboten, aber Liebherr hat ihm erklärt, dass hier keine der Frauen rauskommt. Nicht für alles Geld der Welt. Und dann hat er die Frau vor den Augen des Gastes erschossen. Einfach so, damit der nicht auf dumme Gedanken kommt da draußen. Danach hat er die Million Kaution einbehalten, die der Gast hinterlegt hatte, als Schadensersatz. Was ich sagen will, Doc, Sie sollten keine gefühlsmäßige Beziehung aufbauen.«

Stuart war erstaunt über die Worte des jungen Assistenten. Er hatte ihn zu Anfang wirklich als einen dummen Mitläufer und Arschkriecher eingeschätzt, aber Thomas war alles andere als das. Er sah gewisse Dinge durchaus kritisch, ohne dadurch an Loyalität gegenüber seinem Arbeitgeber einzubüßen.

»Manchmal ist so etwas leichter gesagt als getan«, meinte Stuart nur. Er würde sich definitiv etwas einfallen lassen, um Alex hier rauszuholen. Irgendetwas hatte diese Frau mit ihm gemacht. Scheiße, er konnte sich sogar eine Zukunft mit ihr

205

in Curnie Falls vorstellen. Gemeinsam würden sie seinem lieben Nachbarn, Frank Pollack, das Leben zur Hölle machen. Ja, so schätzte er Alex ein. In ihr steckte eine Frau, die zu jeder Schandtat bereit war. Und das wollte Stuart mit ihr gemeinsam machen: Das Leben in all seinen Facetten genießen.

Du kennst diese Frau seit einem Tag!

Manchmal reicht das schon aus, antwortete er seiner inneren Stimme.

Und gestern hast du überlegt, sie umzubringen!

Stuarts Euphorie war augenblicklich verschwunden und wenn er an den gestrigen Abend zurückdachte, als Alex da vor ihm kniete, dann wurde ihm übel. Hatte er den Kampf gegen sein Sex-Ich gewonnen? Gestern Abend schon, zumindest redete er es sich ein. Zum ersten Mal in seinem Leben spürte Stuart Angst vor diesem Tier, das da tief in ihm verborgen lauerte.

Kurz darauf hatten er und Thomas den Aufzug erreicht, der die beiden Stockwerke miteinander verband. Als sich die Türen öffneten, trat ihnen Sebastian entgegen.

»Oh gut, dass ich Sie treffe«, sagte Stuart. »Der Doktor möchte, dass Sie in sein Büro kommen. Sie können mich gern begleiten. Muss auch dorthin.«

Sebastian blieb in der Tür stehen, damit sich diese nicht wieder schloss. »Hat sich erledigt. Ich komme gerade von dort.«

»Alles klar.« Stuart und Thomas betraten den engen Aufzug.

Den Schlagstock an Sebastians Seite sahen sie nicht.

***

»Kommen Sie rein. Kommen Sie rein.« Irgendetwas war in der Stimme von Liebherr, was Stuart nicht gefiel. Es wirkte so, als sei die Freundlichkeit einer hektischen Gereiztheit

206

gewichen.

»Gibt es Neuigkeiten?« Stuart ließ sich in den Sessel vor dem Schreibtisch fallen.

»Allerdings.« Liebherr ging unruhig auf und ab. »Die Aufzüge zur Oberfläche sind außer Betrieb. Herr Ludwig hat sie mit einigen Männern überprüft.« Der Doktor atmete schwer.

»Lassen Sie sich von hier unten aus nicht wieder in Gang bringen?«

»Nein. Die Schächte sind allesamt eingestürzt.«

»Ich verstehe nicht. Wie ... wie ist das möglich?«

Liebherr rieb sich die Schläfen. »Ludwig vermutet, dass das, was wir vorhin gehört haben, eine Explosion gewesen sein muss. Irgendwas Gewaltiges ist auf dem Hof in die Luft geflogen. Und da gibt es nur eines, was einen derartigen Schaden verursachen kann.«

»Die Verbrennungsanlage«, murmelte Stuart. Das würde einiges erklären.

Liebherr nickte. »Wenn eine der beiden Anlagen explodiert ist, dann steht da oben nichts mehr.«

»Aber können die so einfach explodieren?«

»Nein, normalerweise können sie das nicht. Jeder verdammte Schaltkreis ist mehrfach abgesichert. Aber wenn es das nicht war, dann kann es natürlich auch ein Krieg sein, der ausgebrochen ist.« Liebherr grinste unecht.

»Na, dann sind wir hier unten ja bestens aufgehoben.« Stuart wollte auf Liebherrs Gag eingehen, doch dieser verzog keine Miene.

»Das ist ja leider das Problem. Wir sind es nicht.«

»Was sind wir nicht?« Das ungute Gefühl, das Stuart beim Betreten des Büros empfunden hatte, verstärkte sich und nahm bedrohliche Ausmaße an.

»Sicher. Wir sind hier unten leider nicht sicher.«

»Geht uns der Sauerstoff aus?« Stuarts Blick war ernst. Er musste an Alex denken.

»Ich muss Ihnen nicht sagen, was uns blüht, wenn dieser Bunker entdeckt wird«, sagte Liebherr ernst. »Wir suchen unsere Kunden sehr gewissenhaft aus, bevor wir überhaupt in Erwägung ziehen, ihnen die Möglichkeit eines Besuches hier anzubieten. Niemand von ihnen würde etwas erzählen. Allerdings sollte auch niemals eine der Verbrennungsanlagen explodieren können. Sie sehen also, Stuart, wir waren gezwungen, im Falle eines *Worst Case* Vorkehrungen zu treffen.«

Stuart schwante, dass sich seine Zukunftsträume mit Alex gerade in Luft auflösten.

»Was wird passieren, Doc?«

Liebherr setzte sich auf seinen Schreibtischstuhl und legte sein Gesicht in seine Hände. »Mindestens einer der Zugänge nach oben muss alle drei Stunden geöffnet werden. Es reicht, den entsprechenden Code an der Tür einzugeben. Das ist nun leider nicht mehr möglich, weil die verfluchten Zugänge nicht mehr existieren.«

Er blickte auf seine Armbanduhr. »Die nächste Öffnung müsste in siebenundachtzig Minuten stattfinden.«

»Und wenn nicht, dann fliegt uns hier alles um die Ohren?«

»Überall an den Decken des gesamten Gebäudes befinden sich Düsen, die unter enormen Druck eine Mischung aus Dicyan und Ozon freisetzen. Und dieses wird dann entzündet, was eine Verbrennungstemperatur von sechstausend Grad Celsius erzeugt. Bei dieser Temperatur schmilzt sogar Beton.«

»Das heißt, von uns bleibt nichts als ein dicker Steinklumpen unter der Erde übrig.« Stuart atmete hörbar aus. »Scheiße!«

»Das können Sie laut sagen, mein Lieber.«

»Und es gibt keine Möglichkeit, jemanden dort oben zu verständigen?«

»Es gab lediglich die Verbindung zum Hauptgebäude.

Und das scheint ebenfalls nicht mehr zu existieren. Zumindest dann nicht, wenn unsere Vermutung mit der Explosion korrekt ist.«

Stuart wollte sich gedanklich noch nicht geschlagen geben. »Hätte man denn von oben die Möglichkeit, das Ganze zu verhindern? Ich meine, könnte man beispielsweise von dort aus den Code eingeben?«

Der Blick Liebherrs wirkte traurig, als er antwortete: »Würde diese Option bestehen, wäre das äußerst kontraproduktiv. Schließlich hat diese Sicherheitsmaßnahme den Sinn, dass niemand den Bunker von oben betreten kann, der nicht dazu berechtigt ist. Ich bin der Einzige, der diese Möglichkeit hat. Deshalb habe auch nur ich die Gäste empfangen. Niemand sonst kennt den Code zum Öffnen der Türen von außen. Glauben Sie mir, werter Kollege, gäbe es eine Chance, dann säßen wir nicht mehr hier unten.«

Liebherr stand auf und ging zu einem Schrank, der sich als Bar entpuppte, als er ihn öffnete. Er schenkte zwei Gläser mit Whiskey ein und kam zurück. Stuart nahm sein Glas entgegen.

»Auf die letzten siebenundachtzig Minuten unseres Lebens, Stuart.«

Kapitel 19

Mel blickte auf, als sich die Tür ihres Zimmers leise öffnete. Zunächst erkannte sie die Person nicht, die dort im Türrahmen mit viel zu weiten Hosen und einem vor dem Bauch zusammengebundenen Hemd stand.

Als sie jedoch näherkam, glaubte Mel ihren Augen nicht zu trauen. »Alex? Bist du es wirklich?«

Alex trat ans Bett. »Hi, Kleine. Wie ich sehe, ist es bald so weit.«

Die beiden Frauen fielen sich in die Arme und Mel schluchzte hemmungslos. »Scheiße ... ich dachte, du bist tot.«

»War ich auch fast«, sagte Alex. »Aber ich glaube, der neue Doc steht auf mich. Ich fühle mich wie in dem Film mit Richard Gere.«

»*Pretty Woman*?« Nun lachten sie beide.

»Verfickte Scheiße!«, donnerte es plötzlich von außen herein. »Dich kenn ich doch!«

Mels Augen weiteten sich. Im Türrahmen stand der Riese von letzter Nacht. Der Unterschied war, dass er eine weiße Hose und ein weißes Shirt trug. Und dass seine Stirn und Nase von Pflastern geziert wurden.

»Du bist doch die Fotze, die sich heute Nacht über mich lustig gemacht hat!«

Er wollte gerade ins Zimmer stürmen, als von hinten etwas auf ihn prallte. Er verlor das Gleichgewicht und ging zu Boden. Hinter ihm stand Thilo – mit einem dicken Verband um den Kopf.

Der Riese rappelte sich mühsam auf. »Diesmal schlage ich dich tot«, zischte er, als er Thilo im Türrahmen erkannte. Er kam wieder auf die Beine. Sein Blick fuhr zu Mel herum und er deutete mit dem Zeigefinger auf sie. »Und um deine Fotze und dein Arschloch werde ich mich danach kümmern. Darauf kannst du dich verlassen.«

Thilo wich in den Vorraum zurück.

210

»Wer ist das denn?«, keuchte Alex.

»Ist es nicht dieser Engelmacher?« Mel starrte sie mit großen Augen an.

»Der? Nein, den da kenn ich nicht. Was ... machen wir denn jetzt, verdammte Scheiße?«

Gerade, als der Riese den Türrahmen in Richtung Thilo durchquerte, schlug von der Seite ein metallisches Gerät mit Rädern gegen seinen Kopf. Der gewaltige Körper wurde herumgeschleudert und Mel sah für einen kurzen Augenblick die aufgerissene Wange, an der ein Hautlappen herabhing, der wie ein dreckiges Fensterleder über einem Putzeimer aussah.

Im selben Moment tauchte Sebastian auf, in der einen Hand das Rollstativ, mit dem er den ersten Schlag ausgeführt hatte, in der anderen einen unterarmlangen Schlagstock.

Der Riese stützte sich unterdessen mit einer Hand auf dem Tisch in der Mitte des Raumes ab. Mit der anderen versuchte er, den Hautlappen wieder gegen sein Gesicht zu drücken, was ihm allerdings nicht gelang; immer wieder klappte dieser herunter und gab stellenweise sogar die Sicht auf die Zähne frei. Inzwischen war sein weißes Shirt auf der rechten Seite blutdurchtränkt.

Sebastian holte mit dem Schlagstock aus und traf die Hand auf der Tischplatte. Mel konnte das Zersplittern der Knochen hören, als der Getroffene vor Schmerz und Wut aufschrie.

Thilo war weiter zurückgewichen und beobachtete das Geschehen mit ungläubigem Blick und an der Wand abgestützten Händen. Warum verständigte der Idiot nicht irgendwen, der ihnen helfen konnte? Wenn Sebastian nicht aufpasste, würde der Typ ihn töten.

Aber darüber brauchte sich Sebastian im Moment keine Sorgen zu machen, denn der nächste Schlag traf die Stirn des Hünen, die aufplatzte und das Blut in einem Schwall auf seinem Gesicht verteilte. Mit lautem Poltern schlug der schwere Körper nach hinten gegen die Wand und rutschte an ihr hinab. Der Kerl war keine Bedrohung mehr und Mel spürte die Erleichterung, die sich in ihrem Innern breitmachte. Louise schien es ebenfalls zu gefallen, denn auch sie schlug mit den kleinen Händchen gegen Mels Bauch, so als würde sie Beifall klatschen.

Doch dann ging Sebastian auf den bewegungslosen Mann zu und zog ihm am Kragen hoch.

»Das ist mein Mädchen!«, brüllte er ihm in das blutüberströmte Gesicht. »Hast du das kapiert? Mein Mädchen!«

Stolz keimte in Mel auf.

Der Hautlappen zitterte, als der Riese beschwichtigend die Hände hob. Die gebrochenen Finger der einen Hand wiesen in unterschiedliche Richtungen. »Alles klar, Mann. Es ist deins.«

Sebastian ließ ihn los und stand breitbeinig vor ihm. »Du sagst es«, zischte er. »Ganz allein meins!«

Dann hob er den Schlagstock und ließ ihn auf den Schädel des Riesen niedersausen. Immer wieder, bis, nach insgesamt zehn Schlägen, die Schädeldecke nur noch aus einer breiigen Masse bestand, die sich auf Wand und T-Shirt verteilte. Eines der beiden Augen war herausgeplatzt und hing, durch den Sehnerv gehalten, vor dem Gesicht des Riesen. Das andere starrte weit aufgerissen auf Sebastian. Die riesigen Pranken, die Mel in der Nacht in Stücke gerissen hätten, wäre nicht die Glastür zwischen ihnen gewesen, zuckten krampfhaft. Dann pisste er sich ein.

Noch einmal schlug Sebastian zu, dann war auch das Zucken verschwunden. »Ganz allein meins!«

***

Langsam drehte sich Sebastian um. Sein Gesicht war mit Blut- und Hirnspritzern übersät und er sah aus, wie ein

212

Clown mit Sommersprossen. Dann wandte er sich an Thilo, der mit weit aufgerissenen Augen und offenem Mund neben der Tür zum Kreißsaal stand. Der Schlagstock, von dem das Blut in sämigen Fäden tropfte, wies in Thilos Richtung.

»Hau ab!«, zischte Sebastian, was sich Thilo nicht zweimal sagen ließ. Nachdem der die Station verlassen hatte, nahm Sebastian einen der Stühle und klemmte die Lehne unter die Türklinke.

Mel saß wie versteinert in ihrem Bett. Was war da gerade geschehen? Hatte Sebastian den Typen wirklich totgeschlagen? Aber warum hatte er das getan? Er war doch bereits kampfunfähig gewesen, als er da vor der Wand lag.

Er wollte einfach auf Nummer sicher gehen und dafür sorgen, dass dich der Kerl niemals wieder belästigen konnte. Ja, das klang plausibel, wenn auch hart.

Aus den Augenwinkeln heraus sah sie Alex, die an ihr vorbei auf die Tür zustürmte und dabei den Besucherstuhl mit sich riss. Sie warf die Tür mit einem lauten Knall ins Schloss und klemmte die Lehne des Stuhls unter die Klinke, so wie es Sebastian zuvor mit der Eingangstür zur Station gemacht hatte.

Ein dumpfes Poltern von außen drang durch die Tür.

»Was tust du denn da?«, rief Mel. Als Alex sich wieder umdrehte, war ihr Gesicht kalkweiß und ihre Augen zuckten wirr.

»Alex, was hast du? Du musst keine Angst haben. Ich kenne Sebastian. Er wollte uns helfen.«

Es wurde an die Tür geklopft und Alex machte einen Sprung, als hätte ihr jemand ein Messer in den Rücken gestochen. Zitternd hielt sie sich am Bett fest.

Mel berührte den Arm ihrer Freundin. »Sag doch was los ist.«

Alex sah sie an. »Er … er ist es. Der Typ, der den Riesen erschlagen hat …«

»Das ist Sebastian. Ich kenne ihn«, versuchte Mel, sie zu

beruhigen.

Alex schüttelte panisch den Kopf. »Er ist … der Engel-macher!«

***

Ein sanftes Klopfen ließ die beiden Frauen zusammenzu-cken. Mel und Alex sahen, dass jemand von außen ver-suchte, die Türklinke hinunterzudrücken.

»Bist du dir sicher?«, flüsterte Mel.

Alex sah sie mit weiten Augen an. »Er hat mein Baby tot-geschlagen! Natürlich bin ich mir sicher. Dieses Gesicht werde ich niemals mehr vergessen. Dieses ekelhafte, grin-sende Gesicht.«

»Bitte entschuldige, aber …« Mel brach in Tränen aus. Wie hatte sie sich nur so in einen Menschen täuschen kön-nen? »Er war … er war immer so scheißfreundlich und … und zuvorkommend.«

Alex umfasste Mels Gesicht mit beiden Händen. »Ich weiß, Süße«, sagte sie sanft. »Er war damals auch mein per-sönlicher Betreuer, falls man das so sagen kann. Ich hatte sämtliche Freiheiten bei ihm. Und er wollte immer bei mir sein, kurz vor der Geburt.«

Wieder klopfte es. »Hey, Mel. Kannst du mich hören? Ich wollte doch nur wissen, wie es unserem Kind geht? Bitte sag deiner Freundin, sie soll die Tür öffnen.«

»Was machen wir denn jetzt?« Mel hatte die Hände auf ihren Bauch gelegt. Er war steinhart. Ein kurzes Stechen ließ sie die Luft einziehen.

»Glaubst du, es ist bald so weit?«, fragte Alex.

»Noch ist meine Fruchtblase nicht geplatzt. Aber ich habe das Gefühl, dass es nicht mehr lange dauert.«

»Macht die verdammte Tür auf, ihr Fotzen!« Diesmal schlug Sebastian mit der Faust gegen die Tür, was den Stuhl ein wenig über den Boden kratzen ließ. Alex stürmte nach

214

vorn und rückte ihn wieder näher zur Tür. Wieder donnerte eine Faust gegen das Holz. »Willst du wirklich, dass ich sie aufbreche, Mel? Wenn du mich dazu zwingst, werde ich deine Freundin töten. Also bitte. Sag ihr, sie soll die Tür öffnen. Unserem Kind zuliebe.«

»Es ist nicht unser Kind!«, kreischte Mel plötzlich. Alex sah sie perplex an. »Es ist meins! Es ist ganz allein mein Kind!«

»Ach, und da bist du dir sicher?« Die Stimme hinter der Tür klang höhnisch. »Dann darfst du dreimal raten, wessen Sperma dir unser lieber Doktor seinerzeit eingepflanzt hat. Na, was denkst du?«

Mel sah Alex an. »Kann das sein? Nein, oder?«

»Ich werde jetzt diesen Tisch nehmen und ihn gegen die Tür rammen. Ich weiß nicht, wie lange sie es aushält. Willst du es darauf ankommen lassen, Mel?« Sebastian sprach ganz ruhig, und das fand Mel bedrohlicher, als wenn er wie ein Irrer gebrüllt hätte. Sie hörten ein Poltern aus dem anderen Raum. Dann ein ohrenbetäubendes Schlagen gegen die Tür. Der Stuhl rutschte ein gutes Stück vor und fiel kurz darauf nach hinten über. Die Türklinke war frei.

Kapitel 20

Stuart trank den letzten Rest aus seinem Glas.

»Wie lange noch?«

Liebherr sah auf die Uhr. »Vierundachtzig Minuten. Sie sollten sich die Uhr entsprechend einstellen.«

»Geht es schnell?«

»Bei sechstausend Grad? Ihr Körper ist verdampft, bevor Sie überhaupt registrieren, dass Sie tot sind. Möchten Sie noch einen Schluck?«

Stuart lehnte dankend ab. »Wenn Sie nichts dagegen haben, würde ich die Zeit gern mit Alex verbringen.«

»Ihrer neuen Freundin?«, lächelte Liebherr. »Hätten wir eine andere Ausgangssituation, dann bekämen Sie einen Tipp von mir, Stuart. Aber so sage ich: Genießen Sie die Zeit.«

»Ich danke Ihnen.« Stuart stand auf und ging zur Tür. Dann blieb er stehen und sah sich ein letztes Mal um. »Hätte ich Sie überreden können, Alex mitnehmen zu dürfen?«

»Ich denke nicht«, sagte Liebherr.

Stuart nickte. »Was passiert mit den Gästen? Klären Sie sie auf?«

»Würden Sie an deren Stelle wissen wollen, dass Sie nur noch achtzig Minuten zu leben hätten? Die meisten von ihnen sind mit Frauen versorgt. Ich denke, auch unsere Gäste sollten einfach ihre Zeit genießen.«

»Wären wir auf der Titanic, würde ich sagen, dass es mir eine Ehre war, für Sie arbeiten zu dürfen, Doktor. Aber so … Nach dem Zwischenfall im Frühstückraum mit unserem werten Scheich, hätte ich Ihnen heute meine Kündigung überreicht.«

Liebherr presste die Lippen zusammen und nickte verständnisvoll. »Hauen Sie schon ab. Ach, und falls Sie Sebastian zufällig doch noch sehen, sagen Sie ihm bitte, dass ich hier auf ihn warte.«

Stuart verharrte in seiner Bewegung. »Er war nicht bei

216

Ihnen? Ich meine vorhin?«

Liebherr blickte fragend auf. »Nein, ich weiß nicht, wo er sich zurzeit aufhält.«

»Er ist unten«, murmelte Stuart. »Und er hat gesagt, dass er bereits bei Ihnen war.«

Liebherr sprang auf. »Ist die Krankenstation besetzt?«

Stuart stürmte los. Liebherr riss seine Schreibtischschublade auf und nahm den Revolver an sich, der darin lag. Dann folgte er Stuart in dem Moment, als der Anruf aus dem Überwachungsraum kam.

Liebherr ignorierte ihn.

***

Auf dem Weg zum Aufzug kam Stuart ein Gast entgegen. »Hallo, Doktor. Darf ich Sie etwas fragen?«

Kurz darauf erreichte Liebherr die beiden ebenfalls.

»Oh, der Boss persönlich. Dann kann ich die Frage ja direkt an die richtige Stelle richten.«

Liebherr fasste den Gast an die Schultern. »Wir sind gerade sehr in Eile, Marvin.«

»Es geht auch nur darum, dass ich vor dem Frühstück eine Dame bestellt habe, mit …« Er machte eine überschwängliche Bewegung vor der Brust. »Sie wissen schon. Mit richtig fetten Eutern. Mit Milch drin.«

»Gehen Sie einfach auf Ihr Zimmer oder in die Bar, Marvin. Ich kümmere mich darum. Geben Sie uns ein bisschen Zeit, okay? Es ist gerade ein wenig hektisch.«

Marvin lachte. »Ja, der Stromausfall. Ich warte dann in der Bar, Doktor. Ich nehme an, der erste Drink geht aufs Haus?«

Liebherr lächelte freundlich. »Wissen Sie was? Alle Drinks gehen aufs Haus. Solange, bis Ihre Dame eintrifft.«

»Oh, das ist sehr nett von Ihnen. Dann lassen Sie sich ruhig Zeit.« Er lachte.

»Das werde ich, Marvin. Das werde ich.«

Kurz darauf hatten sie den Aufzug erreicht und eine halbe Minute später waren sie im zweiten Untergeschoss.

»Weiß das Personal eigentlich von der ... Sicherheitsmaßnahme?«, fragte Stuart, als sich die Tür öffnete.

»Nein«, antwortete Liebherr knapp. »Auf eine Massenpanik kann ich dankend verzichten.«

Sie rannten am Kinderparadies vorbei, in dem die meisten der Kleinen einem unbeschwerten Tag entgegenfieberten. Die Tür öffnete sich und eine Mitarbeiterin kam heraus. »Doktor Liebherr!«, rief sie den beiden hinterher. »Der Scheich hat ein Mädchen bestellt. Aber bis jetzt wurde es nicht abgeholt. Sollen wir es selbst hochbringen?«

Liebherr sah zu Stuart hinüber, der ihn nur schweigend anblickte. Dann sagte er: »Nein, Sylvia. Dieser Gast wird kein Kind mehr bekommen. Genießen Sie mit den Kleinen den Tag.«

Stuart lächelte seinem Vorgesetzten anerkennend zu. Dann rannten sie weiter, während Sylvia ihnen verdutzt nachsah.

Als Stuart und Liebherr den Überwachungsraum erreichten, kam Peter bereits heraus, mit Thomas und Thilo im Schlepptau.

»Da sind Sie ja, Doktor«, keuchte er. In der Hand hielt er ein Brötchen mit Salami belegt. »Habe gerade versucht, Sie zu erreichen. Irgendwas stimmt auf der Krankenstation nicht. Thomas sagt, die Tür ließe sich nicht öffnen.«

»Sebastian hat den Gast erschlagen«, keuchte Thilo. »Oh mein Gott, er hat ihn regelrecht abgeschlachtet.«

***

Zur selben Zeit, als Doktor Liebherr dem Gast Marvin sämtliche Freigetränke bis an dessen Lebensende versprach, öffnete Sebastian die Zimmertür.

»Hi!«, sagte er lächelnd.

Mel saß kerzengerade in ihrem Bett. Neben ihr hockte Alex. Beide Frauen hielten sich eng umschlungen.

Mel spürte, wie Louise kurz mit den Füßen strampelte.

»Was willst du?«, fauchte sie dem Eindringling entgegen.

Dieser betrat den Raum. Sein Gesicht war mit roten Schlieren verschmiert, vermutlich hatte er mit dem Unterarm darübergewischt. Vom Schlagstock in seiner Hand tropften die zähflüssigen Fäden auf den Boden.

»Wie wäre es denn mit einem kleinen Dankeschön, weil ich dich vor diesem Perversen beschützt habe?«

»Danke«, sagte Mel. Sie versuchte, ihre Stimme ruhig klingen zu lassen, was ihr rasender Herzschlag aber verhinderte.

Sebastian ging zum CTG und griff nach dem Zettel mit den Vitalwerten.

»Wie ich sehe, geht es unserem Kind gut.«

»Warum willst du unserem Kind etwas antun?«, fragte Mel leise.

Sebastians Blick wirkte erstaunt. »Wer sagt denn, dass ich der Kleinen etwas antun will? Hat dir deine neue Freundin diese Flausen in den Kopf gesetzt?«

Alex sah ihn hasserfüllt an. »Du perverses Schwein«, zischte sie.

Sebastian ging um das Bett herum, griff Alex in die Haare und riss sie vom Bett herunter auf den Boden. Sie gab keinen Laut von sich.

»Lass sie in Ruhe!«, schrie Mel.

Louise strampelte heftig in ihrem Bauch, sodass Mel zusammenzuckte.

Sebastian ging in die Hocke und berührte Alex' Kinn mit der Spitze des Schlagstockes. »Nur ein winziger Schlag und dein Unterkiefer prallt da hinten an die Wand.« Er grinste sie an. »Hab gehört, du lässt dich von dem neuen Doktor ficken? Nun guck nicht so entsetzt. Der Laden hier ist klein, da spricht sich so was schnell rum. Vielleicht steht er ja auch auf kleine Kinder, wenn sie rauskommen.« Er strich mit dem Stock über ihren Bauch. Alex spuckte ihm ins Gesicht.

Die Spucke floss zusammen mit einigen Blutspritzern an Sebastians Kinn herunter. Er wischte sie nicht weg. Stattdessen lächelte er freundlich.

»Wie dem auch sei«, sagte er. »Du wirst es nie erfahren. Ich denke, ich werde so oft auf deinen Bauch einschlagen, bis deine Brut einfach aus dir herausläuft. Du kennst so was ja bereits. Und dann stopfe ich sie dir in dein kleines dreckiges Maul, bis du daran erstickst. Na, was sagst du dazu?«

»Sebastian, lass sie bitte in Ruhe«, sagte Mel sanft. Sie versuchte so viel Gefühl und Zärtlichkeit in ihre Stimme zu legen, wie es ihr möglich war. »Ich möchte, dass wir zusammen von hier verschwinden. Zieh mit mir gemeinsam unser Kind groß. Und lass uns weitere Kinder haben. Das ist es, was ich mir wünsche.«

Sebastian blickte auf. Er legte den Kopf etwas schief und sah sie an. Mel erkannte ein Zucken in seinen Mundwinkeln, als er sagte: »Willst du das wirklich?«

»Aber natürlich. Wie konntest du denn jemals daran zweifeln? Ich habe nie geglaubt, was sie mir erzählt hat.«

»Sie lügt auch, sobald sie ihr schäbiges Maul aufmacht. Auch wenn ich ihr Kind erschlagen habe, heißt das doch nicht, dass ich das auch mit deinem machen würde. Mit unserem.« Er stand auf. »Glaubst du mir das?«

Mel nickte und breitete die Arme aus. »Ich glaube dir. Komm her und halt mich fest.«

Sebastians Lächeln wurde breit. Er legte den blutverschmierten Stock auf das Bett und nahm Mel in den Arm.

Hinter seinem Rücken gab Mel Alex ein Zeichen, zu verschwinden. Diese ergriff die Gelegenheit und stürmte aus dem Zimmer. Als Sebastian herumwirbeln wollte, presste Mel ihre Arme so fest um ihn, wie sie konnte. Natürlich hatte sie keine Chance gegen den muskulösen Kerl, aber dennoch konnte sie ihn so lange aufhalten, bis Alex aus dem

220

Zimmer gerannt war.

Sebastian umfasste Mels Kinn. Der Druck war so hart, dass Mel das Gefühl hatte, er würde ihr sämtliche Zähne herausbrechen. »Wir sprechen uns gleich«, zischte er, schnappte sich den Schlagstock und rannte hinter Alex her.

***

Stuart, Liebherr und Thomas hatten die Tür zur Krankenstation erreicht. Stuart versuchte, die Klinke hinunterzudrücken, doch die bewegte sich keinen Millimeter. »Er hat etwas darunter geklemmt.«

»Gehen Sie zur Seite«, keuchte Liebherr. Er zielte mit seiner Waffe auf die Tür.

Liebherr drückte in dem Moment ab, in dem sie aufgerissen wurde. Die Detonation des Schusses fiepte in Stuarts Ohren und für einen Augenblick waren sämtliche Geräusche um ihm herum so dumpf, als hätte er seinen Kopf unter Wasser getaucht.

Im Türrahmen erkannte er Alex, die panisch auf die drei Männer starrte. Auf ihrem Hemd, in Brusthöhe, bildete sich ein winziger roter Fleck, der mit einer beängstigenden Geschwindigkeit größer wurde. Dann knickten ihre Knie ein.

Stuart schrie und stürzte nach vorn. Er fing sie auf, kurz bevor sie auf den Boden aufschlug.

Hinter der Tür erkannte Thomas eine Bewegung, die in das Zimmer der schwangeren Patientin verschwand. Die Tür wurde ins Schloss geworfen.

Liebherr ließ die Waffe sinken und ging auf Stuart zu, der auf dem Boden saß und die Frau auf seinem Schoß hielt. »Oh Mist, Stuart. Das wollte ich nicht.« Er hockte sich ebenfalls hin. Der rote Fleck auf dem am Bauch zugeknoteten Hemd war inzwischen tellergroß. Auch aus dem Mundwinkel der Frau floss Blut. Liebherr sah, dass ihr sämtliche Schneidezähne fehlten. Er konnte sich nicht erinnern, wer sie war, aber es musste eine Frau gewesen sein, die sich nicht gern an Regeln hielt.

»Kümmern Sie sich um Melanie«, sagte Stuart leise. »Der Typ ist in ihr Zimmer gerannt.«

Stuart sah, dass die Augen von Liebherr glasig wurden. »Dieser Typ ist mein Sohn.«

»Dann kümmern Sie sich um Ihren Sohn, Doc.«

Liebherr stand auf und blickte in das Vorzimmer. Am hinteren Ende lehnte Corin mit zertrümmertem Schädel an der Wand. Er war ein Gast aus Schottland, der einmal im Jahr hier auf Hof Gutenberg seinen Urlaub verbrachte. Ein perverses Schwein übelster Sorte, aber stets liquide.

Langsam betrat der Doktor die Station und näherte sich mit der Waffe im Anschlag dem Zimmer, in dem sich sein Sohn mit der schwangeren Patientin befand.

Stuart sah hinab zu Alex, die in seinen Armen lag. Ihre Augen starrten leer an ihm vorbei. Er fühlte ihren Puls, doch da war nichts mehr. In Filmen lebten die angeschossenen Personen doch immer noch. Zumindest so lange, bis der sie überlebende Partner ihnen sagen konnte, wie sehr er sie liebte. Aber dies hier war leider kein Hollywood-Streifen. Dies war das beschissene, echte Leben, in dem Menschen einfach tot waren, wenn sie von einer Kugel aus nächster Nähe getroffen wurde.

»Meinst du, du wirst mich irgendwann töten?«

Er hörte ihre Stimme, ohne dass sie ihren Mund bewegte. Dieser war leicht geöffnet und er konnte ihre Zahnlücke sehen.

»Ich hätte dich niemals töten können«, flüsterte er. »Das weiß ich. Zusammen hätten wir das Tier in mir besiegt. Das glaube ich ganz fest.« Vor seinem geistigen Auge sah er ihr Lächeln.

»Lass uns tanzen«, hatte sie am Vorabend zu ihm gesagt, als sie eng aneinander gekuschelt auf dem Bett gelegen hatten.

222

Er hatte sie überrascht angeblickt. »Du willst tanzen? Hier?«

»Hier und jetzt, Doc. Erweist du mir die Ehre?« Sie war aufgesprungen und hatte die Hand nach ihm ausgestreckt, die Stuart lächelnd entgegennahm.

»Hast du Musik?«, hatte sie gefragt.

»Was möchtest du denn hören?«

»Egal.«

Kurz darauf ertönte Jon Bon Jovi mit *Bed of Roses* aus den Lautsprechern der Musikanlage.

Alex hatte die Arme um seinen Hals und ihren Kopf gegen seine Brust gelegt. »Ich habe so viel nachzuholen, Doc. So verdammt viel. Ich möchte einfach nur träumen, dass das mit dir echt ist.«

»Es ist echt«, hatte Stuart geflüstert.

Sie hatte aufgeblickt und ihn geküsst. »Wir werden nie hier rauskommen. Und das weißt du auch.«

»Doch, das werden wir. Das verspreche ich dir. Wir vier kommen hier raus und dann kannst du alles nachholen, wonach dir ist.«

Während Bon Jovi in Dauerschleife lief, hatte sie Stuart fest in den Arm genommen und getanzt. Stundenlang.

Zärtlich strich er mit seiner Hand über ihre Augen, sodass die Lider danach geschlossen waren. Er hätte gern die letzten zweiundsiebzig Minuten mit ihr verbracht und ihr gesagt, was für eine tolle Frau sie war. Er wollte sich noch für das entschuldigen, was ihr hier widerfahren war. Und mit Sicherheit hätte er ihr spätestens eine Minute vor dem Ende gesagt, dass er sich in sie verliebt hatte. Vielleicht hätten sie sich geküsst, bis zu dem Zeitpunkt, wenn sich das tödliche Gemisch aus den Düsen an der Decke entzündet hätte.

»Ich liebe dich. Ich liebe dich wirklich.« Er gab ihr einen Kuss auf ihre Lippen, die sich so warm anfühlten.

»Mach bitte die Tür auf, Sebastian!«, hörte er Liebherr im

223

Nebenraum. Stuart schloss die Augen und drückte den toten Körper der tollsten Frau, die er je kennengelernt hatte, an sich. Er spürte ihre Wärme, die sanft seinen Körper umschloss.

***

»Es ist nicht abgeschlossen!« Sebastian lachte trocken. Er hatte sich neben Mel auf dem Bett ausgestreckt und ihr den Arm um den Hals gelegt. Den Schlagstock hielt er in der anderen Hand.

Die Tür wurde geöffnet und Liebherr trat ein. »Lass das Mädchen los, Basti. Und dann komm mit in mein Büro.«

»Nenn mich nicht Basti! Ich hasse es, wenn du mich so nennst. Das weißt du ganz genau!«

Mel spürte das Zittern, das Sebastians Körper durchströmte.

»Und denkst du vielleicht, ich verbringe meine restlichen Minuten in deinem beschissenen Büro? Komm endlich mal von deinem hohen Ross runter, alter Mann! Ja genau, ich habe mitbekommen, dass die Schächte zu sind.«

Was meinte er damit? Seine restlichen Minuten? Wollte Liebherr ihn töten? Mel versuchte, an dem Doktor vorbeizuschauen. Was war mit Alex?

Mel hatte einen Schuss gehört, kurz nachdem Alex das Zimmer verlassen hatte. Und jetzt sah sie die Waffe in Liebherrs Hand.

»Was haben Sie mit Alex gemacht?«, fauchte sie den Doktor an.

Sebastian hauchte ihr ins Ohr. »Er hat sie erschossen. Kaltblütig abgeknallt. Genau hier hin.« Er tippte mit dem Schlagstock auf Mels Brust. »Mitten in ihr beschissenes Herz.«

Mel starrte ihn an. »Ihr Schweine steckt doch alle unter

224

einer Decke. Doktor, wissen Sie eigentlich, was Ihr Mitarbeiter hier mit den Frauen macht?«

Liebherr sah sie an. »Ich weiß alles, was meine Mitarbeiter tun. Und nun möchte ich, dass du das Mädchen loslässt, Sebastian!« Das letzte Wort zog er lang. Dann richtete er die Waffe auf seinen Sohn.

Dieser blickte traurig, als er sagte: »Du willst dein eigen Fleisch und Blut erschießen? Obwohl wir nur noch knapp eine Stunde zu leben haben?«

»Ich will dich nicht erschießen. Aber ich will, dass du von der Frau wegkommst.«

»Wozu? Gönn deinem Sohn doch ein bisschen Spaß. Was willst du mit ihr? Sie krepiert sowieso. Also, was soll das Ganze hier?«

Sebastian presste Mel die Spitze des Schlagstocks gegen die Zähne. Der Druck war derart stark, dass sie den Kiefer öffnen musste und der Stock in den Mund bis hinten in den Rachen drang. Sie würgte. »Warum sollte ich sie loslassen, Vater? Was willst du mit der kleinen Fotze? Willst du sie ficken, bevor du in der Hölle einmarschierst? Sie trägt mein Kind in sich! Mein Kind!«

Liebherr lachte. »Wie kommst du denn darauf? Du glaubst doch nicht wirklich, dass ich ausgerechnet dein Sperma verwendet habe? Glaubst du, ich will deine kranken Gene weitergeben? An irgendwen? Glaubst du das wirklich? Sebastian?«

»Dir ist bewusst, dass meine Gene den deinen entstammen.« Sebastian spuckte die Worte förmlich hinüber zu seinem Vater.

Mel hatte unterdessen den Schlagstock mit beiden Händen umklammert und versuchte, diesen vor einem tieferen Eindringen in ihren Hals abzuhalten. Immer wieder rutschten ihre Hände an dem schleimigen Hirnbrei ab, der daran klebte.

Liebherr spannte den Hahn seiner Waffe. »Steig jetzt vom

Bett runter, Sohn. Und nimm den Stock aus ihrem Mund! Wir können gern in Ruhe über alles reden. Von mir aus auch mit der Frau zusammen. Aber ich will nicht, dass noch mehr Menschen zu Schaden kommen.«

»Dass ich nicht lache! Du hast dich doch aufgegeilt daran, wenn du Menschen Schaden zufügen konntest.« Sebastian riss den Stock aus Mels Mund und zog ihre Unterlippe mit den Fingern hinunter. »Oder hat sie den Zahn etwa wegen schlechter Ernährung oder mangelhafter Mundhygiene verloren? Sind bei vielen der Frauen die Lippen von selbst zusammengewachsen, weil sie nichts mehr zu sagen hatten? Und *du* willst den Moralapostel spielen? Ausgerechnet du?«

Liebherr ließ die Waffe sinken; der Hahn war immer noch gespannt. »Es tut mir leid, wie sich alles entwickelt hat. Und das meine ich wirklich. Lass uns die letzten Minuten nicht mit Streitereien vergeuden.« Er legte die Waffe weg und streckte die Arme vor. »Bitte, Sebastian. Lass uns Vater und Sohn sein. Wenn auch nur einmal im Leben. Ich weiß, wie ich dich behandelt habe. Und es tut mir leid. Leider habe ich das viel zu spät erkannt.«

Mel sah Sebastians Mundwinkel erneut zuckten. Wie einfach ließ sich dieser Idiot denn beeinflussen? Was spielten die beiden hier für ein Spiel? Und was meinten sie, wenn sie von irgendwelchen letzten Minuten sprachen? Hatte es etwas mit dem Stromausfall zu tun? War irgendein Aggregat zerstört, das sie hier unten am Leben hielt? Ein Sauerstoffaggregat zum Beispiel?

»Meinst du das ernst?« Sebastians Stimme zitterte.

Liebherr trat einen Schritt heran. »Ich meine es wirklich ernst, Sohn.« Sebastian setzte sich aufrecht hin. Den Schlagstock ließ er auf den Boden fallen, als er aufstand und auf seinen Vater zuging.

Mel sah, dass er eine Hand in der Tasche seines Kittels hatte. Als er sie hervorholte, erkannte sie den silberglänzen-

226

den Gegenstand. Ein Skalpell. Bevor sie etwas tun oder sagen konnte, schoss Sebastians Arm nach vorn und durchtrennte Liebherrs Halsschlagader.

Der Arzt presste mit weit aufgerissenen Augen die Hände auf die riesige Wunde, die an seinem Hals aufklaffte. Ein pulsierender Blutstrahl spritzte über das Fußende von Mels Bett hinweg und landete auf ihrem Bauch. Für einen kurzen Moment fühlten sich die Tropfen wie siedendes Wasser an.

Liebherr streckte einen Arm aus und griff nach seinem Sohn. Dieser drehte sich zur Seite und schlug den Arm seines Vaters weg. »Jetzt bist du wirklich die jämmerliche Erscheinung, die ich immer in dir gesehen habe, alter Mann.« Sebastian stieß mit der flachen Hand gegen Liebherrs Oberkörper, sodass dieser nach hinten taumelte, zu Boden schlug und mit dem Oberkörper am Türrahmen lehnend liegen blieb. Seine Hände sackten nach unten.

Mel erkannte, dass sich Liebherrs Brustkorb noch hob und senkte. Der Blutschwall aus seinem geöffneten Hals hingegen verebbte langsam. Der weiße Kittel war inzwischen rot.

»Stirb endlich, Vater!«

Liebherr starrte auf seinen Sohn und Mel konnte eine unendliche Traurigkeit in diesem Blick erkennen. *Stirb endlich,* wiederholte sie in Gedanken Sebastians Worte. *Stirb endlich, du mieses Schwein!*

Sebastian drehte sich um und blickte zu Mel. »Und nun möchte ich endlich unser Kind sehen«, sagte er lächelnd, bückte sich und hob den Schlagstock vom Boden auf. Er ging wieder um das Bett und warf einen Blick auf die Aufzeichnungen des CTGs.

Er drückte auf einen Knopf, woraufhin die Monitoranzeige schwarz wurde. Ebenso war die akustische Verstärkung von Louises Herztönen verstummt. Die eingetretene Stille legte sich wie ein schweres Tuch über Mel, das sie zu ersticken drohte.

»So wie es ausschaut, werden wir die Geburt wohl manuell einleiten müssen. Es ist ein wenig schade, dass ich auf die Schnelle meine Musik nicht mitbringen konnte. Ich liebe es, mit Musik zu arbeiten.« Er hielt sich den Schlagstock vors Gesicht. Es sah aus, als würde er jedes winzige Detail daran betrachten. »Ich verspreche dir, ich werde nicht viele Schläge benötigen. Dieser nette Freund sorgt für einen wahren Regen an Kontraktionen. Das kannst du mir glauben.«

Er zog die dünne Bettdecke von Mels Körper. Mel presste sich gegen das Kopfende des Bettes. »Du bist krank, Sebastian. Wie konnte ich mich so in einem Menschen täuschen?«

»Bitte, nimm die Hände von deinem Bauch. Ich würde deine zarten Finger ungern zertrümmern.« Lächelnd holte er aus. Mel umfasste ihren Bauch etwas fester und streichelte mit den Fingerspitzen über die straffe Haut. Louise stupste von innen leicht gegen ihre Handflächen.

»Es tut mir leid, Lu«, flüsterte sie.

Als der Schlagstock nach unten raste, schloss sie die Augen.

***

Der Knall war derart laut, dass Mel dachte, es wäre der Schlag auf ihrem Bauch gewesen. Sie zuckte zusammen und starrte auf das nicht mehr vorhandene Gesicht von Sebastian, das an die Wand hinter ihrem Bett gespritzt war. Die breiige Masse auf der Vorderseite seines Kopfes erinnerte sie an den Nudelauflauf, den ihre Mutter früher gemacht und den Mel so gern gegessen hatte. Als Sebastian auf seine Knie fiel und vornüberkippte, sah Mel den neuen Doktor im Türrahmen stehen.

Langsam ließ er den Revolver sinken, legte ihn zurück auf das Tischchen neben der Tür und trat an Mels Bett.

»Wie geht es Ihnen?« Seine Stimme klang ruhig und doch

228

erkannte Mel eine Traurigkeit darin, die auch sie ergriff und ihre Kehle zuzuschnüren drohte.

»Ist es wahr? Hat Liebherr Alex erschossen?«

Stuart senkte den Blick und Mel spürte die Tränen, die an ihren Wangen hinunterliefen.

»Es war ein Unfall«, sagte er leise. »Sie öffnete die Tür in dem Moment, als Liebherr das Schloss aufschießen wollte.«

Mel sah ihn ernst an. »Die beiden haben die ganze Zeit von den letzten Minuten geredet. Wissen Sie, was das zu bedeuten hat?«

Stuart setzte sich auf das Bett und fasste Mels Hand. Er schien nach Worten zu suchen. »Es hat eine Explosion gegeben, die die Zugänge zum Bunker verschüttet hat. Und wenn diese nicht in regelmäßigen Abständen geöffnet werden, sorgt ein Mechanismus dafür, dass hier unten alles … ausgelöscht wird.«

Mel blickte auf ihren Bauch. »Wie viel Zeit haben wir noch?«

Stuart sah auf seine Uhr. »Etwas mehr als eine Stunde.«

»Und es gibt keine andere Möglichkeit, hier herauszukommen?«

Stuart sah sie an. »Es tut mir leid.«

»Wird Louise bis dahin auf der Welt sein?«

Langsam schüttelte Stuart den Kopf.

Mel drückte Stuarts Hand. »Alex fand Sie toll, wissen Sie das?«

Stuart ließ den Kopf sinken.

»Was ist mit den anderen Frauen? Und mit den Kindern?«

»Was soll mit ihnen sein?«

»Sollten sie in der letzten Stunde ihres Lebens nicht wenigstens frei sein?«

Stuart sah ihr in die Augen. Darüber hatte er nicht nachgedacht, aber diese junge Frau hatte recht. Sie hatte gerade erfahren, dass sie und ihr ungeborenes Kind in einer Stunde sterben würden und dachte dennoch an die anderen.

»Ich möchte auch gern allein sein«, sagte Mel. »Zusammen mit Louise. Ich werde ihr von ihrer Großmutter erzählen. Obwohl ich mich nur vage an sie erinnere. Können Sie sich das vorstellen, Doktor? Ich bin noch keine zehn Monate hier gefangen und vergesse schon meine eigene Mutter.«

»Wenn Sie Louise von ihr erzählen, werden die Erinnerungen zurückkommen. Sie werden sehen.«

Mel sah den Mann an und konnte Alex ein wenig verstehen.

»Das ist eine gute Idee«, sagte Stuart. »Das mit den anderen Frauen. Ist es wirklich okay, wenn ich Sie allein lasse? Ich kann sonst auch Thomas hierlassen.«

»Ich möchte wirklich lieber allein bleiben.«

Stuart erkannte in ihren Augen, dass sie die Wahrheit sagte. Er legte die Hand auf ihren Bauch. »Okay, ich werde nur schnell noch etwas erledigen.«

Er stand auf, bückte sich und zog Sebastians Leichnam aus dem Zimmer. Sein zerschossenes Gesicht hinterließ einen dicken, schmierigen Streifen auf dem Boden. Dann schnappte er sich den toten Doktor und zog diesen an den Schultern hinter die Tür. Kurz bevor er diese ins Schloss zog, blickte er noch einmal hinüber zu der jungen Frau, die er bei seiner Führung durch den unteren Bereich lieb gewonnen hatte.

»Alles Gute, Melanie. Erzählen Sie Louise von ihrer Großmutter.«

Mel nickte kurz.

Dann schloss er die Tür und verließ die Krankenstation.

230

Kapitel 21

Stuart stand zusammen mit Thilo auf dem breiten Gang, der neben den Käfigen entlangführte, in denen die Frauen für die Milchproduktion gehalten wurden. Er hatte Thomas und Peter damit beauftragt, den Zellentrakt zu öffnen und die Frauen nach oben in den Frühstücksraum zu führen. Auf dem Weg dahin sollten sie sich die Schutzanzüge überziehen oder sonst irgendetwas, damit sie nicht nackt herumlaufen mussten.

»Wie kriegen wir die Käfige auf?«, wollte Stuart wissen. Er hockte vor dem ersten und versuchte, das Gitter zu öffnen. Allerdings konnte er keinen Mechanismus entdecken, der ihm dabei weiterhalf. Die Frau im Innern kam auf allen vieren nach vorn und öffnet den Mund, bevor sie ihn zwischen die Gitter steckte.

»Bitte lassen Sie das«, sagte Stuart sanft und sie zog sich wieder zurück.

Ein Klacken ertönte, was zu einem Öffnen sämtlicher Käfigtüren führte, die leicht hin- und herschwangen. Als Stuart aufsah, erkannte er Thilo, der vor einem leuchtenden Panel an der Wand stand und dort einige Knöpfe betätigte. »Hier haben wir die zentrale Steuerung für die Elektrik«, erklärte der junge Mann. »Jetzt müssen wir nur noch die Manschetten der Schwangeren lösen. Die haben Klettverschlüsse.«

Das wusste Stuart. »Okay«, sagte er. »Fangen Sie schon einmal an. Sagen Sie ihnen, dass alles von Doktor Liebherr abgesegnet ist und sie heute allesamt frühstücken dürfen. Beeilen Sie sich bitte.«

Thilo nickte und wollte gerade losrennen, als Stuart ihn zurückhielt. »Wenn Sie die Frauen hochgebracht haben, haben Sie frei.«

»Ich werde die letzten Minuten genießen. Danke, Doktor.« Stuart hatte ihn, Thomas und Peter über alles infor-

231

miert und sie gebeten, gegenüber allen anderen Stillschweigen zu bewahren. Die drei Männer hatten es erstaunlich gefasst aufgenommen.

»Ich befreie jetzt die Frauen«, sagte Thilo und wartete kurz, um zu sehen, ob Stuart noch etwas sagen wollte. Doch als dies nicht der Fall war, rannte er los.

Stuart sah wieder zu den Käfigen. Die Gittertüren waren offen, doch keine der Frauen kam heraus. Sie verharrten aufgrund jahrelanger Konditionierung wie Hunde in ihrer Position und bewegten sich nicht.

Stuart positionierte sich so auf dem Gang, dass alle ihn sehen konnten. »Meine Damen, bitte hören Sie mir zu. Heute ist ein besonderer Tag. Doktor Liebherr spendiert Ihnen allen ein Frühstück. Bitte folgen Sie mir. Sie werden gleich auch etwas zum Anziehen bekommen.« Er wartete, doch nichts passierte. »Und Sie müssen nie wieder in diese Käfige zurück«, fügte er hinzu, was allerdings keine Änderung im Verhalten der Frauen bewirkte.

Er ging wieder zu einem der Käfige und hockte sich davor. Die darin Sitzende kam nach vorn und öffnete ihren Mund. Stuart berührte ihre Schulter, woraufhin sie zusammenzuckte. »Hey«, sagte er, so ruhig es ihm möglich war. »Es ist alles in Ordnung. Sie können herauskommen.«

Die Augen der Frau waren teilnahmslos und Stuart hatte das Gefühl, als blicke sie direkt durch ihn hindurch. Dann wich sie zurück, ging in die Hocke und erleichterte sich.

Resigniert stand Stuart auf, als er im selben Moment stutzte. Der penetrante Gestank nach frischem Kot drang heran, aber das war es nicht, was ihn innehalten ließ.

»Thilo!«, brüllte er den Gang hinunter.

»Ich bin hier hinten«, kam es zwischen den Kabinen mit den Plastikvorhängen zurück.

Stuart rannte los und hatte den jungen Mann mit dem Verband um den Kopf wenig später erreicht. Er war gerade dabei, einer Schwangeren – Stuart schätzte, dass sie im vierten Monat war – die Fußmanschetten zu lösen. Stuart war so aufgeregt, dass er zunächst nicht sprechen konnte.

Thilo sah ihn fragend an.

»Wohin führt das Förderband?«

»Welches Förderband?«, wollte Thilo wissen.

Stuart deutete zwischen die Betten auf den Boden. »Das für die Scheiße«, sagte er.

Thilo schien kurz zu überlegen. »Zu den Verbrennungsöfen«, sagte er dann, als wäre es eine Selbstverständlichkeit.

Stuart erinnerte sich an die beiden großen Gebäude mit den langen Schornsteinen.

»Wissen Sie auch zu welchem?«

»Soviel ich weiß, immer zu dem, der weniger zu tun hat. Wir bekamen zu Anfang eine Führung und da haben sie uns gesagt, dass die Kühe ordentlich viel Dünger produzieren. Und deshalb mussten auch zwei Anlagen gebaut werden. Haben sie uns zumindest erklärt, dass das der Grund ist. Warum fragen Sie, Doc?«

Stuart sah auf seine Uhr. Sie hatten noch sechsundfünfzig Minuten.

»Gibt es einen Zugang, um auf das Band zu kommen?«

»Sie können einfach die Gitter anheben. Moment, ich glaube ich weiß, woran Sie denken.« Thilos Stimme wurde nervös. »Meinen Sie, das könnte klappen?«

Stuart bückte sich und steckte die Finger in die Löcher des Gitters. Er zog, doch es tat sich nichts. Hilfesuchend blickte er auf. Sofort kam Thilo heran und half mit. Sie rüttelten an dem Metall und mit einem knirschenden Geräusch gab es nach.

Vor ihnen lag eine etwa einen Meter mal fünfzig Zentimeter große Öffnung. Stuart warf das Gitter hinter sich, wo es mit einem scheppernden Laut aufschlug. Jetzt erkannte er weitere Gestalten, die sich ihnen langsam näherten. Es waren die nackten und schwangeren Frauen.

»Thilo, tun Sie mir einen Gefallen. Gehen Sie mit den Frauen zu den Umkleidekabinen und lassen Sie sie etwas anziehen. Danach begleiten Sie sie, wie geplant, zum Frühstücksraum. Sagen Sie Peter und Thomas Bescheid, was ich vorhabe. Sie sollen hier runterkommen. Allerdings sagen Sie den anderen Frauen besser noch nichts. Ich versuche herauszufinden, wie weit ich komme.«

Mit den Füßen voran ließ er sich in den etwa dreißig Zentimeter schmalen Spalt zwischen Laufband und Gitter gleiten. Er rutschte so in die Öffnung, dass er danach auf dem Bauch lag. Ein übler Geruch nach altem Gummi und Fäkalien drang in seine Nase. Er drückte sich so platt auf das Gummi wie möglich, dann robbte er nach vorn.

Immer wieder stieß er mit den Schultern oder dem Hintern an das Gitter, was ihn jedoch nicht daran hinderte, schnell vorwärtszukommen. Glücklicherweise war das Band an einigen Stellen ziemlich rutschig.

Nach einigen Metern endete das breite Band an einem quer verlaufenden, wesentlich schmaleren. Stuart robbte zur Seite und rutschte etwa zwanzig Zentimeter tiefer auf das andere Förderband. Er kramte in seiner Tasche und fand sein Handy. Als er die Lampe einschaltete, erkannte er, dass er sich diesmal auf die Unterarme stützen und etwas schneller robben konnte.

Schon bald merkte er, wie ihm der Schweiß ausbrach und dass seine Lunge keuchte. Das Band führte leicht schräg nach oben.

Stuart wollte auf seine Uhr schauen, entschied sich aber dagegen, weil ihn das nur irregemacht hätte. Stattdessen bewegte er Arme und Beine noch schneller.

Irgendwann verwandelte sich sein Keuchen in ein ersticktes Röcheln, das von gelegentlichen Hustenattacken unterbrochen wurde. Seine Kondition war am Ende. Wenn er nicht gleich endgültig schlappmachen wollte, musste er langsamer machen. Nun riskierte er doch einen Blick auf die

234

Uhr.

Neun Minuten waren seit dem letzten Mal vergangen, somit blieben ihnen genau siebenundvierzig Minuten, bis sich hier unten alles in einen Klumpen Lava verwandelte.

Stuart kroch weiter. Er hatte das Gefühl, mit jedem Meter nähme die prozentuale Steigung zu. Wie schaffte es die Scheiße überhaupt, auf dem Band zu bleiben? Erst jetzt bemerkte Stuart, dass sich auf dem Band selbst kleine Gummischaufeln befanden, die, etwa zwei Zentimeter hoch und in einem Abstand von dreißig Zentimetern, ein Abrutschen der Exkremente verhinderten.

Plötzlich war das Band zu Ende. Stuart hatte nicht einmal die Gelegenheit, sich irgendwo festzuhalten, als er kopfüber in die Tiefe stürzte.

***

»Er will durch die Kanalisation raus?« Peter hockte mit Thomas an einem der Tische des Speisesaals. Der Raum war mit lautem Geschrei von Kindern erfüllt, die sich über das Frühstücksbüfett hermachten.

An den anderen Tischen saßen die Frauen in weißen Schutzanzügen und aßen schweigend, während sie sich wie scheues Wild umsahen. Vermutlich hielten die meisten von ihnen diese Vergünstigung für einen Trick des Doktors oder eines reichen Gastes. Vielleicht hatte man vor, sie allesamt abzuschlachten.

»Ja, warum nicht?«, sagte Thilo leise. »Vielleicht funktioniert es. Auf jeden Fall sagt er, ihr sollt runterkommen.«

Peter sah ihn mit großen Augen an. »Alle?«

»Nein, erst mal nur ihr zwei. Er versucht, herauszufinden, wie weit er kommt.«

Thomas sah auf seine Uhr. »Wenn es stimmt, was er uns erzählt hat, haben wir noch siebenundvierzig Minuten Zeit. Das reicht niemals, um alle zu evakuieren.«

Peter sprang auf. »Dann lasst uns keine Zeit verschwenden.« Mit grazilen Schritten, die man seinem mächtigen Körper gar nicht zugetraut hätte, tänzelte er zwischen den Tischen hindurch Richtung Ausgang.

***

Die drei Männer standen schweigend vor dem Loch, von dem Thilo und Stuart vor einigen Minuten das Gitter entfernt hatten. Diesmal war es Peter, der das schwarze Band mit einer Taschenlampe, die er aus dem Überwachungsraum mitgenommen hatte, beleuchtete. Er ging in die Hocke und lauschte. Dann rief er laut: »Doc? Doktor Stuart, können Sie mich hören?«

Nichts.

Peter sah auf. »Wie lange noch?«

»Einundvierzig Minuten«, antwortete Thomas.

»Was, wenn er da irgendwo stecken geblieben ist?«, fragte Thilo. »Oder, wenn ihn der Weg direkt in die Verbrennungsanlage geführt hat?«

»Na, dann hat er es zumindest schon hinter sich«, lachte Peter. Die beiden anderen sahen ihn tadelnd an. »Ach kommt, Leute. Trübsal blasen können wir, wenn es vorbei ist.«

»Vielleicht sollten wir einfach wieder hochgehen«, schlug Thomas vor, als weitere fünf Minuten verstrichen waren.

»Macht das ruhig«, sagte Peter, der weiterhin vor dem Loch kniete und hineinleuchtete. »Ich habe eh keinen Hunger mehr.«

»Was denkst du?«, fragte Thomas an Thilo gewandt. Dieser nickte.

»Nichts für ungut, Peter.«

Peter hob die Hand. »Auf dass das Feuer, dort wo wir hinkommen, nicht ganz so heiß sein wird.« Er lachte.

Thilo und Thomas gingen mit gesenkten Köpfen hinüber

236

zum Gang.

Im selben Moment drang ein Poltern aus dem Loch und ein bestialischer Gestank nach Exkrementen schoss daraus hervor. Peter wich angewidert zurück.

Thomas und Thilo kamen wieder herbeigeeilt. »Ist er das?«

Das Poltern wurde lauter und allmählich drang daraus ein abgehacktes Keuchen und Husten hervor.

»Das ist er«, grinste Peter wie ein Vollmond in einem Kinderbuch. Schnell ließ er den Schein der Lampe kreisen. »Hierher, Doc! Hierher!«

Der Gestank wurde schlimmer. Kurz darauf tauchte der Verursacher endlich in der Öffnung auf. Das Haar lag wie frisch gegelt am Kopf, und Stuart war über und über mit einer braunen, stinkenden Suppe bedeckt.

»Oh mein Gott«, Thilo presste sich den Arm vor Mund und Nase und wich zurück.

»Scheiße, Doc!« Das war Peter. »Haben Sie ein Bad genommen?«

Er half Stuart aus dem Loch heraus. Dieser ließ sich auf das Gitter fallen und übergab sich.

Peter legte eine seiner fetten Pranken auf Stuarts Rücken. »Los, Thilo, hol den Schlauch.«

Wie aus einer Trance erwacht, machte der Junge auf den Absätzen kehrt und rannte zu der Betonmauer, um den Schlauch für die Reinigung der Mädchen aus der Wand zu ziehen. Er drehte das Wasser auf und spritzte den Doktor ab.

Stuart wusch sich angewidert Gesicht und Arme. »Was für eine Scheiße«, keuchte er.

»Im wahrsten Sinne des Wortes«, lachte Peter. »Und nun erzählen Sie. Hatten Sie Erfolg?«

Stuart nickte. »Holen Sie die Kinder und Frauen, Thilo.« Er blickte auf seine Uhr, wischte mit dem Unterarm drüber. »Vielleicht erst nur die Kinder. Ich befürchte, dass wir es nicht schaffen werden, alle hier rauszubringen. Wenn die Kinder schnell durchkommen, können es die Frauen versuchen. Los, Thilo, das mit der Geschwindigkeit war kein Scherz!«

Thilo ließ den Schlauch fallen und rannte los.

»Und jetzt hören Sie zu, Thomas. Sie müssen gleich hier drin die Kinder führen, während Peter hier oben darauf achtet, dass sie einzeln aber nicht in zu großem Abstand hier reinrutschen. Wir haben insgesamt zweiunddreißig Kinder. Wenn alles gut läuft, kriegen wir alle raus. Wenn Sie sehen, Peter, dass die letzten Kinder bald dran sind und wir noch Zeit haben, rufen Sie von Ihrem Büro aus den Frühstücksraum an und sagen dem Kellner, dass er die Frauen runterschicken soll.«

Peter nickte.

»Thomas, ungefähr zweihundert Meter nachdem das schmale Laufband begonnen hat, endet das Ganze in einem Tank. Dort wird die Scheiße gesammelt, bevor sie in die Verbrennungsanlage gepumpt wird. Die ganze Suppe ist eigentlich nicht allzu tief, nur, wenn man nicht damit rechnet und kopfüber ... lassen wir das. Die Gülle geht im Moment bis knapp über das Knie. Im oberen Bereich des Tanks befinden sich zwei Öffnungen, die über Stahlleitern erreichbar sind. Ich konnte sie von innen öffnen.«

»Seit wann lassen sich Tanks von innen öffnen?« Thomas verzog skeptisch das Gesicht.

»Keine Ahnung«, fauchte Stuart. »Ist doch unwichtig. Vielleicht waren sie auch einfach nicht verschlossen.«

Thomas blickte verschämt zu Boden.

»Passen Sie auf, dass Sie nicht kopfüber in der Scheiße landen. Ich habe die Deckel offen gelassen, somit sollten Sie den Tank rechtzeitig sehen.«

»Er kann auch die Taschenlampe nehmen«, schlug Peter vor.

»Ich denke, es ist besser, wenn Sie damit den Kindern den

238

Anfang des Weges beleuchten. Wie gesagt, im Tank selbst ist es hell. Achten Sie einfach darauf, dass die Kleinen nicht in die Gülle fallen, Thomas.«

»Das bekomme ich hin.«

Stuart nickte. Von Weitem konnten sie Kinderlachen hören.

»Noch dreiunddreißig Minuten, meine Herren. Haut rein!«

»Was haben Sie vor?«, wollte Peter wissen.

»Ich muss mich um eine Patientin kümmern.«

***

Als Stuart in Richtung der Krankenstation lief, kamen ihm auf halber Strecke Charlie und Thilo entgegen. Im Gefolge die zweiunddreißig Kinder, die augenblicklich verstummten, als sie Stuart erblickten.

»Schön, dich wiederzusehen«, sagte Stuart und klopfte Charlie auf die Schulter.

»Unser junger Freund hier hat mir alles erzählt. Ist es wirklich wahr?«

»Leider ja. Und wir haben nur eine halbe Stunde Zeit. Lass dich von Peter einweisen. Und am besten hilfst du Thomas im Gülletank mit den Kindern. Dann geht es schneller.«

»Ich verstehe zwar nichts, aber ich denke, das wird sich gleich aufklären«, sagte Charlie.

»Das wird es, mein Freund. Ich kümmere mich noch um eine Patientin, anschließend werde ich wieder zu euch stoßen.«

»Alles klar. Beeil dich einfach, okay?« Charlie wandte sich wieder an die Kinder. »Los, ihr kleinen Piraten. Weiter geht es mit der Schatzsuche!«

***

Stuart klopfte an die Tür zu Mels Zimmer und öffnete sie, ohne eine Antwort abzuwarten.

Mel hatte die Hände auf ihren Bauch gelegt und blickte erstaunt herüber.

»Hallo, Doc«, sagte sie. »Haben Sie etwas vergessen? Oder hat sich alles als Irrtum erwiesen?« In ihrer Stimme lag ein winziger Funken Hoffnung.

Stuart trat ein. »Leider nicht. Aber es gibt eine kleine Chance, hier herauszukommen.«

Mel lächelte. »Ich bin dabei«, sagte sie. »Sagen Sie mir nur, was ich tun muss.«

»Sie müssen Louise zur Welt bringen. Und zwar innerhalb der nächsten fünfzehn Minuten.«

Ihr Lächeln verschwand.

»Wir haben die Möglichkeit, durch das Abwassersystem hier herauszukommen«, erklärte Stuart schnell. »Das ist aber so schmal, dass Sie mit Louise zusammen dort nicht durchpassen.«

»Wenn das so ist, bleibe ich hier, Doktor. Ich gehe ohne mein Kind nirgendwohin.«

Stuart fasste ihre Hand. »Das brauchen Sie auch nicht. Ich werde Louise mittels Kaiserschnitt holen. Und dann verschwinden Sie zusammen mit ihr. Wir müssen uns nur extrem beeilen.«

»Ist das denn machbar?«

»Wir sollten es zumindest versuchen. Können Sie laufen, Melanie? Ich werde Sie stützen. Wir müssen in den OP.«

***

Es dauerte genau drei Minuten, bis Mel auf dem Operationstisch saß. Stuart hatte ihr das Hemd ausgezogen und ihr gesagt, sie solle sich nach vorn beugen. Zuvor hatte er ihr

240

einen Zugang für das Antibiotikum und die Kochsalzlösung, die das Flüssigkeitsdefizit durch den Blutverlust kompensieren sollte, in den Arm gelegt.

»Ich werde Ihnen eine PDA geben. Sie dürfen sich auf gar keinen Fall bewegen.«

»Ich bin starr, wie ein Stein, Doktor.«

»Pscht.«

Stuart führte die lange Nadel zwischen die Wirbel und drückte vorsichtig die Flüssigkeit in den Körper. »Sie werden gleich ein taubes Gefühl in den Beinen verspüren. Nicht erschrecken.«

Mel sagte nichts. Sie wusste nicht, wovor sie gerade mehr Angst hatte. Vor dieser Nadel, die dafür sorgen konnte, dass sie querschnittsgelähmt wurde, oder der Zeit, die ihnen förmlich durch die Finger zu rinnen schien.

»So, das war es schon. Ich helfe Ihnen, sich wieder hinzulegen. Spüren Sie das?«

Mel spürte ein dumpfes Streicheln über ihren Oberschenkel. »Ja, ein wenig.«

»Okay. Bleiben Sie einfach liegen. Ich bereite alles vor.«

Während sie das Klimpern von chirurgischen Instrumenten vernahm, dachte Mel an ihre Mutter, von der sie Louise vorhin erzählt hatte. Der Doktor hatte recht behalten: die Erinnerungen waren während des Erzählens wiedergekehrt. Allesamt. Nun schöpfte sie zum ersten Mal Hoffnung, dass ihr Kind seine Großmutter tatsächlich kennenlernen durfte.

»Wir werden keine Zeit haben, Sie wieder professionell zu verschließen, Melanie. Sie werden in ein Krankenhaus müssen.«

»Das ist das geringste Übel, denke ich.«

»Ich fange jetzt an.«

Mel schloss die Augen. Sie spürte ruckartige Bewegungen, die sich bis hinauf in ihre Schultern bemerkbar machten. Für einen Moment fühlte es sich an, als würde ihr Unterleib auseinandergerissen, doch der Schmerz hielt sich

241

glücklicherweise in Grenzen. Das Gefühl erregte dennoch Übelkeit und Mel versuchte, nicht darüber nachzudenken, was da unten gerade mit ihr gemacht wurde. Plötzlich hatte sie den Eindruck, sie falle seitlich vom Operationstisch herunter und klammerte sich panisch mit den Händen am Rand fest.

»Es ist alles gut«, sagte Stuart. »Sie werden nicht fallen.« Dann: »So, da haben wir unsere Prinzessin.«

Mel spürte die Tränen, die ihr in die Augen schossen, noch bevor sie diese öffnete. Im Schleier des Lichtes erkannte sie den Doktor, der ein winziges Bündel in seinen Händen hielt.

»Darf ich sie Ihnen auf die Brust legen, Melanie?« Seine Stimme klang so voller Freude.

Mel nickte heftig, obwohl sie nicht wusste, ob sie diese Bewegung tatsächlich ausgeführt hatte.

Sie nahm Louise entgegen und legte die Hände vorsichtig auf den winzigen Körper. Sofort spürte sie die Atemzüge ihrer Tochter und die ersten, unkontrollierten Bewegungen.

Plötzlich öffnete sich die Tür und Charlie schob seinen Kopf hinein. »Wir haben gerade die Frauen rübergebracht«, sagte er leise. »Die Kinder sind allesamt durch.«

Stuart sah ihn an und nickte anerkennend. »Ich bin hier gleich fertig.«

»Habe diesen Thilo zusammen mit Thomas in den Tank geschickt. Ich gehe später mit dir zusammen.« Charlie hob kurz die Hand und war wieder verschwunden.

»Sie retten die ganzen Menschen hier?«, fragte Mel mit erstickter Stimme.

Er dachte an die Gäste und an das übrige Personal. »Vielleicht können wir nicht alle retten, aber die meisten werden es wohl schaffen.«

Mel schien zu verstehen und sanft küsste sie Louise, die quäkende Geräusche von sich gab, auf den Kopf.

Stuart setzte die letzte Naht. Dann klebte er ein großes

242

Pflaster über die Wunde.

»Bitte bewegen Sie sich nicht, Melanie. Ich bin sofort wieder da.«

Er lief hinüber in einen der Kreißsäle und besorgte Decken, in die er wenig später das Neugeborene wickelte, nachdem er die Herztöne und Atmung kontrolliert hatte.

»Ihrer Kleinen geht es ausgezeichnet«, sagte er.

Vorsichtig streifte er Mel das Hemd wieder über. Die Hose, die er ein Stück hinuntergezogen hatte, rückte er in die korrekte Position. Er sah auf die Uhr. Noch genau vierzehn Minuten. Es wird knapp.

Kapitel 22

Als sie auf dem Rückweg zur Öffnung waren, entdeckte Mel, die mit Louise zusammen auf ihrem rollbaren Bett lag, die Käfige, in denen noch einige Frauen kauerten. »Was ist mit denen?«

Stuart unterbrach die Fahrt nicht. »Ich glaube, für sie ist es besser, wenn sie hierbleiben.« Das konnte Mel nachvollziehen, obwohl es ihr einen dicken Kloß im Hals verursachte. Sie drückte Louise fester an sich. »Ich kann meine Beine nicht spüren.«

»Das wird noch dauern. Wir werden Ihnen da unten helfen. Dann schaffen Sie es.« Stuart spürte sein rasendes Herz. Wenn er an die Zeit dachte, wurde ihm übel. Er blickte hinauf zur Decke und sah die Düsen, die in Kürze ihr tödliches Gemisch versprühen würden. Sie sahen aus wie drohende Finger, die spöttisch in seine Richtung wiesen. *Du wirst es niemals rechtzeitig schaffen*, riefen sie ihm entgegen.

Sie erreichten die Kabinen mit den Vorhängen. Die meisten von ihnen waren nach vorn gezogen und gaben den Blick auf die unzähligen Betten frei, in denen Liebherr und sein Gefolge über beinahe ein Jahrzehnt hinweg Kinder gezüchtet hatten, die später an irgendwelche geilen Säcke verkauft oder vermietet wurden.

Sie erreichten die Kabine mit der Öffnung im Boden. Noch fünf Frauen standen davor und warteten, bis sie von Charlie und Peter vorsichtig hinabgelassen wurden. Trotz der Hektik herrschte absolute Ruhe. Es war eine grausame Ruhe, die den Frauen im Laufe der Jahre tief ins Fleisch eingebrannt worden war.

Stuart ging davon aus, dass es sehr lange dauern würde, bis sie sich davon erholt haben würden. Falls das überhaupt jemals geschah.

»Hey, Stu! Nicht träumen.« Das war Charlie, der Stuart in die Wirklichkeit zurückholte.

Die beiden Männer standen vor der Öffnung, in der sie

244

gerade die letzte Frau hineingelassen hatten.

Stuart lächelte. Er drehte das Bett in die korrekte Richtung, als er plötzlich sah, dass Charlie mit weiten Augen auf etwas starrte, das sich hinter ihm befinden musste.

Ehe er sich umdrehen konnte, spürte er einen gewaltigen Ruck an seinen Schultern, der ihn nach hinten riss. Hart schlug er auf dem Boden auf.

»Also stimmt es tatsächlich!«, hörte er eine Stimme, die ihm zwar bekannt vorkam, die er aber zunächst nicht zuordnen konnte. Er sah Charlie und Peter, die erstarrt neben der Öffnung standen und den Bodyguard, der sich auf die beiden zubewegte. Das Bett mit Mel schob er mit einer schnellen Handbewegung beiseite, sodass es in der Nachbarkabine gegen ein weiteres, leeres Bett stieß.

Mel umklammerte geistesgegenwärtig den Rand des Bettes. Louise begann zu wimmern.

Peter stellte seinen dicken Leib in den Weg des Bodyguards, der ihn mit einem Schlag gegen die Stirn zu Boden brachte.

»Da wollten Sie einfach still und leise das sinkende Schiff verlassen.« Der Scheich tätschelte mit der flachen Hand Stuarts Wange.

Stuart wollte seine Faust in das grinsende Gesicht des Kinderfickers schlagen, als der andere Bodyguard auf Stuarts Arm trat.

»Sie haben Ihren Platz in der Hierarchie scheinbar noch nicht akzeptiert, neuer Doktor.«

Der Scheich stand auf und ging auf das Loch zu. Er sagte etwas auf Arabisch und die beiden Leibwächter nickten. Dann wandte er sich wieder an Stuart. »Zumindest meine Mitarbeiter kennen ihren Platz. Deshalb werden sie hierbleiben und aufpassen, dass Sie und Ihr Gefolge keine Dummheiten begehen, bis das Ganze hier …« Er machte mit seinen Händen eine Bewegung, als würde er ein Blatt Papier zusammenknüllen.

Er entledigte sich seines Kaftans und ließ sich kopfüber durch die Öffnung hinabgleiten.

Augenblicklich stellte sich der Leibwächter, der Peter niedergestreckt hatte, mit verschränkten Armen davor, sodass der Weg versperrt war. Noch elf Minuten.

***

Stuart richtete sich auf, was dazu führte, dass der Bodyguard ihm gegen den Arm trat und er wieder auf dem Rücken landete.

»Liegen bleiben!«, brummte der Kerl, was sich aber mehr wie ein *Ligge bleim* anhörte.

Der andere Leibwächter stand immer noch bewegungslos mit verschränkten Armen vor der Öffnung, die in die Freiheit führte. Eine Freiheit, die sie nicht rechtzeitig erreichen würden. Stuart bereute, den Scheich nicht unmittelbar nach dem Stromausfall auf seinem Zimmer einen Besuch abgestattet zu haben.

Allerdings, was hätte das geändert? Die beiden Aufpasser hätten ihn in dieselbe Situation gebracht, in der er sich jetzt befand. Wehrlos und hilflos wie ein Welpe, den man von seiner Mutter getrennt hatte.

Stuart erkannte, dass Peter wieder ins Leben zurückzukehren schien. Sein dicker Arm legte sich auf seine Stirn und eines seiner Beine winkelte sich an. Aber selbst zu dritt hatten sie keine Chance gegen die beiden Bullen. Vielleicht, wenn da nicht dieses Zeitfenster gewesen wäre, das sich unaufhörlich und gnadenlos schloss. Stuart blickte auf seine Uhr und realisierte, dass die letzten neun Minuten seines Lebens angebrochen waren.

Dann nahm er die Bewegung hinter dem Leibwächter wahr, der sich über ihm aufgebaut hatte. Stuart konnte nicht genau ausmachen, um was es sich dabei handelte, aber es war definitiv etwas, das sich ihnen näherte. Langsam, aber

246

stetig, ohne, dass der Bulle über ihm es merkte.

Als der Leibwächter plötzlich einen markerschütternden Schrei ausstieß und nach hinten gerissen wurde, sah Stuart die nackten Gestalten, von denen sich eine in den Hals des Bodyguards verbissen hatte.

Es waren die Frauen aus den Käfigen. Ihre prall gefüllten Brüste wirkten, als stünden sie kurz vor dem Platzen, sodass sich ein blaues Adergeflecht auf ihnen abzeichnete.

Die Frau, die am Hals des stämmigen Kerls hing, machte eine ruckartige Kopfbewegung, die dazu führte, dass sie ein großes Stück Fleisch aus seinem Hals riss. Das Blut spritzte augenblicklich gegen die Betonwand. Es sah aus wie das Graffiti eines unbegabten Künstlers. Jetzt hatten auch die übrigen Frauen den Hünen erreicht und zogen ihn zu Boden. Zwei Frauen, deren Münder zugenäht waren, gruben ihre Finger in die Bauchdecke des um sich schlagenden Mannes und zogen wenig später das Gedärm heraus, um es interessiert zu betrachten und daran zu riechen. Eine andere, deren Gesäß kotverschmiert war, drückte ihre Daumen in die Augenhöhlen des Leibwächters, bis die Augäpfel nachgaben und platzten. Danach führte sie einen der Daumen zu ihrem zugenähten Mund und führte ihn in die winzige Öffnung, die man ihr gelassen hatte. Sie sah wie in kleines Kind aus, das nuckelte, um sich zu beruhigen.

Der andere Leibwächter schien sich unterdessen aus seiner Schockstarre gelöst zu haben und stürmte heran. Geistesgegenwärtig machte Charlie einen Hechtsprung nach vorn und umklammerte die Beine des Gegners, was dazu führte, dass dieser der Länge nach auf die Gitter schlug.

Unterdessen war Peter wieder auf den Beinen. Stuart merkte, dass er leicht schwankte, aber das gab sich augenblicklich. Wie ein professioneller Wrestler katapultierte Peter seine gewaltigen Fettmassen in die Luft, drehte sich und schlug mit dem Ellenbogen voran mit seinem kompletten Gewicht auf den am Boden liegenden Leibwächter. Stuart konnte bis zu seinem Platz das knackende Geräusch vernehmen, das das Genick des Mannes machte, als Peter dort mit seinem Ellenbogen aufkam.

Sofort war Stuart auf den Beinen und rannte hinüber zu Mel. Diese hatte die Augenlider fest zusammengepresst und umschlang den winzigen Leib in den Decken.

»Mach dich bereit!«, keuchte Stuart und schob das Bett in Richtung des Lochs, wo Charlie und Peter inzwischen den massigen Leib des toten Bodyguards zur Seite zogen.

»Leg dich ebenfalls rein«, schrie Stuart und zerrte Charlie in Richtung der Öffnung. »Du musst ihr mit dem Baby helfen. Lass es bloß nicht in die Scheiße fallen!«

Charlie sah ihn mit großen Augen an. »Vergiss es! Ich gehe nicht ohne dich.«

»Los, rein da! Oder weißt du, wo man das Band einschaltet? Komm, Peter, helfen Sie mir mit Melanie.«

Charlie erkannte, dass Widerspruch im Moment zwecklos war und schob sich in das Loch. Peter und Stuart brachten Mel, deren Beine noch taub waren, ebenfalls dorthin. Sie legten mit Charlies Hilfe Mel so auf das Band, dass sie gerade auf dem Rücken lag. Louise legten sie zwischen Mel und Charlie.

»Ich habe die Wunde zwar gut verklebt, aber versuche, darauf zu achten, dass sie möglichst trocken bleibt. Und pass auf den Scheich auf!«

Charlie blickte nach oben. »Du wirst nicht nachkommen, habe ich recht?«

Stuart sah Charlie lächelnd an. »Manchmal ist es besser, tot zu sein. Das hat mir mal ein guter Freund gesagt.«

Charlie nickte und Stuart erkannte die Traurigkeit in seinen Augen.

»Ich danke dir trotzdem, dass du mich hierhergebracht hast«, sagte Stuart. »Es war eine große Erfahrung.«

Er spürte den zarten Griff von Mel an seinem Arm. »Danke für alles, Doktor. Sie sind ein guter Mensch. Ich

248

werde Louise von Ihnen erzählen.«

Stuart lächelte. »Haltet euch aneinander fest. Charlie, ich verlasse mich auf dich.«

Er rannte los auf den Gang und von dort in Richtung der Glastür, gegen die in der letzten Nacht der Riese geknallt war. Die Blut- und Kotspuren waren inzwischen weggewischt worden. Die Käfig-Frauen standen unterdessen neben der Wand und beobachteten Stuart mit blutverschmierten Mündern. Schnell rannte er an ihnen vorbei. Als er die Tür erreichte, öffnete er das unauffällig in die Wand integrierte Panel, von dem Thilo ihm vorhin erzählt hatte. Unter einem der Knöpfe befand sich ein Schild mit der Aufschrift ›Förderband‹. Er drückte darauf und hoffte gleichzeitig, dass das Notstromaggregat auch dieses bediente. Ein plötzliches, lautes Surren zeigte, dass dem so war.

Schnell lief er zu Peter zurück, der in das jetzt leere Loch blickte. Das Förderband lief in gleichmäßiger Geschwindigkeit unter ihren Füßen und beförderte die kostbare Fracht von drei Menschen hoffentlich rechtzeitig in die Freiheit.

»Da gehen sie hin«, sinnierte Peter.

»Ich hätte Ihnen auch gern die Möglichkeit verschafft, nach draußen zu gelangen, Peter. Ich glaube, Sie hätten es verdient.«

Peter schlug sich mit beiden Händen auf den Bauch. »Dafür hab ich zu gut gelebt.« Er lachte. Ja, mit seinem Umfang hätte er nicht durch die Öffnung gepasst, geschweige denn in den engen Zwischenraum. »Wie viel Zeit haben die drei noch?«

Stuart blickte auf seine Uhr. »Sieben Minuten. Das reicht.« Hoffte er.

Peter nickte. »Was ist mit Ihnen, Doc? Warum bleiben Sie hier?«

»Ich kann Sie doch nicht mit den ganzen Frauen allein lassen.« Die beiden Männer lachten. »Ist es okay für Sie, Peter, wenn ich mich zu einer guten Freundin geselle?«

Peter schlug ihm auf die Schulter. »Wenn Sie das tun, werde ich mich in mein Büro zu einem guten Donut gesellen, den mir Thomas vom Frühstückbüfett mitgebracht hat. Dann können wir beide unsere letzten Minuten genießen.«

»Das ist doch eine gute Idee«, sagte Stuart.

Gemeinsam gingen sie den Gang hinunter. Als sie den Bereich vor der Krankenstation erreichten, blickten sie beide für einen Augenblick auf Alex' leblosen Körper, den Stuart neben der Wand abgelegt hatte. Wäre der rote Fleck auf ihrem Hemd nicht gewesen, hätte man meinen können, sie schliefe dort auf dem kalten Steinboden.

»Ich glaube, Sie beide hätten ein gutes Paar abgegeben, Doc«, sagte Peter.

Stuart sah ihn an und reichte ihm die Hand. »Das denke ich auch. Ich werde sie jetzt auf die Station bringen. Ihnen, Peter, wünsche ich guten Appetit bei Ihrem Donut.«

Der dicke Mann neben ihm lachte, nahm Stuart in den Arm und drückte ihn. »Sie sind 'n verdammt guter Kerl, Doc.« Ohne ein weiteres Wort ließ er Stuart los und ging mit den Händen in den Taschen und *Sweet Dreams* von den Eurythmics pfeifend hinüber zu seinem Büro.

Stuart sah ihm kurz nach, dann bückte er sich und hob Alex hoch. Er betrat die Krankenstation, steuerte auf eines der Patientenzimmer zu und legte Alex auf das darin befindliche Bett. Er zog seine Schuhe aus, legte sich neben sie und nahm ihre Hand, die er küsste. Seine Augen schließend, legte er seinen Kopf an ihre Schulter.

»Lass uns tanzen«, flüsterte er in ihr Ohr.

Kapitel 23

Charlie lag so auf dem schmalen Förderband, dass er mit den Füßen voran fuhr. Er hatte seine Arme nach hinten gelegt und umfasste Mels Schultern, die Louise jetzt wieder auf ihrer Brust transportieren konnte.

»Ist es noch weit?«, hörte Charlie sie fragen. Er hob den Kopf an und erblickte in einiger Entfernung eine helle Öffnung, auf die das Band zulief.

»Ich glaube, ich kann den Tank schon sehen«, sagte er. Gleichzeitig hoffte er, dass Stuarts Erzählungen stimmten und die Scheiße dort drin wirklich nur knietief war.

»Werden wir es rechtzeitig schaffen?« Mels Stimme klang unendlich zart und voller Hoffnung.

Charlie wollte ihr Mut machen, aber insgeheim befürchtete er, dass jeden Augenblick das todbringende Feuer von hinten heranrollen würde. Ob er es vorher sehen könnte? Oder wäre es derart schnell, dass es einfach vorbei wäre?

Wäre Charlie allein auf dem Band, so würde er Arme und Beine einsetzen, um schneller voranzukommen. Dann wäre die Chance größer, dass er es schaffte. Er hatte jegliches Zeitgefühl verloren, sodass er wirklich jeden Augenblick den Tod erwartete. *Bitte lass es schnell gehen*, hoffte er in Gedanken. Dennoch hatte er eine wahnsinnige Angst. Er wollte nicht sterben. Scheiße, Charlie Perlmut war einfach noch zu jung, als dass alles zu Ende sein sollte.

Für einen kurzen Moment schloss er die Augen, als er spürte, dass sich Tränen in ihnen bildeten.

Er verstärkte den Druck um die Schultern des Mädchens, denn ihm war klar, dass sie mit dem Kind ohne ihn keine Chance hatte. Sie würden kopfüber in den Tank mit Gülle stürzen und dort jämmerlich krepieren. Was war nur in seinem alten Kumpel Stu vorgegangen? Warum hatte dieser sich plötzlich so verändert? Wenn Charlie an die Situation in Thailand zurückdachte, dann hatte er vor wenigen Minuten einen völlig anderen Menschen zurückgelassen. Was war hier unten innerhalb weniger Tage passiert? Wer oder was hatte Stuart derart verändert?

Noch während er darüber nachdachte, befanden sich seine Beine plötzlich in der Luft. Charlie erschrak und riss die Arme nach vorn, gerade noch rechtzeitig, um den Fall in den Gülletank abzufangen und auf den Füßen zu landen.

Er drehte sich um, als er Mel in Kopfhöhe aus dem Loch auftauchen sah. Charlie wollte gerade nach ihr greifen, als seine Füße auf etwas Glitschigem wegrutschten und er kopfüber in die braune Masse eintauchte.

Panisch stützte er sich mit den Armen auf dem schmierigen Boden ab und drückte sich hoch. Er erwartete, dass die Frau jeden Augenblick auf ihn fallen würde, doch dann vernahm er Thilos Stimme. »Los, helfen Sie mir!«

Charlie rappelte sich auf, indem er sich an der Metallwand abstützte. Gülle lief aus seinen Haaren, über sein Gesicht. Er war kurz davor, sich hemmungslos zu übergeben. Er sah, dass Thilo Mel unter die Achseln gefasst hatte. Ihre Füße rutschten im selben Moment über das Förderband, als Charlie sie zu fassen bekam. Er wankte leicht, fand aber Halt. »Wie kriegen wir sie da hoch?«

Mel presste Louise an ihre Brust. Wie gern würde sie den Männern helfen, aber sie hatte das Gefühl, weder Unterleib noch Beine zu besitzen.

»Schnell, gebt mir das Kind«, hörten sie plötzlich eine von der Öffnung kommende Stimme. Es war Thomas, der seine Arme nach unten streckte.

Mel sah nach oben, dann ließ sie sich Louise von Thilo vorsichtig aus den Armen nehmen. Dieser reichte das Bündel nach oben, wo Thomas es in Empfang nahm und augenblicklich verschwand.

»Halten Sie sich an der Leiter fest«, keuchte Charlie. »Ich drücke Sie nach oben.«

Während Charlie an Mels Po drückte, unterstützte Thilo Mel dabei, die schmale Leiter hochzuklettern.

Thomas war unterdessen wiederaufgetaucht und fasste Mels Arme, um sie aus der Öffnung zu ziehen. Weitere Hände erschienen, packten ebenfalls zu und zogen sie aus dem Tank.

»Ich wusste, dass wir dem Arsch nicht glauben konnten«, keuchte Thilo.

Charlie sah ihn fragend an.

»Na, diesem Scheich. Er sagte, wir sollen den Tank schließen, weil dort unten alle tot seien. Und gerade, als er aus dem Tank raus ist, setzte sich das Band in Bewegung. Kommen noch mehr?«

»Das waren diesmal wirklich alle. Und nun sieh zu, dass du deinen Arsch hier rausbringst.«

Blitzschnell kletterte Thilo die Leiter hinauf. Charlie folgte ihm.

Als er draußen war, atmete er die frische Luft ein, in der jedoch ein verbrannter Beigeschmack hing. Sie kletterten auf einen kleinen Hügel mit Tannen, von wo aus Charlie das gesamte Ausmaß der Katastrophe sehen konnte.

Mehrere Löschfahrzeuge hatten sich um die Explosionsstelle versammelt, die das gesamte Gebiet bis zum Haupteingang des Hofes einnahm, und löschten die letzten Brandherde. Die Polizei war dabei, das Gelände und die Zufahrtsstraße abzusperren und den Verkehr der Schaulustigen, die auf der Landstraße an dem Gebiet vorbeimussten, umzuleiten. Das gesamte Areal hinter dem Hügel war schwarz und dem Erdboden gleichgemacht. Dort, wo sich die ehemalige Verbrennungsanlage befunden hatte, sah Charlie einen gewaltigen Krater, der auch von einem Meteoriteneinschlag hätte stammen können. Von dem einstigen Farmhaus waren nicht mal mehr die Grundmauern vorhanden. Mehrere Rettungsfahrzeuge standen bereit und Sanitäter versorgten Kinder und Frauen.

»Wieviel Zeit haben wir noch?«, brüllte Charlie zu Thomas hinüber, von dem er wusste, dass dieser seine Uhr entsprechend eingestellt hatte.

»Zwei Minuten! Helfen Sie uns, die Frau zu tragen! Da vorn steht der Wagen.«

»Scheiße, wenn das Gemisch da unten hochgeht, wird es hier verdammt heiß werden. Wir müssen die Einsatzkräfte warnen«, keuchte Charlie, als sie Mel und ihr Kind zum Elektromobil trugen.

Eine junge Frau – es war Christin, die kurz nach der Explosion auf der Farm angekommen war und die heute ihren dreißigsten Geburtstag hatte – saß am Steuer des Fahrzeugs.

Gemeinsam legten sie Mel und Louise auf die Rückbank. »Bring sie in Sicherheit!«, brüllte Thomas und Christin fuhr mit genau jener Frau von dem Gelände, die sie vor knapp zehn Monaten zusammen mit Sebastian hierhergebracht hatte.

Charlie, Thomas und Thilo rannten zu einem der Feuerwehrmänner und erzählten ihm von dem Bunker, der sich in knapp zwei Minuten pulverisieren würde. Der Feuerwehrmann brüllte die Warnung in sein Funkgerät, was dazu führte, dass alle Einsatzkräfte, so schnell es ging, das Gelände verließen. Eine Minute und neun Sekunden später schmolz die Erde über dem Bunker und eine gewaltige Hitzesäule, die den Anschein erweckte, als würde die Luft brennen, stieg empor.

Kapitel 24

Charlie betrat das Krankenhaus, in dem die Frau lag, die er zusammen mit ihrem Kind aus dem Bunker geholt hatte. Am Empfang erkundigte er sich nach deren Zustand. Sein Deutsch war grauenerregend, aber die Dame hinter dem Tresen verstand ihn trotzdem. Allerdings gab sie ihm in nicht minder schlechtem Englisch zu verstehen, dass sie ihm diesbezüglich keine Auskunft erteilen dürfe. Charlie kochte vor Wut.

Eine Frau, die gerade den Gang herunterkam, blieb stehen. »Guten Tag«, sagte sie in ausgezeichnetem Englisch zu Charlie. Sie stellte sich als Frau Senker vor, Melanies Mutter, und fragte, warum er sich nach ihrer Tochter erkundigte.

Charlie erklärte knapp, dass er Mel aus dem Bunker gerettet habe, woraufhin sie ihn in den Arm nahm. Charlie führte sie zu einer Reihe mit Stühlen, auf denen sie Platz nahmen.

»Hätte ich gewusst, dass sie nur zehn Minuten von zu Hause entfernt gefangen gehalten wurde …« Weinend brach sie ab.

»Wie geht es ihr und dem Baby?« Das war eigentlich das Einzige, was Charlie wissen wollte. Nicht, weil es ihn interessierte, schließlich kannte er das Mädchen nicht einmal, aber da Stu alles darangesetzt hatte, dass sie und ihr Kind die Hölle überlebten, tat er es ihm zuliebe. Sein Flug ging eh erst in fünf Stunden, also hatte er noch ein wenig Zeit. Die Ärzte hätten die Wunde erneut versorgt und ihrer Tochter und dem Baby ginge es den Umständen entsprechend gut, erzählte Frau Senker.

Das freute Charlie, weil er wusste, dass es Stu ebenfalls gefreut hätte.

***

Als Charlies Flug aufgerufen wurde und er in der Schlange

255

zum Gate stand, sah er in einer der benachbarten Menschenschlangen für einen kurzen Moment ein bekanntes Gesicht, das sein Herz höherschlagen ließ. Es war der Scheich, den er seit der Begegnung im Bunker nicht mehr gesehen hatte. Auch dieser blickte kurz zu Charlie herüber, zeigte allerdings keinerlei Reaktion.

Charlie überlegte, sich aus der Schlange zu lösen, um sich um den Scheich gebührend zu kümmern, doch als er genauer hinsah, konnte er niemanden mehr entdecken, der auch nur Ähnlichkeit mit dem Typen gehabt hätte. Vermutlich hatte sich Charlie doch geirrt, was nach den Strapazen des heutigen Tages nicht verwunderlich gewesen wäre.

Eine Stunde später befand er sich in der Luft und blickte aus dem Fenster auf die kleiner werdende Stadt. Erschöpft lehnte er sich zurück und dachte an Stu.

»Manchmal ist es besser, tot zu sein. Das habe ich von einem guten Freund gelernt.«

Das waren Stuarts letzten Worte zu ihm gewesen. Ja, sein Freund hatte sich verändert. Äußerlich zumindest. Wie es tief in ihm drin aussah, wusste nur Stuart selbst. Und wenn er sagte, dass der Tod besser sei, wusste Charlie, dass er recht damit hatte.

Rangsit / Thailand

»Scheiße, die Welt ist schön, Charlie«, lallte Stuart und hob sein Glas, um mit seinem Freund anzustoßen.

Auch Charlies Blick war leicht vernebelt und er musste sich kurz am Tresen abstützen, um nicht vom Barhocker zu fallen. Die Musik in dem überfüllten Club war derart laut, dass sich die beiden Männer regelrecht anbrüllen mussten, um sich halbwegs zu verständigen. Es war ihr letzter Abend in Thailand, die Koffer standen gepackt auf den Zimmern und Charlie und Stuart hatten sich vorgenommen, ihn in vollen Zügen zu genießen.

Eine gute Stunde später flirtete Charlie mit einer jungen Frau, die auch seine Tochter hätte sein können, aber das war

256

ihm so was von egal. Er liebte diese offen zur Schau getragene Freizügigkeit und das Gefühl, trotz seines Alters von so jungen Dingern begehrt zu werden. Auch wenn es nur des Geldes wegen war. Scheiß drauf!

Charlie musste aufpassen, dass er sich bezüglich des Alkohols etwas zurückhielt, denn so etwas konnte hier sehr schnell gefährlich werden. Ruckzuck wachst du morgens mit gewaltigem Schädel und leerem Portemonnaie in einem schäbigen Hotelzimmer auf, das du auch noch bezahlen musst, weil dir der Besitzer sonst ein paar Finger brechen lässt. Na ja, bis jetzt war glücklicherweise immer alles gut ausgegangen. Charlie und Stuart waren ein prima Team, weil jeder ein bisschen auf den anderen achtete.

Als Charlie sich zu seinem Freund umdrehte, war dessen Platz allerdings von einem dickbäuchigen Touristen besetzt, der ebenfalls mit einer jungen Dame flirtete, die in diesem Fall sogar seine Enkeltochter hätte sein können.

Charlie sah sich um. Noch immer war der Laden überfüllt, ebenso wie die Tische, die bis hinaus auf die Straße reichten. Außenwände hatte der Club keine, sodass Charlie auch die nähere Umgebung einsehen konnte. Stuart war wie vom Erdboden verschluckt.

Er stieß den Opa neben sich an und fragte, ob er hier einen Mann gesehen hätte.

»Ick steh nur uff Frauen«, lallte der Kerl und schlug seiner Begleitung auf den knackigen Hintern. Charlie hatte seinen Dialekt kaum verstehen können, aber er ging davon aus, dass der Kerl Stuart nicht gesehen hatte.

Vermutlich hatte Stuart ebenfalls eine Frau kennengelernt und war mit ihr abgezogen. Ungewöhnlich war eben nur, dass er Charlie nicht Bescheid gegeben hatte. Als Charlie sich wieder seiner jungen Begleitung widmen wollte, redete die mit einem anderen Typen, der seine Hand auf ihren Oberschenkel gelegt hatte. Er war mindestens zwanzig Jahre jünger als Charlie.

Das würde ja ein richtig toller letzter Abend werden. Charlie bestellte sich einen neuen Drink. Wenn er zu diesem Zeitpunkt gewusst hätte, dass der Abend gerade erst damit begonnen hatte, sein schwarzes Tuch des Unheils über ihn zu werfen, wäre er direkt zurück ins Hotel gegangen und hätte sich schlafen gelegt oder sich, der Einfachheit halber, erschossen.

So aber genoss er seine Drinks und die laute Musik – auf Frauen war ihm an diesem Abend die Lust vergangen –, bis zwei Stunden später sein Handy vibrierte. Es war Stuarts Nummer, wie er auf dem Display erkennen konnte, die Stimme am anderen Ende konnte er jedoch nicht verstehen.

»Warte!«, brüllte Charlie in den Hörer und bahnte sich einen Weg durch die Menschenmassen nach draußen. Als er ein gutes Stück die Straße hinuntergegangen war, versuchte er es erneut.

»Stuart? Bist du es?«

»Ich … ich brauche deine Hilfe.«

»Scheiße, was ist passiert? Wo bist du?«

»Weißt du noch, wo du mich hingebracht hast? Dieses Haus mit den Kindern? Zweihundert Meter hinter dem Haus ist ein Fluss. Du kannst ihn schon von Weitem riechen. Ich … ich warte dort auf dich.«

Charlie wollte etwas erwidern, aber die Verbindung war beendet.

Stuart brauchte also seine Hilfe. Was hatte das zu bedeuten? Hatte er jemanden umgebracht? Schnell winkte Charlie sich ein Taxi heran und ließ sich in die Nähe der baufälligen Hütten bringen, die auf dem weiten Feld standen.

Hier gab es keine Straßenbeleuchtung und nur das Licht aus einigen der Häuser beleuchtete die staubigen Wege. Hin und wieder saßen vereinzelt Menschen vor ihren Hütten und rauchten. Sie blickten kurz auf, als sie ihn bemerkten, sagten aber nichts.

Irgendwann, Charlie wollte schon aufgeben und jemanden nach dem Weg fragen, nahm er einen fauligen Geruch und ein entferntes Rauschen wahr. Das musste der Fluss sein, der mit Sicherheit von den hier Lebenden als Abfallentsorgungsmöglichkeit genutzt wurde.

Als er wenig später das stinkende Gewässer erreichte, das so breit war, dass er das andere Ufer nicht sehen konnte, schaute er sich um. Er konnte nicht weit blicken und wusste auch nicht genau, wo das Haus der Familie lag, von der Stuart gesprochen hatte, als er einen leisen Pfiff hörte.

Charlie näherte sich dem Geräusch und kam zu einem kahlen Baum, vor dem eine Gestalt auf dem Boden hockte. Charlie hatte sein Ziel erreicht.

»Was ist passiert?«, fragte er, als er vor seinem Freund stand, der den Kopf in den Händen vergraben hatte.

»Es war ein Unfall. Das musst du mir glauben.«

Charlie hatte mit seiner Vermutung also recht gehabt. Stuart hatte jemanden getötet.

Er ging in die Hocke und zog die Hände seines Freundes von dessen Gesicht, in dem dunkle Flecken zu erkennen waren. Charlie sah, dass Stuart weinte.

Auf seinem Schoß lag etwas, das im ersten Moment wie ein Plastikmesser aussah, doch als Charlie danach griff, hielt er eine nackte Barbiepuppe in der Hand.

»Scheiße, Stu. Was hast du getan?«

Stumm deutete Stuart in Richtung des Flusses. »Hier, nimm mein Handy. Es hat eine Taschenlampe.«

Als Charlie sich dem Ufer näherte, sah er den Müll, der sich in der kargen Böschung verfangen hatte. Überall schwammen Plastikbehälter, Verpackungen und Fetzen alter Kleidung. Verwesende Essensreste waren von unzähligen Fliegen gesäumt.

Charlie ließ den Lichtstrahl über den Sand wandern, bis dieser wenig später auf nackte Kinderfüße traf. Charlie wollte nicht sehen, was dort geschehen war und ließ das Mobiltelefon sinken.

Langsam ging Charlie auf das Kind zu. Als er den dunklen Schatten zwischen dem Müll ausmachen konnte, leuchtete er hinüber. Vielleicht lebte es ja noch. Doch als das Licht die Wahrheit offenbarte, da wusste Charlie, dass dem nicht so wahr. Dass dem nicht so sein *konnte*.

Es war das jüngste der drei Mädchen, die Stuart vor zwei Wochen in diesem Zimmer in dem alten Steinhaus erwartet hatten, ohne dass etwas gelaufen war. Das Mädchen war im Bereich der Geschlechtsteile regelrecht zerfetzt. Eine undefinierbare fleischige Masse quoll zwischen den winzigen Beinen hervor und mündete in eine Blutpfütze, die nicht in den harten Boden des Flussufers einsickern konnte und sich bis zu den Füßen des Mädchens hin ausbreitete. Das Gesicht der Kleinen war an vielen Stellen aufgeplatzt und angeschwollen. Blut war aus Nase und Ohren gelaufen und bildete eine krustige Spur auf der schmutzigen Haut. Unzählige Bissspuren, von denen einige derart tief waren, dass Charlie die Knochen durch das offene Fleisch schimmern sehen konnte, waren über Brustkorb und Bauch verteilt. Auch hier waren unzählige Fliegen dabei, einen geeigneten Platz für ihre Brut zu suchen.

Charlie atmete hörbar aus. Wie lange musste die Kleine gelitten haben?

Schlurfende Schritte kamen näher und wenig später stand Stuart neben ihm. »Es ... es war ein Unfall.«

Charlie leuchtete ihm mit dem Handy ins Gesicht und sah ihm in die Augen, die Stuart sofort zusammenkniff. Dann holte Charlie aus und schlug seinem Freund die Faust ins Gesicht. Als dieser auf dem Boden aufschlug und sich die Nase hielt, bückte er sich und riss ihn am Kragen hoch.

»Ein Unfall? Willst du mich verarschen? Wie zum Teufel kann das ein Unfall sein?« Seine Stimme war nur ein Zi-

schen. Charlie wollte nicht, dass irgendjemand sie hier entdeckte, denn dann würden sie ihren Urlaub um eine sehr
lange Zeit verlängern müssen.

»Was ist in dir vorgegangen, verdammt? Warum hast du
sie denn nicht einfach nur gefickt?«

»Ich … ich wollte sie doch nur noch einmal besuchen.
Charlie, das musst du mir glauben. Ich wollte nichts von den
Kindern. Wirklich nicht. Wollte mich nur verabschieden.«

»Und das da?«, Charlie wies in Richtung der kleinen Lei-
che. »Ist das das Ergebnis deiner Verabschiedung? Was
willst du mir hier weismachen?«

»Sie saß etwas abseits des Hauses, als ich kam. Als sie
mich erkannte, hat sie gewunken. Sie kam auf mich zuge-
rannt, Charlie. Und sie hat mich umarmt.«

Charlie sah ihn schweigend an.

»Es fühlte sich so gut an, als sie ihren Kopf gegen mich
drückte. Und da habe ich sie weggeschoben. Doch sie hat
mich angelächelt und sie war nackt. Da bin ich mit ihr hier
runter zum Fluss gegangen.« Wieder schlug er die Hände
vors Gesicht und Charlie hörte das Schluchzen. »Ich … ich
weiß nicht, was dann passiert ist. Plötzlich lag sie da. So wie
jetzt. Sie lag einfach da und … und sie war tot.«

»Vielleicht ist es besser, dass sie tot ist«, sagte Charlie leise.
»Wer weiß, was sie in ihrem beschissenen Leben noch hätte
durchmachen müssen.«

Stuart sah ihn an. »Der Tod ist niemals besser!«

»Oh doch, mein Freund. Manchmal ist der Tod besser.
Und nun hilf mir, sie in den Fluss zu werfen. Wenn wir
Glück haben, treibt sie die Strömung weit, weit weg von
hier.«

Sie nahmen den Körper der kleinen Lawan – Charlie an
den Füßen, Stuart an den Schultern – und beförderten ihn
mit Schwung in den Strom, der hier tatsächlich als einzige
Müllentsorgungsmöglichkeit diente.

***

»Du musst noch mal zurück«, sagte Stuart ein paar Stunden später, als sie wieder im Hotel waren. Sie saßen an der Hotelbar, denn schlafen würde heute Nacht keiner mehr von ihnen können.

Charlie sah seinen Freund an. »Ich soll was?«

»Bring der Familie dreitausend Dollar und sag ihnen, ich hätte es mir anders überlegt und würde ihre Tochter doch mit nach Amerika nehmen.«

Jetzt lachte Charlie wirklich. »Du willst dein Gewissen mit dreitausend Dollar beruhigen? Für das Leben eines fünfjährigen Kindes?«

»Es sind sogar fünftausend. Zwei hatte ich ihnen damals bereits gegeben. Glaub mir, Charlie, sie werden sich freuen, zu wissen, dass ihr Kind in guten Händen ist.«

»Du wirst das Tier in dir nicht mit Geld bestechen können, Stu. Dafür ist es zu mächtig.«

Stuart starrte in sein Glas. »Ja, vielleicht hast du sogar recht damit.«

***

Eine junge Frau steht vor dem hohen Bauzaun, der das Gelände des ehemaligen Hof Gutenberg umgibt. Aus der schwarzen verbrannten Erde hinter dem Zaun sprießen an einigen Stellen grüne Pflanzen und bilden einen schönen Kontrast in der ansonsten dargebotenen Trostlosigkeit. Die Rinder, von denen jedes einzelne die Katastrophe vor drei Monaten überlebt hatte, waren unmittelbar danach in große Transporter verladen worden, um sie in die hiesige Schlachterei zu bringen.

Mel nimmt Louise aus dem Kinderwagen und drückt sie an ihre Brust. Es ist kalt und ein rauer Wind zerrt an ihren Jacken.

262

»Hier hatte ich die schrecklichste und gleichzeitig schönste Zeit meines Lebens, Lu«, sagt sie leise an ihre Tochter gerichtet.

»Hier habe ich dich zur Welt gebracht. Und hier habe ich einen wirklich tollen Menschen kennengelernt. Er war es, der dich auf die Welt geholt hat. Ohne ihn würden wir jetzt nicht hier stehen. Ich werde dir, so oft es geht, von ihm erzählen. Denn durch Erzählungen bleiben die Erinnerungen am Leben. Und dieser Mann hat es verdient, ewig weiterzuleben ...«

Nachwort

Schreib doch mal einen schönen Hardcore-Roman! Das war mein Gedanke, bevor ich mich an »den Hof« setzte. Oh ja, ich hatte böse Vorstellungen, bei Gott. Dann begann ich mit dem Schreiben. Dabei entwickelten sich Charaktere, die trotz meines Vorsatzes nicht nur Hardcore sein durften. Ich versuchte zwar, sie in diese Schiene zu drücken, doch das Resultat gefiel mir nicht, denn zeitgleich mit ihrer Entwicklung geschah noch etwas anderes. Wie bereits bei meinem Vorgänger-Roman »Wo ist Emily?«, verliebte ich mich in die agierenden Personen. Und irgendwann verselbstständigten sie sich, sodass ich atemlos zusah, was passierte.

Also, einige heftige Szenen sind enthalten, doch als ich mit dem Buch fertig war, fragte ich mich, ob es nun ein Thriller mit Hardcore-Elementen oder ein Hardcore-Buch ist, das sich ein wenig ins Thriller-Genre verirrt hat. Entscheidet selbst.

Die Geschichte spielt zum großen Teil in meinem geliebten Schleswig-Holstein. Doch auch hier oben hinterm Deich, wo die Möwen noch kreischen und dir, wenn du nicht aufpasst, auf den Kopf scheißen, kann es hart zur Sache gehen.

Auch bei diesem Buch möchte ich mich bei dem Redrum-Team für seine tolle Arbeit und Unterstützung bedanken. Insbesondere bei Stefanie Maucher, die mir ein hammergeiles Lektorat gemacht hat. Danke, Stefanie, ich habe viel dabei gelernt.

Und ihr, liebe Leserinnen und Leser? Habt ihr nichts Besseres zu tun, als euer hart Erspartes für Bücher auszugeben? Ich hoffe nicht. Doch ich hoffe sehr, dass ihr es bei diesem Buch nicht bereut, sondern euren Rundgang auf *Hof Gutenberg* genossen habt.

Euer
A.L.

264

Andreas Laufhütte

www.redrum.de

Wo ist Emily?
Hof Gutenberg
DOGS
Das Vermächtnis des Jeremiah Cross
Hof Gutenberg 2
Hof Gutenberg 3
Der verschwundene See
Hof Gutenberg 4
Hof Gutenberg 5
Das ewige Spiel
Das Gemälde

REDRUM liebt dich!

Besuchen Sie jetzt unsere Facebook-Gruppe:
REDRUM BOOKS - Nichts für Pussys!

www.redrum.de